U0097209

中國語言文字研究輯刊

八　編

許 錟 輝 主編

第5冊

古楚語詞彙研究（上）

譚 步 雲 著

花木蘭文化出版社

國家圖書館出版品預行編目資料

古楚語詞彙研究（上）／譚步雲 著 -- 初版 -- 新北市：花木蘭文化出版社，2015〔民 104〕

序 2+ 目 4+168 面；21×29.7 公分

（中國語言文字研究輯刊 八編；第 5 冊）

ISBN 978-986-322-976-6（精裝）

1. 方言學 2. 詞彙學

802.08　　103026714

中國語言文字研究輯刊

八 編　第 五 冊　　ISBN：978-986-322-976-6

古楚語詞彙研究（上）

作　者　譚步雲

主　編　許錟輝

總 編 輯　杜潔祥

副總編輯　楊嘉樂

編　輯　許郁翎

出　版　花木蘭文化出版社

社　長　高小娟

聯絡地址　235 新北市中和區中安街七二號十三樓

電話：02-2923-1455 ／傳眞：02-2923-1452

網　址　http://www.huamulan.tw 信箱 hml 810518@gmail.com

印　刷　普羅文化出版廣告事業

初　版　2015 年 3 月

定　價　八編 17 冊（精裝） 台幣 42,000 元

古楚語詞彙研究（上）

譚步雲　著

作者簡介

譚步雲，1953 年 9 月出生，廣東南海人，曾用筆名「淩虛」，1979 年 9 月考入廣州中山大學中文系，1983 年 7 月，獲文學學士學位，旋即任教於廣東民族學院中文系，先後擔任「寫作」、「外國文學」等本科課程的教學。1985 年 9 月考入廣州中山大學中文系攻讀古文字學碩士學位課程，導師爲陳煒湛教授，1988 年 7 月憑《甲骨文時間狀語的斷代研究——兼論〈甲骨文合集〉第七冊的甲骨文的時代》一文獲碩士學位。1988 年 7 月任職於廣州中山大學古文獻研究所，從事古代典籍的整理研究工作。1995 年 9 月免試進入廣州中山大學中文系攻讀古文字學博士學位課程，導師爲曾憲通教授，1998 年 7 月憑《先秦楚語詞彙研究》一文獲博士學位。1998 年初調至廣州中山大學中文系任教，擔任「古漢語」、「漢字之文化研究」、「先秦經典導讀」、「古文字學」、「甲骨文字研究」等本科生和碩士研究生課程的教學，並從事古漢語、古文字、文史、方言、地方文獻等研究工作。合撰、獨撰《清車王府藏曲本子弟書全集》、《車王府曲本菁華》（隋唐宋卷）、《嶺南文學史》、《實用廣州話分類詞典》、《老莊精萃》、《論語精萃》等著作十三部，學術論文三十餘篇。1991 年晉陞爲講師，1997 年晉陞爲副教授。

提　要

論文首先對古楚語詞彙研究的歷史和現狀作了全面的檢討，從而確定了研究的重點。在充分利用楚地傳世典籍、出土文獻和現代漢語方言等材料的基礎上，論文勾勒出古楚語詞彙的概貌和特點。諸如「楚語詞彙構成」、「楚語詞之構造」、「楚語詞詞義之發展與變化」、「楚語詞的同義詞和反義詞」等問題，均作了較爲詳盡的論述。論文選取了三十個楚語詞，析形、釋音、辨義；或發向所未發，或正舊有之謬誤。「楚語詞彙輯錄略解」一章，輯錄了一千五百多個詞條，反映了迄今爲止的楚語詞彙的研究成果，爲日後編撰古楚語詞典奠定了堅實的基礎。

論文附錄由「主要參考文獻」、「引文簡稱表」兩部分組成。以利於未來古楚語詞彙的進一步研究。

論文全文約三十八萬字。

序

先師商錫永契齋夫子有言：治學貴恒而求新知，不爭天下先。又曰：潛於學不爭一日之短長。煒湛謹記師訓歷數十年而不敢有違。今垂垂老矣，雖欲爭之，亦無能爲也矣。而展視譚君步雲此稿，誠恒而潛心以不爭而後成者也。憶昔步雲之從我遊也，專注於殷虛文字，著《甲骨文動物名詞研究》而獲學士學位。旋以《甲骨文時間狀語斷代研究》一文而獲碩士學位。嗣後轉事戰國文字，得曾先生憲通教授指導而著此篇，獲博士學位。時在一九九八年也。迄今已逾一紀。其間楚地古文字復屢有出土，重見人間。尤以竹書爲盛。步雲乃屢予增損改易，累月經年，不憚煩勞，遂成今日之規模。至不易也。苟趨時而慕浮華，不甘人後而爭先，則此文或已面世多年矣。後之覽者則難免有遺逸之憾焉。

夫楚，大國也。素匹敵於秦，太史公固已詳敘。其文化涵蓋鄂、湘、豫、皖，影響及於吳、越。其言其文尤殊於齊、秦、三晉，向爲學界所重。潛心於斯者不乏名流。今步雲君專就其詞彙考索探究，可謂以小見大者也。觀其搜羅古楚語用力之勤，所獲之豐，實足驚人。舉凡經史所載，屈宋所賦，子雲、叔重所錄，近世所出竹帛之文，靡不羅之網之，先賢時彥所論，師友朋輩所言，凡涉楚語者，莫不援以爲據論之證之。所輯楚語詞彙千有四百，且從當下方言及少數民族語言中輯得百餘，悉數分別部居，錄入文內。其第六章考楚語詞三十例，成一家之言；第七章楚語詞彙輯錄略解，爲全文精華之所在。步雲十餘年心血之所在也。誠楚語之集大成者。目之爲論文主體固宜，目之爲楚語詞典亦可。雖子雲復起，亦當刮目而視，引爲千年知音也。是文所論未必盡善，煒湛亦不敢保其百是而無一誤。然後之治楚語者治古方言者不可不讀此文，治漢語詞彙史者不可不讀此文，欲編古方言字典者尤當以此爲基石，則可斷言也。

二零弍二年歲在壬辰四月初四日陳煒湛序於常熟西橫板橋

目次

上冊

下 冊

緒　論

古楚語之詞彙研究的歷史甚爲悠久。自西漢・揚雄作《方言》的時候算起，大約已歷兩千年。如果從研究方法上考察，大致經過了四個發展階段：田野調查期、文獻鉤沈期、同系語言和現代方言考索期以及出土文獻互證期。當然，這四個階段并不是截然分開的，其中互有重合交錯。以下分別詳述之。

一、田野調查期

揚雄的《方言》，實際上是《輶軒使者絕代語釋別國方言》的縮略。宋・洪邁的《容齋隨筆》則作《輶軒使者絕域語釋別國方言》，并疑是書非揚氏所作。不過，針對洪氏所定書名及質疑，《四庫全書總目・〈方言〉提要》上說：「以『代』爲『域』，其文獨異。然諸本并作『絕代』，書中所載亦無『絕域重譯』之語，洪邁所云，蓋偶然誤記。今不取其說。」「反復推求，其眞僞皆無顯據。姑從舊本，仍題雄名。」〔註1〕大概是的評。

據晉・郭璞的《方言注序》：「蓋聞《方言》之作，出乎輶軒之使所以巡遊萬國採覽異言，車軌之所交，人迹之所蹈，靡不畢載，以爲奏籍。周秦之季，其業隳廢，莫有存者。暨乎揚生，沈淡其志，歷載構綴，乃就斯文。」顯然，《方言》一書所載各地方言，絕大部分應是田野調查所得。僅就楚語而言，許多詞

〔註1〕永瑢等《四庫全書總目》三三九至三四〇頁，中華書局，1965年6月第1版。

條并無典籍例證，當屬於口語詞無疑。

揚雄花了二十七年的時間，類集古今各地同義的詞語，其中便有相當數量的楚語詞兒。這些楚語詞兒小部分採自典籍，大部分則來自直接的調查。今天較爲統一的意見認爲，《方言》「似尙未完成」〔註2〕。是的，祇要我們略爲考察一下楚地典籍，就會承認上述意見是正確的。譬如：《楚辭》中的虛詞「羌」、「些」等并未被收入書內，可見《方言》的側重點是基本詞彙，而基本詞彙恐怕也沒有徹底收全。無論如何，《方言》畢竟保留了不少古楚語詞，可是，今天我們在研究古楚語詞彙時，對《方言》的利用卻不夠充分。

延至後世，也還有田野調查所得者，例如柳宗元云：「楚、越之閒方言謂水之支流者爲渴，音若衣褐之褐。」〔註3〕又如陸游云：「有水禽雙浮江中，色白，類鵝而大。楚人謂之天鵝。」〔註4〕相信都是作者客居當地時所得。

二、文獻鉤沈期

揚氏以後，歷代學者對楚語詞彙的關注通常集中在傳世文獻上。例如許愼之作《說文》，許愼、高誘之注《淮南子》，諸家之釋《楚辭》，每每有所發現。

如：「虉，楚謂之蘺，晉謂之虉，齊謂之茝。从艸囂聲。」（《說文》卷一艸部）

又如：「楚人謂牢爲霤。」（《淮南鴻烈解・本經訓》許愼注）

再如：「楚人名滿曰憑。」（王逸《離騷經章句》）

類似的說解也散見於傳世文獻尤其是楚地傳世文獻的注疏間。

如《左傳・昭二十三》杜預注：「吳、楚之間謂火滅爲熸。」

又如《爾雅・釋言》郭璞注：「逮，荊楚人皆云沓。」

再如《漢書・灌夫傳》顏師古注：「今吳、楚俗猶謂牽引前卻爲根格。」（卷五十二）

學者們作這類說解，如果不是徵諸古籍，就是取自當時的直接調查。一直以來，學者們考證詮釋典籍中的楚語詞也大抵循此二法。杭世駿（約乾隆年間）、程際盛（嘉慶年間）、岳元聲（道光年間）、徐乃昌（約光緒年間）、

〔註2〕《辭海・語言文字分冊》75頁，上海辭書出版社，1978年4月第1版。

〔註3〕宋・魏仲舉注《河東先生集》卷二十九記山水，宋刻本。

〔註4〕氏著《入蜀記》卷五，影鈔宋本。

曾國荃（光緒年間）、程先甲（宣統年間）、李翹（1925）、劉賾（1930、1934）、駱鴻凱（1931）、姜亮夫（1940）、馬宗霍（1959）、江林昌（1994）、邵則遂（1994）、劉曉南（1994）等學者都做過相關的研究工作。

如：「楚人謂未成君爲敖，《左傳・莊十四年疏》。案：又見《楚辭天問注》：『楚人謂未成君而死者曰敖。』」〔註5〕

又如：「楚謂擊爲揔，《類篇》。」〔註6〕

再如《岳陽風土記》：「湘人謂吳船爲艑。」〔註7〕

更多的例證詳參本文第七章。

今天我們研究古方言，實在也有賴於前賢的這些考索。

至於劉大白的《楚辭中的雙聲疊韵字》（1929）、駱紹賓的《楚辭連語釋例》（1933）、沈榮森的《〈楚辭〉迭字芻議》（1994）和李海霞的《楚辭的叠音詞》（1994），則是運用典籍以研究楚詞形構的爲數不多的著作。

三、現代方言和同系語言考索期

利用現代漢語方言和同系語言考索古楚語，衹有一百來年的歷史。然而，這標誌著現代語言學理論在古方言研究上的運用。

比較早地把典籍與現代方言結合起來考證的學者是章太炎，其《新方言》（1907）雖然并不專爲楚語而作，但也有涉及楚語詞。茲引二例爲證。

> 《説文》：「曾，詞之舒也。」「余，語之舒也。从八舍省聲。」曾、余同義，故余亦訓何，通借作舍。《孟子・滕文公》篇：「舍皆取諸其宮中而用之。」猶言何物皆取諸其宮中而用之也。《晉書・元帝紀》：「帝既至河陽，爲津吏所止。從者宋典後來，以策鞭帝馬而笑曰：舍？長官禁貴人，女亦被拘邪？」舍字斷句，猶言何事也。亦有直作余者。《春秋・左氏傳》曰：「小白余？敢貪天子之命，無下拜。」猶言小白何物也。今通言曰甚麼，舍之切音也。川、楚之閒曰舍子。江南曰舍。俗作啥。本余字也。（歌、戈、魚、模、麻相轉，甚、舍齒音，旁紐相通，故甚麼得爲舍之切音）

〔註5〕程際盛《續方言補正》卷上，清嘉慶刻藝海珠塵本。

〔註6〕徐乃昌《續方言又補》卷上，清光緒二十六年徐氏刻鄦齋叢書本。

〔註7〕曾國荃《湖南通志》卷四十地理志四十引，光緒十一年刻本。

> 《方言》:「㴊,或也。沅、澧之閒凡言或如此者曰㴊如是。」郭璞曰:「亦憨聲之轉。」今廣州謂何故如是曰㴊。音如憨。俗作咁。長沙問何事曰或事得,以或爲何,猶以咁爲何矣。(《新方言》卷一)

利用現代漢語方言考索古楚語詞,成果似乎也未盡如人意。繼章氏後,楊樹達(1936)、周振鶴、游汝杰(1986)、王箕裘(1990)、李新魁(1994)、李敏辭(1994)、劉曉南(1994)、邵則遂(1994)等學者也做過一定的考索工作。

利用同系語言考索古楚語詞的工作,目前似乎衹有少數民族語言學者能做。例如王靜如(1959)利用土家語釋《方言》中「李父」、「李耳」二詞。又如陳士林(1987)利用彝語釋「於菟」、「檮杌」、「兮」、「申椒」等十餘詞。嚴學宭(1990)更是廣採壯侗語、苗瑤語諸語言解說「熊」、「觬」、「飵」等三十餘詞。劉志一(1992)則利用彝語以考釋楚貨幣文的「哭」字。

値得學界注意的是,有學者把研究目光投向異族語言,似乎也有頗出人意料的收穫。最令人矚目的當屬岑仲勉的《〈楚辭〉中的古突厥語》(2004b:178~209頁)。事實上,在岑氏之前,法國的伯希和(Paul Pelliot,1878~1945),以及日人白鳥庫吉已有過零星的探索(筆者未見,見岑著所引)。

四、出土文獻互證期

倘若說古人們還沒有充分的條件利用出土文獻去解讀楚語詞以致有所疏失尚可原諒的話,那麼,今天我們不重視出土文獻的語詞研究,就可以說是無法饒恕的失誤了。

從理論上說,在大批楚地文獻重見天日的今天,學者們在考釋這些文獻時,完全無法迴避對楚語詞的研究。因爲漢字是形、音、義的統一體,考察漢字無非是辨形、釋義、知音。因而大凡涉及楚地出土文獻的文字考釋,均可泛稱爲楚語詞的研究文章。然而,眞正涉及楚語詞研究的成果尚不多見。曾師憲通之《楚月名初探》(1980)是較早地研究楚語術語——月名的著作;湯炳正的《「左徒」與「登徒」》(1981)、吳永章的《楚官考》(1982)、張正明主編的《楚文化志》第十章(1988)、羅運環的《論楚璽及其它》(1994)、陳師煒湛的《包山楚簡研究・之四》(1994)則論及了楚語中另一類術語——官稱。朱德熙、裘錫圭《戰國文字研究六種》(1972)、夏淥《讀〈包山楚簡〉

偶記：「受賄」、「國帑」、「茅門不敗」等字詞新義》（1993）、后俊德《「包山楚簡」中的「金」義小考》（1993）、曹錦炎《包山楚簡的受期》（1993）、黃錫全《楚器銘文中「楚子某」之稱謂》（1986）是探討楚語基本詞彙中某些詞語的特殊意義的代表性著作。

就以上楚語詞彙研究的回顧而言，與龐大的楚語材料——無論是出土文獻還是傳世典籍——比較，楚語詞彙研究的成果顯得十分地不相稱。正如張正明所說：「經傳所記春秋時代楚言的詞彙……不足十數。」「《方言》、《說文解字》和其他文獻資料記錄的楚方言詞彙，總數在五百個上下。」〔註8〕儘管張先生的斷語未免下得過於主觀，但據前賢所考，楚語詞的數量的確并不大。自《方言》以後，載於《續方言》（杭世駿：約乾隆年間）、《續方言補正》（程際盛：約嘉慶年間）、《續方言又補》（徐乃昌：光緒年間）、《廣續方言》、《廣續方言拾遺》（程先甲：宣統二年）以及散見於方志及讀書雜志中的楚語詞，約一百三十餘條（四書所考詞語或有重合）。楚辭中所見的楚語詞，李翹（1925）考得82個（名物34，動作15，形容12，狀況5，語詞2，附錄14）〔註9〕；駱鴻凱（1931）考得14個；郭沫若（1982）考得24個。劉賾（1930、1934）結合其他典籍則考得 167 個。加上劉曉南（1994）、邵則遂（1994）、沈榮森（1994）等人的研究，傳世典籍所載的楚語詞充其量不過八百。加上出土文獻中二百左右的已識的楚語詞，楚語詞彙的總數約僅一千。筆者此處的統計應當算是寬式的，今天所知的楚語詞總量的數字實際上要小得多。如果就這些數據而言，我們對楚語詞彙的研究現狀是不能滿意的。楚語詞彙的研究不盡如人意，不外乎兩種可能的原因：一是楚語詞的數量大體就這麼多；二是楚語詞的研究仍有待深入。我傾向於後一種原因。首先，楚文字中仍有不少未識字，其中必有楚語詞；其次，在所謂的「通語」中也有屬於楚語者，即，楚人雖用漢字，卻賦以楚義。這裏不妨舉個例子：「乇」，在古漢語中并無「全都」、「全都是」的意義，但在楚地出土文獻中，卻往往讀如「全都」、「全都是」（朱德熙、裘錫圭：1972）。楚語中這類相當於「用如假借」的詞語當不

〔註8〕詳參張正明《楚文化史》99頁，上海人民出版社，1987年8月第1版。步雲案：丁啓陣有更爲詳細的、但並不完全準確的統計數據。讀者可參考氏著《秦漢方言》（東方出版社，1991年2月第1版）一書。

〔註9〕步雲案：所謂附錄，實際上是專有名詞。

在少數，問題是我們怎麼把它們從眞正的假借字（即本有其字的假借字和本無其字、但經過假借產生了新字的假借字）甄別出來。第三，楚語詞中可能有一定數量的外來詞，這類外來詞是以漢字音譯的形式存在的。我們也應當將之列入楚語詞研究的範圍之內。例如：「於菟」，過去學者視之爲「虎」的合音詞，現有學者認爲那是彝語「虎」的漢寫形式（陳士林：1987）。以上三方面的研究倘能深入下去，則楚語詞庫將充實起來。

鄙意以爲，今後的楚語詞彙的研究至少有以下幾方面的事情要做：

（一）在文字考釋的基礎上，充分利用現代漢語方言和少數民族語言的研究成果詮釋楚地文獻語詞。事實上，陳士林（1984）、劉志一（1992）、劉曉南（1994）、邵則遂（1994）、嚴學宭（1997）等學者已開始了這方面的工作。可以說這方面的工作已有了較堅實的基礎。

（二）著手開展楚語詞匯釋工作，爲楚語辭典的編纂作前期準備（曾師憲通的《長沙楚帛書文字編》較爲接近辭典的類型，可作爲編撰楚語辭典的參考）。

（三）進行楚語詞彙的系統研究工作。諸如：楚語詞詞彙來源研究、楚語詞構成形式的研究、同義詞研究、反義詞研究、術語（月名、樂律、官稱、占卜用詞等）研究、專有名詞（神祇名、地名、人名等）研究、基本詞彙（與中原雅語同實異名者）研究，等等。

（四）進行傳世典籍和出土文獻的楚語詞的比較研究。

故此，本文的撰寫，就是以上述數端爲基點而展開的。

第一章　古楚語詞彙之界定、分類和總量

第一節　界　定

所謂方言，是指一門語言的地方變體。方言學者是這樣定義的：「In common usage, of course, a dialect is a substandard, low-status, often rustic form of language, generally associated with the peasantry, the working class, or other groups lacking in prestige. DIALECT is also a term which is often applied to forms of language, particularly those spoken in more isolated parts of the world, which have no written form. And dialects are also often regarded as some kind of （often erroneous） deviation from a norm – as aberrations of a correct or standard form of language.」〔註 1〕準此，本文所謂的「古楚語」，是指先秦時期通行於楚地的楚方言。它是對應於共同語而言的。不過，「古楚語」在典籍中被稱爲「楚言」（詳下文），而相當多的學者則稱之爲「楚方言」〔註 2〕。本文之所以採「古楚語」的概念，旨在強調其時代性和地域性而已。

〔註 1〕J.K. CHAMBERS and PETER TRUDGILL, *Dialectology*, p.3, Peking University & Camberidge University, 2002.1.

〔註 2〕例如李裕民（1986）、楊素姿（1996）等。

從文獻記載看，先秦時期存在著共同語和方言是毋庸置疑的。早至商代末年，宗主國和方國之間的語言差異就體現在文字記載中了。譬如，殷墟甲骨文中表揣測、不確定語氣的句首語氣詞「其」，在周原甲骨文中可以用「囟」來表達〔註3〕。如果把商人的語言視爲共同語的話，那周人的語言就是方言。反之亦然。大約在春秋時代，人們用「雅言」指稱共同語，而方言，則被視爲「夷語」。例如《論語‧述而》上便說：「子所雅言：《詩》、《書》。執、禮、疾，皆雅言也。」〔註4〕一般認爲，那時候的「雅言」，指天下的宗主——周人的語言。但是，作爲魯人的孔子，平時大概也說方言的。《論語‧述而》載：「子曰：『文莫吾猶人也，躬行君子，則吾未之有得。』」「文莫」一語，向來難解，以致眾說紛紜，莫衷一是。明‧楊愼以爲是燕齊方言，大意是「努力」〔註5〕。如果此說可信，那麼，這可以作爲孔夫子也講方言的證據。其實，上引「子所雅言」章也透露孔子既說雅言，也說方言的信息：在《詩》、《書》、執（藝）、禮以外，孔夫子未必還操「雅言」的。然而，如果從訓詁上考慮，雅，夏也〔註6〕；夏，正也。那麼，所謂「雅言」，難道竟是夏人的語言，也就是所謂的「正言」嗎〔註7〕？《孟子‧滕文公上》載：「吾聞用夏變夷者，未聞變於夷者。」顯然，這裏的夏即「正統的」、「正宗的」的意思。雖然我

〔註3〕參譚步雲《讀王宇信先生〈周原出土商周廟祭甲骨芻議〉等文後的思考》，《考古與文物》1996年3期。又收入《甲骨文獻集成》33冊，四川大學出版社，2001年4月第1版。

〔註4〕這段話，通常作「子所雅言，《詩》、《書》、執禮，皆雅言也。」根據河北省文物研究所定州漢墓竹簡整理小組《定州漢墓竹簡論語》（文物出版社，1997年7月第1版，33頁）所載，今本「禮」字後殆脱「疾」一字。又據簡朝亮《論語集注補正述疏》（北京圖書館出版社，2007年5月第1版，197頁），「執」當讀爲「藝」。《郭‧語叢三》「游於藝」，「藝」正作「埶」。可證。因此，本文重新斷句如此。

〔註5〕明‧楊愼《丹鉛總錄》引晉‧欒肇《論語駁》云：「燕、齊謂勉強爲文莫。」筆者以爲此說可信。《說文》：「忞，強也。」又：「慔，勉也。」（均見卷十心部）《論語》的「文莫」，當即「忞慔」。

〔註6〕近出楚地出土文獻，「大雅」「小雅」正作「大夏」「小夏」。見荊門市博物館《郭店楚墓竹簡‧緇衣》，文物出版社，1998年5月第1版；又馬承源主編《上海博物館藏楚竹書》（一），上海古籍出版社，2001年11月第1版。

〔註7〕《論語集解‧述而》「子所雅言」章孔安國注：「雅言，正言也。」

們現在已難以考索「雅言」到底是「夏」、「商」還是「周」的語言，也難以考索是否一時期有一時期的「雅言」，但是，雅言與夷語的對立肯定是一直都存在的。

當然，一門語言并不會隨著其發源地（同時也是流行地）的覆滅而倏然消失；所以，「古楚語」實際上是概言先秦便已存在、而秦以後依然長期存在的楚方言而已。那麼，「古楚語詞彙」的定義也就顯而易見了。

古楚語的存在顯然是個不爭的事實。

《說文解字・敘》云：「諸侯力政，不統於王……言語異聲，文字異形。」這是大致的情形。眞正談及楚語的存在的是《孟子・滕文公（上）》：「今也南蠻鴂舌之人，非先王之道。」孟夫子對原籍楚國的許行的話語殊不了了，故譏之云。這便是「南蠻鴂舌」的著名典故。較此更早的書證是《左傳・莊二十八》：「眾車入自純門，及逵市。縣門不發，楚言而出。子元曰：『鄭有人焉。』」這裏的「楚言」，是指鄭人所模仿的楚人土語。從令尹子元的話中得知，鄭人學「楚言」還學得挺像的。有意思的是，中國人很早就知道語言（方言）乃後天所習得。《呂氏春秋・用眾》上說：「戎人生乎戎而戎言，楚人生乎楚而楚言。不知其所受也。今使戎人長乎楚，楚人長乎戎，則楚人戎言，戎人楚言也。」《大戴禮記・保傅》也說：「夫習與正，人居不能毋正也。猶生長於齊不能不齊言也。習與不正，人居不能毋不正也。猶生長於楚不能不楚言也。故擇其所嗜，必先受業，乃得嘗之。擇其所樂，必先有習，乃得爲之。」（卷三，《漢書》卷四十八《賈誼傳第十八》亦載）

上引的書證至少透露出以下三點信息：（1）列國（包括楚國）方言的形成是因爲「諸侯力政，不統於王」。言下之意是列國本無方言。（2）至晚在春秋，楚方言就存在了。而且，隨著楚人勢力的擴張，其語言也必然影響到周邊列國，例如陳、蔡、鄭、吳、越等。（3）楚語的掌握是後天習得的結果。楚人固然可以說楚語，但說楚語的未必就是楚人。

然而，「楚方言是如何形成的？於何時形成的？」卻是界定古楚語詞彙所必須回答的首要問題。

一、楚語的成因

談及楚語的成因，首先要解決楚人的族屬問題。然而，這恰恰是困擾了史學界數十年的大難題。迄今爲止，楚族「東來」、「西來」、「北來」、「土著」四說并存〔註8〕，壓根兒無法作出令人信服的結論。於是，由族源的歧見而生發出的語源的歧見也就無法避免，甚至，語源的歧見較之族源的歧見更爲紛紜。譬如，在肯定楚族「北來」的前提下，其語源便有「羌語」（李瑾：1994：155～183頁）和「苗語」（李新魁：1994：45頁）二說。

雖然史學界、語言學界有那麼多的分歧，但也還是達成了一些共識：無論是華夏族對他民族的同化，還是他民族融入於華夏族，楚族的形成乃多民族融合的結果；無論是華夏語對外族語的滲透和影響，還是外族語對華夏語的親和，楚語的形成乃不同語言之間互相交融的結果。融合的結果，是楚人成爲漢民族的一員，楚方言則成爲漢語的一支。那麼，現在我們可以大致理出個頭緒來了。如果楚語和夏言本來同源，那楚方言的形成就經歷了異化的過程；如果楚語和夏言并不同源，則楚方言的形成就經歷了同化的過程。不管是異化還是同化，畢竟是殊途而同歸。儘管楚語語源的考定可以讓我們確知它的形成是異化還是同化的結果，也可以幫助我們探求其內部構成，然而，不解決楚族族源的問題便試圖揭開楚語語源的秘密，則是毫無意義的。探求楚族族源，實在有賴於考古學、歷史學、人類學等學科的學者的共同努力。我對有些學者企圖利用語言尋找解決楚族族源問題的突破口的做法持懷疑態度。英國著名語言學家倫道夫·夸克（Randolph Quirk）爲了闡述英語的國際性，曾說：大體上，「如果他是法國人，他說法語。」的推理是不錯的，但卻非普遍眞理。他接著說：如果他是瑞士人（Swiss），那麼他說……？如果他是威爾士人（Welsh），那麼他說……？如果他是比利時人（Belgian），那麼他說……？如果他是加拿大人（Canadian），那麼他說……？〔註9〕我們知道，瑞

〔註8〕主「東來說」的學者有胡厚宣，參氏著《楚民族源於東方考》，載《北京大學潛學社史學論叢》第一冊，1933年。主「西來說」的學者有岑仲勉（2004a）。主「北來說」的學者有李瑾（1994）、李新魁（1994：44頁）。主「土著說」的有張正明（1987：3～13頁）。

〔註9〕RANDOLPH QUIRK, *The Use of English*, pp1-3, with supplements by A. C. GIMSON and JEREMY WARBURG, Longman Group Ltd（formerly Longmans, Green & Co Ltd）, New impression 1978, Princed in Hong Kong by The Hongkong Printing Press（1977） Ltd..

士通行德語、法語、意大利語和列托－羅馬語；威爾士通行凱爾特語和英語；比利時通行佛蘭芒語和法語；加拿大通行英語和法語。顯然，倫道夫・夸克的言外之意是說：僅僅根據語言以推導所屬民族的做法是危險的。由彼及此，相信會給企圖單純利用語言證其族屬的學人以有益的啓發吧。

簡言之，即使我們現在還無法填補楚語研究上的許多空白，但楚語的成因是清楚的。它是「雅言」與「夷語」相互交融的產物。它使用漢字（但有一定數量的方言字），有著自己的語音系統，大致遵循漢語語法，擁有漢語的基本詞彙，但保留了相當數量的方言詞。

二、楚語形成的時間

語言的演變是個漸進的過程。楚語的形成也不例外。因此，我們無法確定楚語在哪一天開始這變化，也無法確定它經歷了多長時間纔完成演變的過程。我們衹能說，自「雅言」與「夷語」開始接觸的那一刹那，這一變化就已發生了，而一直延續到相對獨立的「楚言」的出現。

不過，學者們根據文獻的有關記載，還是確定出了「楚言」形成的大致時間。譬如「西周中晚期說」（張正明：1987：4 頁）和「春秋時期說」（李新魁：1994：44 頁）就是頗具代表性的觀點。

結合楚地的出土文獻看，上述的觀點恐怕都接近事實。傳世器《楚公鐘》和後出的《楚公逆編鐘》，其年代早至西周中晚期（楚王熊鄂在世），通過與同時期的周王室銅器銘文的比較，便可發現，無論是遣詞造句，還是書體字形，這些楚器銘文都沒有太大的不同。換言之，要麼楚地當時仍通行「雅言」，「楚言」仍在孕育之中；要麼楚人對外使用「雅言」，內部則通行「楚言」。

三、可資運用的古楚語詞彙材料

「楚言」的成因已有大致的頭緒，它形成的時間也已大致確定，那麼，可資運用的古楚語詞彙材料也可大致羅列出來了。

既然肯定了「楚言」乃漢語的一支，那末，本文研究的側重點就將放在異於共同語的方言詞彙上，時限當然就定在它形成後的期間。這就是本文論題之由來。

概括說來，古楚語詞彙的研究材料有以下三大類：

（一）楚地出土文獻（包括由於某些原因而見於他處的楚物）

很早以前，楚地就出土過前代文獻。例如《南齊書・文惠太子傳》載：「時襄陽（今湖北襄陽——引者按）有盜發古冢者，相傳云是楚王冢。大獲寶物：玉屐、玉屏風、竹簡書。青絲編簡，廣數分，長二尺，皮節如新。盜以把火自照。後人有得十餘簡，以示撫軍僧虔。僧虔云是科斗書《考工記》，《周官》所闕文也。」（卷二十一列傳第二）〔註10〕又如上文提到的楚器「楚公鐘」以及「曾侯鐘（兩件）」，據宋人記載：分別爲「武昌太平湖所進」和「得之安陸」〔註11〕。但數量之少還不足以與傳世典籍相頡頏。爾後，大批的楚地文獻重見天日，爲研究者們提供了彌足珍貴的原始材料。迄今所見，楚地出土文獻大致包括下列器物：

1. 簡牘（包括簽牌文字）

數量最爲龐大，而且，隨著日後考古的新發現，文字材料將越益豐富〔註12〕。

自1951年考古工作者在湖南長沙五里牌406號戰國墓中發掘出首批楚竹簡以來〔註13〕，涉及楚地文獻的竹簡在湖南、湖北、河南、山東、安徽等地迭有發現，茲羅列如下：

湖南長沙：五里牌406號楚墓竹簡、仰天湖25號楚墓竹簡、楊家灣6號楚墓竹簡。

湖南常德：德山夕陽坡（2號墓）楚竹簡。

〔註10〕步雲案：事亦見《南史》卷二十二列傳第十二、《通志》卷八十二宗室傳第五、又卷一百三十七列傳第五，等。唯文字略有參差。

〔註11〕見王厚之《鐘鼎款識》26～27頁、64～65頁，中華書局，1985年7月第1版。步雲案：分別與今天山西曲沃晉公墓地及湖北隨縣曾侯乙墓所出器物同銘，可知當屬同一家器物。

〔註12〕例如2009年在武漢江夏區山坡鄉光星村丁家嘴便又發現了九枚戰國楚簡。參看《武漢最高規格戰國楚墓今日開棺》，載2009年6月5日《武漢晚報》第1版，又見《江夏戰國古墓出土珍貴有字竹簡》，載2009年6月6日《長江日報》第11版。

〔註13〕中國科學院考古研究所《長沙發掘報告》，科學出版社，1957年8月第1版。

湖南慈利：關石板村36號戰國墓，出楚竹簡4371段，經綴合整理得約1000支，字數約21000。目前僅公布了53支簡。

湖北江陵：望山1、2號楚墓竹簡、藤店1號楚墓竹簡、天星觀1號楚墓竹簡、九店56、621號楚墓竹簡、馬山1號楚墓竹簡、秦家嘴1、13、99號楚墓竹簡、范家坡7號楚墓竹簡、張家山136號漢墓竹簡（其時代與安徽阜陽雙古堆1號漢墓接近，其中有與《莊子・盜跖》文字上相似的竹簡〔註14〕）。

湖北隨縣：擂鼓墩曾侯乙墓楚竹簡。

湖北雲夢：睡虎地11號秦墓竹簡、龍崗6號秦墓竹簡。有涉及楚名物的內容，例如月名等。

湖北荊門：包山2號楚墓竹簡、郭店1號楚墓竹簡、上海博物館所藏楚竹簡〔註15〕。

河南信陽：長臺關1號楚墓竹簡。

河南新蔡：葛陵楚墓（平夜君墓），出竹簡1500餘枚，文字數量近8000個。

山東臨沂：銀雀山1、2號漢墓竹簡，其中有唐勒所作賦殘篇。

安徽阜陽：雙古堆1號漢墓竹簡，其中有《楚辭》殘篇，一爲《離騷》，一爲《涉江》〔註16〕，亦有《莊子》中的《則陽》、《外物》、《讓王》等篇章的若干竹簡〔註17〕。

清華大學藏簡〔註18〕：據說是海外的清華校友購回的戰國竹簡，目前已刊

〔註14〕詳參荊州地區博物館《江陵張家山兩座漢墓出土大批竹簡》，載《文物》1992年9期。步雲案：出有自題爲《盜䟰》的竹簡四十四枚，報告僅刊布兩枚。

〔註15〕1994年，上海博物館自海外購回楚簡1200餘枚，編爲《上海博物館藏戰國楚竹書》，現已刊布八大冊。上博藏簡與郭店簡有很多重複的內容，因此，學界估計上博藏簡可能是郭店簡的一部分。參《馬承源先生談上博簡》，載上海大學古代文明研究中心、清華大學思想文化研究所編《上博館藏戰國楚竹書研究》，上海書店出版社，2002年3月第1版。

〔註16〕詳參阜陽漢簡整理小組《阜陽漢簡〈楚辭〉》，載《中國韵文學刊》總第一期，1987年10月。

〔註17〕詳參韓自強《阜陽漢簡〈莊子〉》，載《文物研究》總第6期，黃山書社，1990年10月。

〔註18〕由清華校友於2008年7月15日從境外購入並收藏於清華大學的戰國中期竹

二冊〔註19〕，其餘資料尚在整理之中。

浙江大學藏簡：據介紹，這批戰國楚簡於2008年被盜賣至海外，後由浙江大學校友於2009年出資購回，現藏浙江大學藝術與考古博物館。竹簡內容涉及古書、日書、卜筮祭禱及遣冊。殘簡經清理後編爲324號，復原綴合得簡約160枚。已刊布〔註20〕。

上述的材料基本見於《戰國楚簡文字編》（郭若愚：1994）、《望山楚簡》（湖北省文物考古研究所、北京大學中文系：1995）、《戰國楚竹簡匯編》（商承祚：1995）、《曾侯乙墓》（湖北省博物館：1989）、《包山楚簡》（湖北省荊沙鐵路考古隊：1991）、《江陵九店東周墓》（湖北省文物考古研究所：1995）、《郭店楚墓竹簡》（荊門市博物館：1998）、《銀雀山漢簡釋文》（吳九龍：1985）、《銀雀山漢墓竹簡》〔壹〕（銀雀山漢墓竹簡整理小組：1985）。《睡虎地秦墓竹簡》（睡虎地秦墓竹簡整理小組：1990）、《雲夢龍崗秦簡》（劉信芳：1997）、《新蔡葛陵楚墓》（河南省考古研究所：2003）、《上海博物館所藏戰國楚竹書》（馬承源：2001～）以及相關的考古發掘報告中。

當然，仍然有些材料未完全刊布。例如湖南慈利石板村楚墓竹簡、湖南臨澧九里楚墓竹簡、湖北藤店竹簡、湖北江陵秦家嘴（1、13、99號楚墓）竹簡、湖北江陵天星觀楚墓竹簡，湖北江陵磚瓦廠370號楚墓竹簡等。但部分文字資料已收入《楚系簡帛文字編（增訂本）》（滕壬生：2008）一書，也可以利用。

2. 帛　書

湖南長沙：子彈庫楚帛書（含所謂第二、三、四帛書殘片）、左家塘楚帛書、

簡，凡2388枚（包括少數殘簡），內容據說涉及《尚書》、《樂經》等已散佚的古籍。出土地不詳，從字體看，可能也是楚簡。參李學勤《清華簡讓人讀起來太激動》，載2009年4月28日《光明日報》。

〔註19〕清華大學出土文獻研究與保護中心編、李學勤主編《清華大學藏戰國竹簡》〔壹〕〔貳〕，上海文藝出版集團中西書局，2010年12月～2011年12月。步雲案：本文暫時不打算利用這批語料。這是因爲，其眞實性受到某些學者的質疑，例如姜廣輝。詳參氏著《〈保訓〉十疑》，載2009年5月4日《光明日報》，又《「清華簡」鑒定可能要經歷一個長期過程——再談對〈保訓〉篇的疑問》，載2009年6月8日《光明日報》。

〔註20〕曹錦炎編著《浙江大學藏戰國楚簡》，浙江大學出版社，2011年12月第1版。步雲案：是書僅得覩前言及目錄，餘未及寓目。

馬王堆漢墓帛書〔註21〕。

湖北江陵：馬山一號楚墓絲織品墨書。

上述的材料基本見於《楚地出土文獻三種研究》（饒宗頤、曾師憲通：1993）、《馬王堆漢墓帛書》（馬王堆漢墓帛書整理小組：1978～1985）以及相關的考古發掘報告中。

3. 有銘青銅器

據統計，截至1994年止，楚系有銘青銅器凡157種（異器同銘者僅計一種。劉彬徽：1995：285～375頁）。及後，楚地甚至楚地以外不斷有新的發現。例如二十世紀九十年代在山西曲沃出土了多件楚公逆編鐘，可能爲晉楚戰爭中被擄掠的楚物，材料相當重要〔註22〕。又如二十世紀九十年代河南淅川和尚嶺及徐家嶺的春秋楚國貴族墓群中也出有大批有銘青銅器〔註23〕。再如在2007年流出海外的「競之定銅器群」，有銘青銅器凡29件〔註24〕。近年，學者們就新見的包括楚系青銅器在內的有銘青銅器做了有益的匯輯工作〔註25〕，甚便研究。據《近出殷周金文集錄》、《近出殷周金文集錄二編》二書所載統計，有銘楚器凡210件〔註26〕。

〔註21〕其中有楚人典籍《老子》，而其他文獻也偶見楚語詞。例如《五十二病方》「牝痔」條云：「青蒿者，荊名曰萩；䔾者，荊名曰盧茹。」

〔註22〕山西省考古所、北大考古系《天馬－曲村遺址北趙晉侯墓地第四次發掘》，《文物》1994年8期。步雲案：報告説出土甬編鐘凡9枚，直至2002年劉雨、盧巖所撰《近出殷周金文集錄》出版，也衹見一紙拓本。

〔註23〕該項系列發掘已由河南省文物考古研究所、南陽市文物考古研究所、淅川縣博物館撰成《淅川和尚嶺與徐家嶺楚墓》一書，大象出版社，2004年10月第1版。

〔註24〕參看吳鎮烽《競之定銅器群考》，載《江漢考古》2008年1期。又張光裕《新見楚式青銅器器銘試釋》，載《文物》2008年1期。

〔註25〕已見三著：劉雨、盧巖《近出殷周金文集錄》，中華書局，2002年9月第1版。劉雨、嚴志斌《近出殷周金文集錄二編》，中華書局，2010年2月第1版。鍾柏生、陳昭容、黃銘崇、袁國華《新收殷周青銅器銘文暨器影彙編》，臺北藝文印書館，2006年4月初版。步雲案：三書所收略有重見。

〔註26〕部分有銘器已見於早出的著作，例如淅川下寺春秋楚墓所出，《淅川下寺春秋楚墓》（河南省文物研究所、河南省丹江庫區考古發掘隊、淅川縣博物館，文

4. 貨幣、璽印、漆木器以及某些書寫在竹木器上的文字

貨幣文字材料基本見於《中國歷代貨幣大系》（第一卷）（馬飛海、汪慶正：1984）。璽印文字大都見於《古璽彙編》（羅福頤：1981）及《戰國鉩印分域編》（莊新興：2001）。

漆木器品類繁雜，有漆箱（例如曾侯乙墓所出）、磬匣（例如曾侯乙墓所出）、漆（耳）盃〔註 27〕、木劍〔註 28〕、竹律管（例如湖北江陵雨臺山 21 號楚墓所出）、漆棋局、木尺〔註 29〕等。這類器物上的字數雖少，但卻是研究專有名詞、術語和名物的重要材料。目前爲止，這些文字材料衹散見於相關的考古發掘報告中，仍未進行系統的收集和整理。

（二）傳世典籍

1. 楚籍作家的作品

楚籍作家的作品保留了相當數量的楚語詞早已爲前賢所熟知。南朝・梁時人劉勰在他的《文心雕龍・辨騷》中說：「覽其辨物敷詞，多屬楚語。」雖然語焉不詳，卻是顛撲不破的結論。我們不妨再引用北宋時人黃伯思一段更爲具體的表述：「蓋屈宋諸騷，皆書楚語，作楚聲，紀楚地，名楚物，故可謂之《楚辭》。若『些、只、羌、誶、蹇、紛、侘傺』者，楚語也。頓挫悲壯，或韵或否者，楚聲也。『湘、沅、江、澧、修門、夏首』者，楚地也。『蘭、茝、荃、藥、蕙、若、蘋、蘅』者，楚物也。他皆率若此。故以楚名之。」〔註 30〕推而廣之，則楚籍作家的作品中也不免有「書楚語、作楚聲」處。因

物出版社，1991 年 10 月第 1 版。）、《楚系青銅器研究》（劉彬徽，湖北教育出版社，1995 年 7 月第 1 版）均有著錄。

〔註 27〕例如湖南桃源三元村一號楚墓所出，又如郭店所出。參常德地區文物工作隊、桃源縣文化局《桃源三元村一號楚墓》，《湖南考古輯刊》4，嶽麓書社，1987 年 10 月。又參湖北省荊門市博物館《荊門郭店一號楚墓》，《文物》1997 年 7 期。

〔註 28〕例如湖北江陵棗林鋪楚墓所出，參江陵縣博物館《江陵棗林鋪楚墓發掘簡報》，載《江漢考古》1995 年 1 期。

〔註 29〕荊門左冢三號楚墓出土了一件漆棋局，上有 183 字；一號楚墓出土了一把木尺，上面也有一些文字。參湖北省文物考古研究所等《荊門左冢楚墓》179～185 頁、108～110 頁，文物出版社，2006 年 12 月第 1 版。

〔註 30〕氏著《新校楚辭序》，載呂祖謙《皇朝文鑒》卷九十二，四部叢刊景宋刊本。

此，楚籍作家的作品理所當然是古楚語詞彙研究材料之一。楚籍作家的作品大體包括：《老子》、《莊子》、《楚辭》等。此外，《鬻子》、《淮南子》、《鶡冠子》等也是重要的參考典籍。

2. 輯有楚語詞的字書、詞書和史書

計有：《方言》、《說文解字》、《春秋三傳》、《國語》、《戰國策》等。

（三）現代漢語方言、少數民族語言

前文已經提到，古楚語是古漢語的一支，無論它是少數民族語言漢化的結果，還是漢語糅合了少數民族語言的結果，其語言現象必然孑遺在現代漢語方言和少數民族語言之內。因此，現代漢語方言和少數民族語言也是古楚語不可或缺的研究內容。現代漢語方言主要指深受古楚語影響的湘語、鄂方言和粵語。少數民族語言主要指對古楚語有過影響的苗語、彝語以及彝語的分支土家語等。

第二節　分　類

作爲漢語的一支，古楚語詞彙中的基本詞大都來自共同語，雖然部分基本詞的詞形、詞義與共同語略有差異，但并不足以構成古楚語基本詞彙而使之蛻變爲一門獨立的語言。

一、一般分類

如同共同語那樣，楚語詞彙可以劃分爲：基本詞彙、術語（樂律、官稱、法律用詞、占卜用語等）、專有名詞（人名、地名、神祇名）、成語，等。最能體現楚方言詞彙特點的莫過於術語和專名。

二、從語音角度分類

如果從語音因素考慮，楚語詞也可以分爲單音節詞和多音節詞。與當時的通語大體相一致，楚語詞彙也以單音節詞居多。但多音節詞（尤其是雙音節詞）的漸次增加，說明楚語詞彙日漸豐富起來了。多音節詞兒，部分爲合成詞，部分爲借詞（或同源詞）。其中，雙音節單純詞或多或少帶有楚語的語音特徵：譬如，某些詞兒的音節可能是由複輔音聲母與元音韵母構成的，當然也可能存在一字卻有兩個音節的情況。反映出楚語的語音系統與通語有所不同。

三、從詞源角度分類

如果從構成整個詞彙系統的來源考慮，楚語詞可分爲：（一）古語詞（archaism）。這裏有兩種情況：1. 沿用古語詞。無論從形體、意義乃至用法，都淵源有自，實際上是殷、周通語詞的孑遺。當然，這些古語詞也可能爲其他方言所繼承，而并非僅存於楚語之中。2. 保留古義。可能其形體和語音都有了變化，但其意義卻是沿襲未變。通語古語詞的沿用或古詞義的保留，說明楚語有可能源自前代的通語。（二）新造詞（new words）。這裏也有兩種情況：1. 獨創的方言詞。這些詞兒，無論是形體、意義還是語音，都明顯帶有地域特徵。2. 方言詞義。通過假借、比喻等途徑，某些詞語產生了新的、有別於通語的意義。新造詞的產生，顯現出楚語有成爲獨立語言的趨向。（三）借詞（loanwords 或 borrowings）。指同系語言的同源詞或來自異族語言的音譯詞。借詞的存在，反映了同系語言或異族語言對楚方言的形成產生過影響。

四、構詞法上的分類

如果從構詞法方面考慮，楚語詞可分爲：（一）單純詞。（二）合成詞：1. 複合詞；2. 派生詞；3. 重疊詞。（三）功能轉移（functional shift）。（四）詞組。其中，功能轉移一法最具楚語詞彙特點。

五、詞性分類

如果從詞法功能方面考慮，楚語詞也可以分爲名詞、代詞、數詞、量詞、動詞、助動詞、形容詞、副詞、連詞、介詞、嘆詞，等等。當然，如同共同語，楚語詞詞性兼類的情況相當普遍，一個詞兒可能有著兩個或以上的詞性。此外，某些楚語詞的詞法功能有異於通語者。例如，楚地出土文獻完全不用「焉」，而以「安」代之，分別用作指示代詞、疑問代詞（或疑問副詞）等。又如某些數量詞，僅見於楚地文獻，也反映了楚方言詞彙特異的一面。例如「眞」，可以用爲甲冑的量詞（見《曾》簡）。又如「刖」、「鋞」（均見《包》簡），可以用作版金的量詞。反映了楚人獨特的語言習慣。

第三節　總　量

一、統計之原則

本文所謂的古楚語詞，是根據以下條件加以確定的：

（一）概念的地域獨特性。例如，「相（輔助國君者）」這個概念，楚語作「令尹」。又如「司寇」，楚語作「司敗」。

（二）因語音或詞義差異而造成的詞形差異者。例如：「牲」，雖然是共同語的基本詞，但它在楚系文字中被寫成「犢」或「犝」，如同今天廣州話的「冇」，實際上是「毋」的方言詞形一樣，屬於方言字。如果從文字學的角度看，也就是「文字異形」。

（三）詞形相同而詞義相異者。例如「夢」，列國語言雖然也在使用，但均無「沼澤」的意義，唯獨楚語是例外。

（四）從構詞法上考察，凡由異於列國語言的詞素所構成的詞兒，均可確定爲楚語詞。例如「囂（敖）」這一詞素，常用以構成楚地的官稱：「莫囂（敖）」、「連囂（敖）」等。則凡帶有「囂（敖）」詞素的官稱，必定屬於楚語無疑。又如「尹」，也是楚地官稱的構成詞素，如「令尹」、「左尹」、「右尹」、「攻（工）尹」、「連尹」等。那帶有「尹」詞素的官稱，大體可確定爲楚語詞。

（五）在確定楚方言字的同時，排除通假字。這裏有兩種情況：一是衹出現在楚文獻中，異乎別域的字（詞）；二是構形上體現出楚語的表達習慣：切合楚人對概念的定義，切合楚語語音。例如「依」（《郭・老子丙》）、「悘」（《郭・語叢二》）是「哀」的楚方言形體，「愄」（《郭・性自命出》）是「畏」和「威」的楚方言形體；而「新父」（《包》202）的「新」卻是「親」的通假字、「矦土」的「矦」卻是「后」的通假字。

（六）從語音上考慮，例如楚地文獻以「員」作「云」，則「邔」、「囩」是「鄖」、「圓」的楚方言形體可無疑。

（七）雖然來自前代通語，但用法或意義已帶有楚方言語言特點的字（詞）。

符合以上其中一項條件者，即可確定爲楚語詞。

許多未識字僅見於楚地出土文獻中，無疑也是楚語詞。但是，其形或不可隸定，其義或隱晦難曉，其音或茫昧無考。因此，本文暫時不作收錄及統計。

連綿詞、重疊詞則有選擇地收錄并加以統計。

二、總量數據

要精確地提供一個楚語詞彙總量的數據，有相當的難度。首先，因爲楚語是漢語的一支，它當然受著共同語的影響；同樣，共同語不可避免受到方言的影響，所以，某些方言詞可能被吸收到共同語裏來了，這裏面也許就有相當數量的楚語詞。把這些原屬楚語的詞兒從共同語中劃分出來，實在不是一件容易的事。其次，楚語的基本詞彙仍屬於漢語系統，換句話說，楚語并沒有屬於自己的基本詞彙。也許，基本詞彙中的某些詞語在共同語裏已成歷史，卻在楚語裏、吳語裏、晉語裏……被保留了下來。那麼，我們把之視爲楚語詞是否合適呢？基於這兩點原因，本文衹能對楚語詞彙的總量作個相對準確的統計。

統計的資料來源可分爲四類：

（一）傳世典籍裏保留的楚語詞。

（二）出土文獻裏發現的楚語詞。

（三）孑遺在現代漢語方言裏的楚語詞。

（四）楚語系統以外的借詞

事實上，這四類楚語詞互有重疊，不能截然分開。傳世典籍中某些楚語詞，可能既見於出土文獻，也見於現代漢語方言。因此，上述的資料來源分類衹能是粗略的：見於出土文獻者，衹當出土文獻來源；見於現代方言者，衹當現代漢語方言來源；見於少數民族（或異邦民族）語言的詞兒，衹當少數民族（或異邦民族）語言來源；除此以外，纔計入傳世典籍來源。這樣劃分楚語詞的資料來源有個好處，那就是可以讓人們清楚地瞭解哪些語詞衹保留在傳世典籍裏，哪些曾在出土文獻中出現過，哪些則孑遺在現代漢語方言裏，哪些可能與異族語言存在著一定的源流關係。

本文所輯錄的1518詞，（未囊括全部連綿詞、重疊詞、音譯詞及詞組，部分詞條因詞形不同而有重出），其來源分配是這樣的：

傳世典籍：572個。

出土文獻：668個。

現代漢語方言：194個。

少數民族語言同源詞、音譯詞：84 個。

本著嚴謹的科學態度，筆者堅持寧缺毋濫的原則。因此，這個統計數據可能比事實上的要小。隨著考據工作的深入，散落在傳世典籍及出土文獻中的楚語詞的數量將有望增加。

更爲詳盡的內容請參看本文第七章。

第二章　楚語詞彙之構成

從來源上考慮，楚語詞彙的構成可類分爲三個部分：1. 古語詞（archaisms，沿用古詞或保留古義）；2. 新造詞（new words，獨創的方言詞和方言詞義）；3. 借詞（loanwords 或 borrowings，包括同系語言的同源詞或音譯詞）。

楚語詞彙中，數量上佔有絕對優勢的是第二類。事實上，我們也能較爲容易地把這類詞甄別出來，相對而言，把古語詞、少數民族語言的同源詞和音譯詞甄別出來，則需做大量的工作，而且要和少數民族語言工作者攜手合作。就目前的狀況看，這方面研究的成果尚不能令人滿意。在本文中，筆者衹對第一和第二類詞彙作了并不算系統也并不算完整的研究，至於第三類詞，就衹能根據筆者所目及的現有研究狀況作大體的概述。下面，筆者將花較多的筆墨就這三類詞彙作一初步的描述。

在正式討論本章內容之前，有必要略花筆墨闡述漢語「字」和「詞」這兩個概念。

一般說來，在上古漢語中，「字」和「詞」是二位一體的。換言之，「字」即「詞」，「詞」即「字」。可見，漢語「詞形」的概念，外延通常較大，往往也體現爲「字形」。因此，在本文的論述中，「詞」有時可能指「字」，「詞形」有時可能指「字形」。讀者不可不察。

第一節　古語詞（*archaisms*）

楚語詞彙中的古語詞，是指那些曾在共同語（或稱爲「主流語言」）的歷史上使用過、而後來僅孑遺在楚語（及其他方言）裏的語詞。

通常而言，由於語言（尤其是共同語）有著其延續性，它的詞彙很少會因歷經滄桑而消失，反倒保存在方言裏了。所以，楚語詞彙裏僅有少量（字）詞可以確定爲古語詞。這裏面有兩種情況：一是襲用古詞語，二是保留古詞義。

一、沿用古詞語

所謂「沿用」，是指從詞形到詞義一仍其舊的情況。此處，舉幾個例子以闡述之。

例 1，曾：楚語可用爲「爲什麼」。《方言》卷十：「曾、訾，何也。湘潭之原、荊之南鄙謂何爲曾，或謂之訾。」考諸典籍，「曾」的這種意義和用法當來自古語。《詩・大雅・蕩》：「曾是強御」、「曾是掊克」、「曾是在位」、「曾是在服」，這幾個「曾」都用如「何」。

例 2，氏：致。見於殷墟甲骨文，例：「車不其氏十朋。」（《鐵》140・1）楚語所用未變，例如：「大宮（邑）痤內（入）氏篿。」（《包》13）

例 3，㝬：見於西周金文，是厲王的名字，傳世典籍作「胡」。迄今爲止，戰國時期字形祇見於楚地出土文獻：《王子午鼎銘》、包山所出竹簡〔註 1〕、新蔡所出竹簡。除《王子午鼎銘》外，多作姓氏，如「㝬宜」（《包》165）、「昜少司馬㝬瘖」（《包》173）、「羕陵公之人㝬」（《包》177）。祇有《新蔡》零 211 可能是名字：「堅子㝬哀告……」。可見姓氏的「胡」原當作「㝬」。

例 4，囟：見於周原甲骨文：「囟有正？」（《周原》H11：1，又見 H31：5、H11：82 等）延至西周仍見於青銅器銘文。在楚語有兩種用法：一是表疑問或不確定語氣的句首助詞，相當於「其」。例如：「囟攻解於水上與㲼（沒）人？」（《包》246）又如：「囟攻解於日月與不殆（辜）？」（《包》248）二是

〔註 1〕 原隸定爲「䟫」。滕壬生《楚系簡帛文字編》（湖北教育出版社，1995 年 7 月第 1 版）以及湯餘惠主編《戰國文字編》（福建人民出版社，2001 年 12 月第 1 版）改隸爲「㝬」。後新蔡葛陵楚簡出（參張新俊、張勝波《葛陵楚簡文字編》178 頁，巴蜀書社，2008 年 8 月第 1 版），證明後者是正確的。

作轉折連詞，相當於「斯」。例如：「囟阱門又敗。」（《包》23）

例 5，自……以至……：表示一段時間或某一世系的介詞連詞固定結構。見於殷墟甲骨文，武丁期作「自……至于……」，後也省略爲「……至……」〔註 2〕。楚語所用大體未變，祇是「至」變成了「商（適）」，例如：「自頣（夏）㞩之月以商（適）𥟍歲之頣（夏）㞩之月。」（《包》209）又如：「自頣（夏）㞩之月以商（適）𥟍歲之頣（夏）㞩之月。」（《包》212）

例 6，兮：字見於甲骨文及周金文，爲《詩經》中常見的嘆詞，通常用於句末。在楚地文獻中，例如《楚辭》、《老子》，可以用在句中，構成騷體特有的句式。例如：「吉日兮辰良，穆將愉兮上皇。」（《楚辭・九歌・東皇太一》）又如：「道沖，而用之或不盈。淵兮，似萬物之宗。挫其銳，解其紛，和其光，同其塵。湛兮，似或存。吾不知誰之子，象帝之先。」（《老子》四章）

例 7，只：見於《詩經》，例：「樂只君子，福履綏之。」（《周南・樛木》）又：「仲氏任只，其心塞淵。」（《邶風・燕燕》）又：「母也天只，不諒人只。」（《鄘風・柏舟》）《說文》：「只，語已詞也。」（卷三只部）在《楚辭》當中，「只」比較固定地用於句末，似乎成了韵脚。例：「青春受謝，白日昭只。春氣奮發，萬物遽只。冥淩浹行，魂無逃只。」（《大招》）

楚語中的這些古語詞，有的雖歷經千百載而其意義、用法基本不變。像「囟」、「氏」二字就最爲典型。周原甲骨文中，「囟」用如「斯（其）」，可能是假借義（詳參本文第六章該詞條）。殷墟甲骨文中，「氏」借爲「致」，也是假借義。楚語中本有「致」字，卻仍使用這個古字。不能不說是出人意表。有的則在意義上、形式上發生了變化。如殷墟甲骨文裏的「自……至于…」，其形式已發生了變化；又如西周金文常見的「廷」、「猒」，其意義也有了發展。總括說來，前一種現象比較普遍。這一問題，筆者將在「楚語詞詞義之發展與變化」一章中進一步討論。

沿用原有古詞語還有一種情況：既保留原有的詞形詞義，又別造與之基本等同的新詞形。例如「亖」（《郭・唐虞之道》12），爲前代的固有寫法，又借「四（泗本字）」作「亖」。又如「一」這個古已有之的詞形，楚地出土文獻還以「弌」（《新蔡》乙四：148）、「罷」（《郭・太一生水》等）代之。再如

〔註 2〕筆者對此問題有過詳細討論，參譚步雲《甲骨文時間狀語的斷代研究》，中山大學碩士論文，1988 年自印本。

「鹿」，見於甲骨文、西周金文，楚地出土文獻又有「麍」、「麢」（見《新蔡》，後者也見於上博簡）異體，分別用「力」、「录」聲符標示「鹿」的讀音。

這種情況可以稱之爲「有限度地沿用」。因「有限度地沿用」所產生、并與舊詞形并行不悖的新詞形，在文字學上可稱爲「今字」，而在詞彙學上，則可稱爲舊詞的「等義詞」。可能地，楚語中有部分的等義詞正是這個原因造成的。

事實上，在現代漢語方言中，「文讀」、「白讀」的并行不悖，也正是對古語詞的「有限度地沿用」。

二、保留既有古詞義

事實上，任何一門自然形成的現代語言都對古語言有所繼承，無論是文字還是詞彙，語法還是語音。而詞彙方面的繼承，保留古詞義則是其中一個相當重要的部分。不過，本文所謂的「保留古詞義」，是指詞形有所變化而存其古義者。

例如「駂（見《曾》）、羖（見《包》）、豞（見《包》）」這組表示雄性馬、羊、豕的概念，應當是甲骨文「駐、羊土、豕土」三字在楚語中的孑遺，祇不過形體可能因方音差異而發生了變化。實際上，我們在楚地的出土文獻中還看到完全沿用前代形體的情況，例如「駐、駝（均見《曾》）」二字就是如此。可以證明楚人所用詞語之古老。

又如「簠」，古楚語中固然保留了前朝的「匿（見《包》等，可能仍舊用以指稱青銅鑄造的『簠』）」，但同時造出了「笑（見《包》等）」，反映了「簠」這種器皿在楚地也有用竹子製造的。

再如「牲」，字見於周金文。在楚地文獻中，「牲」作犧牲的意義未變，但形體或作「犗」（《新蔡》甲三：146），或作「犕」（《新蔡》甲三：111）。反映了「牲」的讀音在楚語中可能有所不同。

最後如「縏／祱」（見《包》等），即甲骨文的「煭」。「縏／祱」保留了「煭」卜問的古詞義，卻完全放棄了原有的形體。

第二節　新造詞（*new words*）

新造詞包括兩部分：獨創的方言詞和方言詞義。以下分別述之。

一、獨創的方言詞（*coinage*）

所謂「獨創的方言詞」，是指形、音、義完全楚化，并且在楚以外的同時期的列國語言（或方言）中無法找到其蹤影的語詞；其中包括那些楚人根據自己的方音系統、自己的詞義系統另造的詞。這類詞，往往可以在同時期的列國語言（或方言）中找到與之相當的另一個詞。我們或者可以稱之爲「楚方言字（詞）」。筆者在第六、七章中重點闡釋的楚語詞，即屬於獨創的方言詞。例如：普通名詞中的「筭（籠）」、「奧（瓮）」等；專有名詞中的「神祇」等；術語中的「官稱」、「月名」等；代詞中的「見日」、「僕」等；副詞中的「�（趎）」、「訽（信）」，等；動詞中的「韄（搏）」、「悥（圖）」、「臬（拔）」等；量詞中的「鋥（圣）」、「刖」等，形容詞中的「赭」、「續（黃）」等。在《方言》等傳世典籍中，這類詞也不在少數。例如：動詞中的「睩」、「睇」等；名詞中的「崽」、「篏」等；代詞中的「鄉」等；語氣詞中的「羌」、「些」等。

楚語中獨創的方言（字）詞大致有五種情況：

（一）因詞義發展而改變詞形。例如「行」，本義指道路，道路之神則是其引申義，於是別造从示的「禁」（見《包》等）。又如「蔡」，本義爲「草也」（《說文》卷二草部），借義爲地名，於是別造从邑的「鄒」（見《包》等）。再如用作國名的「梁」，傳世文獻均如是作，爲通假的用法，在晉地的出土文獻中則作「郛」（如《梁廿七年鼎銘》等）。按照名從主人的原則，可以視爲通行形體。但楚地的出土文獻作「邒」（見《包》179）或「郲」（見《包》163），分別爲从邑刅聲和从邑刱（楚地文獻「梁」字）聲。這種情況，在文字學上可視爲「古今字」；而在方言學上，則屬於「方言字」。

（二）概念相同而詞形不同。例如其它國家的官稱「司寇」，楚地文獻則作「司敗」。又如「相」，楚方言則作「令尹」。最爲典型的例子是月名及樂律名，楚地文獻都載有異於列國者：秦曆的「正月」，楚語作「暫层」（見《包》等）；秦曆的「八月」，楚語作「爨月」（見《包》等）；傳世文獻的「太簇」（見《呂氏春秋》等），楚語作「穆鐘」（見曾侯乙編鐘鐘銘），傳世文獻的姑洗（見《左傳》等），楚語作「割肄」（見曾侯乙編鐘鐘銘）。

詞形的不同，如果從文字的角度考察，可以發現，楚系形聲字形符的確定，也往往以楚地名物爲依歸。例如「羿（旗）」（《曾》3 等）、「毣（旅）」（《包》

牘 1）、「翯（旌）」（《包》28 等）等字，楚系文字均从羽，說明其旗幟以羽毛爲重要特徵，儘管楚文字中也有用「㫃」爲形符的。有意思的是，即便在秦統一文字之後，某些楚地特有的字仍爲人們所沿用。像上舉的「翯（旌）」（《包》28 等），就出現在馬王堆漢墓所出的帛書裏：「名曰之（蚩）尤之翯（旌）。」（《馬王堆〔壹〕・十六經》一〇四）當然也有可能這文獻本就是先秦時的作品。又如「鼦」、「鼢」、「鼭」一類的概念，楚文字一律从鼠，不从豸。楚人大概認爲所屬非豸而是鼠。再如「剔（傷）」（《郭・語叢四》2）或「戕（傷）」（《包》144），楚人顯然更爲強調刀、戈對人的傷害，因而字从刀戈不从人。這種情況，文字學上稱之爲「異體」；而在方言學上，則可以稱之爲「方言字」。

所有這類（字）詞均僅見於楚地文獻。

（三）因方音而改變詞形。若是形聲字，通常變換聲符。例如「勝」、「縢」之類从朕得聲的字，楚地文獻多用「乘」代替「朕」，分別作「勳」（見《郭》等）、「縔（紪）」（見《天》、《包》等）等。又如「纊」，从廣得音，楚文獻作「絖」（見《莊子》），用「光」代替「廣」。再如「熬」，从敖得聲，楚文獻作「𤏰」（見《包》等），用「囂」代替「敖」。若非形聲字，則附加聲符以表音。例如「鹿」，爲象形字當無異議。但在楚地文獻中，有的「鹿」字附加聲符「彔」作「麜」（見《新蔡》及《上博》），或附加聲符「力」作「麍」（見《新蔡》）。

尤其值得關注的是，楚系形聲字所使用的聲符往往忠實於楚方言的語音系統，而不理會其繁簡。這是文字受正確表音規律制約的結果〔註 3〕。例如「觴（觴）」（《包》259）、「剔（傷）」（《郭・語叢四》）、「戕（傷）」（《包》144）等字，前者聲符較之後者，形體似乎簡省了，實際上其表音更爲直接而準確。又如：「翨（翡）翠／翯（翠）」（《望》2・13），「翨」較「翡」繁複，但它必定更切合楚人的讀音；「翠」較「翯（翠）」簡略，它也必定更切合楚人的讀音。這個例子同時證明了《說文》關於「辠」的會意字說解可能是不正確的，「辠」可能是形聲字，从自辛聲，至少，在楚系文字裏是這樣。

這種情況，在文字學上稱之爲「異體」；而在方言學上，則可以稱之爲「方言字」。

（四）爲楚地名物概念而特地創造的（字）詞。如「邔」（見《鄂君啓舟節

〔註 3〕 詳參譚步雲《漢字發展規律別說》，載（香港）《語文建設通訊》總 63 期，2000 年 4 月。

銘》、《包》22等），楚地名。又如「酓」（見《包》等），楚姓，列國（例如秦）文字或傳世文獻作「熊」。再如「箕（籠）」（見《包》等），器皿，爲楚人所常用。需要特別指出的是，部分獨創的（字）詞，未必爲楚地獨特的名物概念，卻可能是楚人最先使用而爲列國及後世所襲用。例如，「峻（朘）」（見《老子》）作爲男童生殖器的概念，就是楚人始創并傳諸後世的。時至今日，此字仍保留在粵語裏。

（五）增繁方言字。所謂「增繁方言字」，是指楚人在保留通語中某些字的原形的同時又出於某種目的而使其繁化，即在其原來的形體上贅加符號。所贅加的符號，既非用以表音，也非用以表意，而是用以區別意義（通語與方言的意義差異）或詞性（通語與方言詞性上的不同）。

增繁方言字以贅加「口」符最爲常見。例如「己」既作（《包》31等）也作（《郭・窮達以時》14等）；「紀」既作（《郭・老子甲》11），也作（《帛・乙》）；「組」既作（《天・策》），也作（《曾》31等），等等。祇有「丙」作（《包》50等），并無對應的「丙」；「⿱巫口」（《天・卜》等）也無對應的「巫」〔註4〕。學者們一般把「口」視爲無意義的羨符〔註5〕。不過，文字無意義的增繁，似乎有違奧卡姆剃刀定律（Occam's Razor, Ockham's Razor）〔註6〕。因此，今天我們不明其所以然，恐怕是對它們的認識還不夠

〔註4〕稍後的楚地出土文獻有「丙」和「巫」，例如馬王堆所出帛書。不排除當時已因統一文字而廢棄「⿱丙口」、「⿱巫口」二字。參看陳松長《馬王堆簡帛文字編》590頁、193頁，文物出版社，2001年6月第1版。侯馬盟書「覡」字，或从「巫」，或从「⿱巫口」，也可以證明「巫」、「⿱巫口」爲一字之異體。參張頷、陶正剛、張守中《侯馬盟書（增訂本）》，山西古籍出版社，2006年4月第1版。

〔註5〕例如張桂光即認爲這類文字「純粹因爲裝飾或某種習慣手勢而增繁」。參看氏著《古文字論集・戰國文字形符系統特徵的探討》108頁，中華書局，2004年10月第1版。

〔註6〕奧卡姆剃刀定律，14世紀邏輯學家、聖方濟各會修士奧卡姆的威廉（William of Ockham，約1285年至1349年）所提出。他在《箴言書注》2卷15題説：「切勿浪費較多東西去做用較少的東西同樣可以做好的事情。」這個原理被稱爲「如無必要，勿增實體」（Entities should not be multiplied unnecessarily），即「簡單有效原理」。奧卡姆（Ockham）在英格蘭的薩里郡，那是威廉出生的地方。故稱。語言文字的使用也往往受著奧卡姆剃刀定律制約。Ockham's razor, also spelled Occam's razor, also called law of economy, or law of parsimony, principle

深入罷了。聯繫現代方言考慮，這類字的「口」也許是功能轉移的標識（關於「功能轉移」，論述以及更多的例證參本文第三章第三節），用以區別意義或詞性。以「己」爲例，《包》簡的「己」凡42見，除了31、150、183三例用爲人名外，都用爲天干（如加上《望》、《天》、《新蔡》等，數量更爲可觀）；而《郭》簡的「㠯」（凡六例），全都用爲「自身」的「己」。當然，《郭》簡也用「己」爲「自身」的「己」（衹有兩例），不妨視之爲通假。顯然，「己」與「㠯」是有區別的。又以「等」爲例。在《包》簡中，「等」凡六見，「等」衹一見（132反）。在《郭》簡面世之前，恐怕我們都以爲二字是等同的〔註7〕。事實上，在《郭・緇衣》中，「等」等同於「志」：「爲下可述而等也。」傳世本《緇衣》作「爲下可述而志也」。證明「等」實際上是「志」。回過頭去考察一下《包》簡：「氏（致）等」（9、13、127）「子鄁公命鄢右司馬彭懌爲僕笑等。」（133）「郊少宰尹郱敨以此等至（致）命。」（157反）「廷等」（440-1）這些例子中的「等」解釋爲「志（記錄；案卷）」比解釋爲「等」（《說文》所謂「齊簡也」）更合理。而在「□尹桊駐從郢以此等李（理）」（132反）中的「等」，恐怕也通爲「志」，爲假借義。

也有贅加「爪」符的。例如「卒」（《郭・唐虞之道》），也作「翠」；「家」（見《郭・唐虞之道》），也作「豪」（見《包》等）；「室」（《包》、《郭》均見），也作「臺」（見《望》）。卒，表「完畢」意義衹見於《郭・唐虞之道》18：「卒王天下。」其餘的要不用爲「衣」（《郭・窮達以時》3），要不通作「依」（《郭・語叢三》44）。而翠，除了用作人名及通假外，都表「完畢」的意義（參看第七章該詞條）。家，迄今衹一見：「卌而又（有）家。」（《郭・唐虞之道》26）指「家庭」。豪，除了作人名以及通假外，都可以表「家庭」、「邦家」等意義

stated by William of Ockham（1285–1347/49）, a scholastic, that *Pluralitas non est ponenda sine necessitate*; 'Plurality should not be posited without necessity.' The principle gives precedence to simplicity; of two competing theories, the simplest explanation of an entity is to be preferred. The principle is also expressed 'Entities are not to be multiplied beyond necessity.' *The Encyclopædia Britannica. Encyclopædia Britannica Online*. Encyclopædia Britannica, 2011. Web. 14 Apr. 2011.

〔註7〕例如《包山楚簡文字編》（張守中：1996：67頁）、《戰國文字編》（湯餘惠等：2001：287頁）都把「等」列在「等」字條下。

（參看第七章該詞條）。然而，用作人名的「豙」無一例作「家」。這充分表明楚人企圖把「家」、「豙」分而別之的良苦用心。室（《郭》、《包》均見），都表「宮室」的意義；而「𡪠」，衹有一例，是占卜用具的名稱（參看第七章該詞條）。

這裏，不妨再舉些例子作爲旁證：「中」增繁作「㣡」，前者爲「左中右」的「中」，爲方位詞。後者多指建築物之內的「中」，所以意化爲「㣡」。「割」用爲「害」（《郭・語叢四》）；「浴」用爲「谷」（《郭・老子甲、乙》）等，都不是通假，所增益的偏旁實際上是有意義的。「害」增加「刀」，強調「傷害」；「谷」增加「水」，強調「谷中有水」。

在廣州話中，也有這類附加「口」符的方言字。例如「啲（一點點）」、「咗（了）」、「呤（毛綫）」、「嘟（動）」等，字均从「口」，表明那都是些方言口語詞，與原來所表意義已有不同。換言之，在廣州話中，附加「口」符可能是白讀的標識，用以區別文讀。

楚人獨創的方言（字）詞，部分爲共同語所吸收，這可以在漢以後的傳世典籍裏得到證實。譬如，表謙敬意義的第一人稱代詞「僕」便見於《史記》和《漢書》。又如普通名詞的「艇」，便時至今日仍在使用。而另一部分雖未爲共同語所吸收，卻保留在與楚方言甚有淵源的現代漢語方言裏。譬如，李新魁列舉了「娃」、「睇」等十餘個殘留在粵語裏的楚語詞（1994：47～48頁）。又如，邵則遂列舉了「憑」、「閈」等數個殘存於湖北方言裏的楚語詞（1994：62～64頁）。再如，劉曉南（1994：95～96頁）、李敏辭（1994：83～91頁）也考出了「黨」、「熬」等十餘個殘存於湘語裏的楚語詞。還有一部分則不知所終，徹底消失了。譬如術語中的「官稱」和「月名」，大部分無法在傳世典籍和現代漢語方言裏尋覓到其蹤蹟。

在楚地的出土文獻中，有相當一部分字尚未釋出。這部分字當中，有些也見於共同語或列國方言，大多數爲楚地出土文獻所僅有，那這些（字）詞可能也屬於獨創的方言（字）詞。由於其屬性還不清楚，所以，本文并未收入這部分字（詞）。

某些獨創的方言詞，其形構極不穩定。也就是說，這些（字）詞往往有多種形體，即便在同一著作裏也不可免。舉例說，作人名的「縕」，可以寫作

「昍」（《包》133），也可寫作「綎」（《包》135）。「縊」在《說文》當中是正體，「綎」是異體，「昍」無疑也是異體。「宣」更爲混亂，或从走（《包》132），或从人（《包》136），或从宀（《包》135 反）。像這類歧異的形體，本文并未另作一（字）詞加以收錄，否則楚語詞的數量將大得多。這似乎說明了，部分獨創的方言（字）詞尚處於有待「約定俗成」的階段。

應當指出的是，楚地文獻在使用通語用（字）詞的同時，也使用方言（字）詞。例如「縢」，既有「縢」（見《天・策》）、「緰」（見《包》270）、「纘」（見《曾》43 等）等方言形體，也使用「縢」（見《曾》43、《包・牘一》等）。又如「圓」，大體上使用「囩」（見《包》264、《信》2・01、《五》406・3、《望》2・48 等）這個方言形體，可也局部使用「圓」（見《曾》203）。再如「衰」，既用「衰」（《郭・成之聞之》8、《郭・六德》27 等），也用「憹」（《郭・窮達以時》10）。概言之，楚方言有形成自己的文字系統的趨勢。

二、方言詞義

所謂的方言詞義，是指其形體也見於共同語或列國方言、但衹具有楚方言詞義的語詞。這種現象近乎「假借」。即所謂「本無其字的假借」。這是具有方言詞義的字與通假字之間的區別。方言詞義也不屬於詞義的擴大和縮小，引申和轉移，因爲它的意義與其形體所指向的本義「風馬牛不相及」。在沒法子找到同源詞和本字的時候，具有方言詞義的詞同樣不能被看作是少數民族語言同源詞和或音譯詞。總之，方言詞義現象確乎與上述的詞用或詞義現象有一定的類似性；然而，其相對的獨立性卻是顯而易見的。當然，我們似乎可以目之爲「方言假借義」。

賦於某詞形以方言詞義，是製造新詞的最簡便的方法。不過，其弊端也昭然若揭。那就是，詞義必須視具體的語境而定。因此，這類詞的數量自然受到了限制，僅佔楚語詞彙總量的一小部分。以下爲部分例子：

夢

楚語可用爲「沼澤」、「澤」，例如《楚辭・招魂章句》：「旋與王趨夢兮課後先。」（卷九）王逸注：「夢，澤中也。楚人名澤中爲夢中。《左氏傳》曰：『楚大夫鬬伯比與邧公之女淫而生子，棄諸夢中。』」又如《呂氏春秋・仲冬紀》：「荊莊哀王獵於雲夢。」（卷十一）高誘注：「雲夢，楚澤也，在南郡華容也。」再如《淮南鴻烈解・地形訓》:「南方曰大夢，曰浩澤。」(卷四) 許慎注:「夢，雲夢也。浩亦大也。」

屯

楚語可用爲「全部」、「全都」、「全都是」〔註 8〕。例如:「二淺缶、二膚(爐)、一深之鐖貞(鼎)、二鎬，屯又(有)蓋。」(《信》2・014)

羌

楚語可用爲「怎麼」、「爲什麼」。例如:「羌內恕已以量人兮?」(《楚辭・離騷》) 王逸注:「羌，楚人語詞也。猶言卿何爲也。」(《楚辭章句・離騷》)

集(雧)

楚語用如「匝」、「周」。「自𥋛层之月以商集歲之𥋛层之月，津(盡)集歲躳身尙(當)毋又(有)咎。」(《包》226)「集」或作「雧」。例如:「津(盡)雧(集)歲。」(《包》230) 又如:「雧(集)歲尙(當)自利訓(順)。」(《天・卜》)「集」用如「周」，「集歲」相當於典籍中的「朞年」。楚地出土文獻又見「雧(集)脰(厨)」、「雧(集)脰(厨)尹」等官署及官稱，「雧(集)」的意義大概特指「(楚王)宮室之中」。

安

迄今爲止，楚地出土文獻不見「焉」字，以致「安」完全取代「焉」的虛詞地位〔註 9〕。在傳世文獻中，「安」是不能作指示代詞的。但在楚地文獻中，竟然有這樣的用例:「募(寡)人惑安。」(《郭・魯穆公問子思》4) 又例:「亡勿(物)不勿(物)，虐(皆)至安。而亡非吕(己)取之者。」(《郭・語叢一》71) 又例:「既祭安。」(《上博四・競建內之》3) 這三個例子中的「安」都得理解爲「焉」。

以上的這些詞的詞形和楚語的實際詞義之間完全沒有必然的聯繫。

最爲有趣的是「七月」、「八月」、「九月」、「十月」(見《睡・日書甲》等)

〔註 8〕 參朱德熙、裘錫圭《戰國文字研究(六種)》，載《考古學報》1972 年 1 期。

〔註 9〕 在《上博三・亙先》中，有一個被考釋者釋爲「焉」卻讀爲「乃」、「則」的字，形體與《說文》所載殊異。詳參馬承源(2003:288 頁)。事實上，這個字可能不是「焉」字，而是「安」的另一種寫法。參張守中(2000:109 頁)。

這幾個月名，相當於秦曆的「四月」、「五月」、「六月」、「七月」。也就是說，同樣是「七月」，在楚人的時間觀念中和在秦人的時間觀念中截然不同。不過，這樣一來極容易引起混亂。因此，在楚地出土文獻中，像「七月」這麼個概念，往往以「顕（夏）柰之月／顕（夏）柰／顕（夏）𡚼」替代。

方言詞義出現的原因，恐怕在於表達某種意義的楚方音與被賦予方言詞義的詞的讀音相同或相近，借之以表達方言詞義可以省卻造詞之煩。這種現象，也存在於現代漢語方言之中。以粵語爲例，表達「種」這麼個意義的量詞，被寫作「亭」，如「呢亭人（這種人）」。「亭」可能是「停」的轉寫，因「停」有量詞的用法，所以在廣州話中被用如「種」、「類」。例如：「呂布急回，見此六將，料敵不過，落荒而走。健將成廉被樂進一箭射死。布軍三停去二，敗卒回報陳宮。」（羅貫中《三國志通俗演義》卷之三《曹操定陶破呂布》）當然，「停」卻是「亭」義引申的孳乳字。

方言詞義部分被保留了下來。如上舉的「夢」，湖北省有地名曰「雲夢」；至於「羌」，今天湖北方言仍在使用（邵則遂：1994：62～64 頁）。部分則永遠消失了。

第三節　借詞（*loanwords* 或 *borrowings*，同系語言的同源詞及音譯詞）

楚語中的借詞有兩種情況：一是可從同系或同族的語言中找到來源的詞兒，一是音譯詞。前者說明了楚語與這些語言存在著同源的可能，至少，某些詞語可能源自一門共同的語言。當然也有這種可能：楚語中的某些詞語來自其它語言，或義譯，或音譯。這裏，姑且一律定義爲「同源詞」

一、同源詞（*a cognate object/analogue*）

如果從地域上、人種上考慮，古楚語大抵不出漢藏語系的範圍。因此，所謂同源，應有廣義的同源和狹義的同源之分。廣義的同源，則楚語與其他少數民族（東亞地區）都同屬一源：漢藏語系；狹義的同源，則指語族、甚或語支的同源。同源詞的「同源」應當是狹義的。

探討楚語中少數民族語言的同源詞，實在有賴少數民族語言學者們的研究。然而，就目前的狀況而言，研究成果尚不能讓人滿意。

今天，在這方面做了許多工作的是陳士林（1984：1～19 頁）。據他研究，《楚辭》及其他傳世典籍中，楚語詞匯的少數民族（彝族）語言的同源詞有如下一些：

楚語：	申椒	菌桂	昔	步馬	女歧（岐）	汨	馮（憑）	兮
彝語：	zzietma	hmuxku	si	mu bbur	axqy	yy	mut	xi

楚語：	馮心（憑心）	彈	朴牛
彝語：	guo mut	bbie 或 nbie	bbuxnyi

以上詞條見於《楚辭》。

楚語：	檮杌	卮	桃棓（部）
彝語：	hnewo	zhep	tepbbup

以上詞條分別見於《孟子・離婁（下）》：「晉之《乘》，楚之《檮杌》，魯之《春秋》，一也。」《莊子・寓言》：「卮言日出。」《淮南子・詮言訓》：「羿死於桃棓。」又《淮南子・說山訓》：「羿死桃部，不給射。」

嚴學宭也做過類似的考證，他指出：《說文》、《方言》等傳世典籍中的「熊、魋、飵、煠、籛、齡、䘨、碗、闓、憚、父、鉗、舒、革、貜、傈、攎、蟅、婧、咷、褋、閶、眮、蚊、嫁、跂、私、苛、苿、瘼」可能與壯侗語、苗瑤語的語詞有同源的親屬關係（1997：398～402 頁）。

又如楚辭中的「兮」和「些」，有學者認爲與現代彝語的「啊」和「梭」可能是同源的〔註 10〕。

雖然上述的研究并未引起學術界太多的共鳴，但楚語中有少數民族語言的同源詞則毋庸置疑。正如張正明所說：「江漢之間以及江淮之間正是古藏緬語、古壯侗語、古苗瑤語與夏言、楚言接觸和交流的中心。因此，在楚言裏有其他語言的成分是勢所必然的」（1987：100 頁）這裏，張先生把「楚言」視作一獨立語也許失當，但他認爲楚語裏雜有其他語言成分卻是十分正確的。這一推論，可在現代漢語方言裏獲得間接的證實。譬如，「粵語便有苗語（苗瑤語族）、壯語（壯侗語族）的語法特點和詞彙。」（李新魁：1994：49 頁）對粵語有深遠影響的楚語也不應例外。

〔註 10〕 周振鶴、游汝傑《方言與中國文化》96 頁，上海人民出版社，1986 年 10 月第 1 版。

如果陳士林等學者的研究可信，那麼，見於傳世典籍的楚語詞彙至少有彝、苗、瑤等民族語言的同源詞。推而廣之，則見於楚地出土文獻的楚語詞彙也應如此。遺憾的是，這方面的研究相當薄弱，所見祇有劉志一關於楚貨幣文「銖」的研究（1992：79～80頁）。劉氏認爲楚貝幣上通常被隸定爲「哭」的字即古彝文，音同銖，義爲「對」、「雙」、「副」。爲漢語「銖」的同源詞。

筆者以爲，楚地文獻中許多的未識字（詞）也許便有部分爲少數民族的同源詞。倘若少數民族語言研究者和楚語言研究者能攜起手來，楚地文獻的文字考釋工作肯定會有很大的發展。

二、音譯詞（*transliterated words*）

在確知楚語的語屬之前，我們實在很難區分音譯詞和少數民族同源詞，因爲兩者都包含了語音的因素在內。應該說，前者涵括的範圍更廣，即，其來源不限於同一語族（或語支）；而且有時間上的限制，即，它是在方言已然形成後的外來詞。

傳世典籍曾記載了一首以楚語音譯的《越人歌》（據《說苑・善說》）。歌辭如次：「濫兮抃草濫予昌枑澤予昌州州𩜱州焉乎秦胥胥縵予乎昭澶秦踰滲惿隨河湖。」可以說，這三十二個字便是三十二個音譯詞（包括重見者）。它們音譯自以下文字：「今夕何夕兮搴舟中流，今日何日兮得與王子同舟？蒙羞被好兮不訾詬耻，心幾頑而不絕兮得知王子。山有木兮木有枝，心悅君兮君不知。」儘管那三十二個音譯詞具有漢字系統的形體，可是，無疑卻有著楚方音的物質外殼。正如元代的吳萊所說：「其聲則越，其辭則楚。」（《淵穎集》卷七葉三，四部叢刊景元至正本）《說苑》上的這則故事記述得很清楚：「鄂君子皙曰：『吾不知越歌，子試爲我楚說之。』於是乃召越譯，乃楚說之曰：……」楚字下的著重號是筆者加的，目的是強調上引的《越人歌》是以楚方言翻譯的，儘管其書寫符號用的是漢字。其情形，就好比使用罩上粵語方音外殼的漢字音譯他國的語言，付諸書面的結果，自然與罩上北京音外殼的漢字音譯同樣的語言不完全相同。譬如，好萊塢著名影星 Clint Eastwood，粵語作「奇連依士活」，普通話則作「克林特・伊斯特伍德」。又如，加拿大地名 Montreal，粵語作「滿地可」，普通話則作「蒙特利爾」。花了那麼多筆墨談《越人歌》，無非是爲了證明楚語詞彙中的確存在音譯詞。遺憾的是，這麼重要的音譯詞材料，一直以來卻未受重視。也許，韋慶穩的《〈越人歌〉與壯語的關係試探》〔註 11〕、陳掄的《〈越人歌〉新探》〔註 12〕、鄭張尚芳的《〈越人歌〉的解讀》〔註 13〕、周流溪的《〈越人歌〉解讀研究》〔註 14〕等論著多少填補了這個研究上的空白。不過，這些論述似乎都存在一個致命的缺陷：即便古越語與壯語、泰語等有著千絲萬縷的聯繫，但是，請不要忘了，這首《越人歌》的越語歌詞是用**楚語**而不是**漢語**記錄的。在尚未瞭解古楚語的語音系統之前，對這三十二個音譯詞所作的任何詮釋恐怕都不盡可信。

除了《越人歌》以外，見於傳世典籍的楚語詞彙中的音譯詞應當還有不少，筆者試舉例說明：

李父、李耳、於菟，三詞均指漢語的「虎」。「於菟」一詞，過去學者們傾向於爲「虎」的合音，今天或謂彝語的同源詞（陳士林：1987）；「李父」和「李耳」則源於彝語支的獨立語土家語：〔$li^{35}pa^{31}$〕和〔$li^{35}ni^{31}ka^{31}$〕，前者指公虎，後者指母虎。從語音上考察，「李父」和「李耳」也是音譯詞〔註 15〕。

依此類推：

襘、襜襦、襌襦，這三個楚語詞兒均可用以指「汗襦」：「汗襦，江、淮、南楚之閒謂之襘；自關而西或謂之祇裯；自關而東謂之甲襦；陳、魏、宋、楚之閒謂之襜襦，或謂之襌襦。」（《方言》卷四）其中必有音譯詞。

蔽、箭裏、簙毒、夗專、匴璇、棋，這六個楚語詞兒均可用以指「簙」：「簙，謂之蔽；或謂之箘；秦、晉之閒謂之簙；吳、楚之閒或謂之蔽；或謂之箭裏；或謂之簙毒；或謂之夗專；或謂之匴璇；或謂之棊；所以投簙謂之枰；或謂之廣平，所以行棋謂之局；或謂之曲道。」（《方言》卷五）其中必有音譯詞。

說上舉諸例必有音譯，完全是簡單的推理；不過，這個簡單的推理則建築

〔註 11〕 載《民族語文論集》，中國社會科學出版社，1981 年 3 月第 1 版。

〔註 12〕 載《歷史比較法與古籍校讀》，湖南教育出版社，1987 年 10 月第 1 版。

〔註 13〕 英文版載法國高等社會科學院《東方語言學報》（*Cahiers de Linguistigue Asie Oriental*）20 卷 2 號，1991 年冬。中文版（孫琳、石鋒翻譯）載《語言研究論叢》第七輯，語文出版社，1997 年 9 月。

〔註 14〕 載《外語教學與研究》1993 年 3 期。

〔註 15〕 參王靜如（1998：330 頁）。

於以下原則的基礎之上：1. 同詞異形（即同一詞條的不同形體）的詞條必須是單純詞（排除合成詞的可能性）；2. 同詞異形的詞條數目必須在兩條以上（排除少數民族語言同源詞的可能性）；3. 同詞異形的詞條彼此之間不存在語音上的聯繫（排除通假的可能性）。

類似的詞條還有一些，爲免煩瑣，不俱引，讀者可參看本文第七章。

在古楚語中，甚至可能有來自遙遠國度的音譯詞。

例如「些」，宋・沈括（存中）《夢溪筆談・辨證一》云：「《楚辭・招魂》尾句皆曰『些』。今夔峽湖湘及南北獠人凡禁咒句尾皆稱『些』，乃楚人舊俗。即梵語『薩嚩呵』也。三字合言之即『些』字也。」（卷三，葉一）薩嚩呵，有的著述引作「薩縛呵」或「娑婆呵」。今天多采後者。

又如「熊」、「莫敖」、「芈」三詞，岑仲勉曾對其來源作了推測性的描述：「按火教經文稱君主、首領爲 ahura，如分作 ah hura 兩音組而轉入漢讀，則變爲 ak（u）hung，與鬻熊《切韵》iukjiung（熊，廣州 hung）相吻合（ak 受後隨 u 音的影響，故變 iuk）。以後略去冠首元音，故衹稱『熊』，質言之，『熊』也就是『王』，『王熊』乃複辭單義，此由於拼音文字所發生之變化也。……按火教教士，古伊蘭文作 moju（唐譯穆護），古波文 magus，希臘文 magos，新波文 moj；莫敖，《切韵》mâk ngâu（敖，順德 ngo），漢語常讀 g-如 ng-，從對音來看，莫敖無疑指火教教士。蓋古時祭司握政治大權，因之莫敖便爲楚國最高之職。……芈，彌是反，《切韵》mjie。考火教的穆護，相傳起自亞塞爾拜然，即鄰接米地亞（Media，又稱 Madai）西北的地區，米地亞人亦信奉火教。它的歷史現在約可上溯到公元前九世紀，芈與 Media → me'ia 對音相合，《列子》、《墨子》都說楚之南有炎人（即火教徒）之國……」（岑仲勉：2004a：61 頁）

岑氏還認爲楚方言中有古突厥語詞（岑仲勉：2004b：178～209 頁）。諸如「屖比」、「謇（或蹇）」、「蹇（或作謇）」、「羌」、「些」、「憑（或馮）」、「嬃與嬋媛」、「偃蹇」、「侘傺」、「儃佪」、「荃／蓀」、「蜷蜷」、「靈／靈子」、「堀堁」、「閈」、「爽」、「瀛」、「夢」、「荊楚」、「離騷」、「眞」、「擘」等 23 個詞與古突厥語有著密切的關係。

再如「龍」（見《郭》簡等）和「知（愈也）」（《方言》），鄭偉認爲都是古侗台語的「標音字」〔註16〕。

最後如「䣂䚄」(《上博・三德》)，許無咎認爲乃古希臘語音譯詞〔註17〕。姑勿論楚人是否異乎漢族者，但古楚語中保留了外來詞似乎是個事實。

當然，在對楚語音系懵然不知的情況下，確定何者爲音譯詞有很大的難度，況且，我們也不清楚有多少種外族語言的詞兒被音譯過。

總之，楚語詞彙的音譯詞研究是個高難度的課題，尚需假以時日。

〔註16〕 參氏著《釋䍧》，載「簡帛研究」網站（www.jianbo.org），2006年2月25日。紙質文本爲《古代楚方言䍧字的來源》，載《中國語文》2007年4期。

〔註17〕 參氏著《騶吾、狻猊與䣂䚄——淺談上博楚簡〈三德〉篇的重要發現》，載「簡帛研究」網站（www.jianbo.org），2006年3月6日。

第三章　楚語詞之構造

大概因爲漢字每字衹有一個音節，所以學者們在討論詞的構成的時候，往往不免涉及「單音節」、「複音節」的問題。事實上，所謂「單音節」、「複音節」的概念應是語音學的術語。因此，在討論**構詞法**的時候，如無需要（譬如，在談與構詞有關的「一字重音說」時，那當然就要使用相關的術語了），實在不必使用**語音學**的術語，而應使用**詞彙學**的術語。理由如次：首先，**複音詞**并非一個精確的概念。雖然學者們也強調它是指「兩個或兩個以上的音節的詞兒」，不過，按我的理解，複者，重也，雙也，與「單」相對，實際上衹是 *disyllable*，是指**兩個音節**的詞。更精確的術語，毋寧使用**多音節詞**（*polysyllable*）。其次，即便**複音詞**就是**多音節詞**（*polysyllable*），但在漢語中，**複音詞**可以指**合成詞**（包括複合詞和派生詞），也可以指**借詞**（*loanwords*／*borrowing*），同時也可能指**連綿詞**。使用如此含混的概念討論詞的構成，無疑是不科學的。有見及此，本文將不把詞的音節問題作爲討論的重點。

如果僅從詞的構成的角度觀察，楚語詞兒也不外可以分爲：單純詞、合成詞、功能轉移和詞組四大類型。

作爲漢語的一支，楚語詞兒有著與共同語詞兒一樣的形式特點，也有著與共同語詞兒不一樣的形式特點。可以肯定的是，在詞的構成上，楚語詞兒與共同語詞兒之間的特點同多異少。

筆者想，在這一章中，主要的任務就是要把楚語詞中異於共同語詞的形式特點描寫出來。

第一節　單純詞（*single root words*）

漢語中所謂的「單純詞」，是指由一個詞素構成的詞。在漢語當中，「字」可能就是「單純詞」。然而，學界似乎傾向於用它特指一個詞素兩個音節者。其實，漢語中也有一個詞素三個音節的單純詞（譬如某些個音譯詞），雖然數量并不大。儘管如此，本文此處也衹討論一個詞素兩個音節者，但會使用「雙音節單純詞」這麼個術語。

在楚語當中，雙音節單純詞的數量相當可觀，它們可能是同一語系或語族的語言的同源詞，也可能是不同語系或語族的語言的音譯詞，當然也可能是上古漢語複雜語音現象的孑遺。

二十世紀三十年代，駱紹賓就楚辭的連綿詞進行過研究（1933：30～40頁）〔註1〕。據他輯錄，楚辭中至少有這麼些雙音節連綿詞：

雙　聲

鬱邑（《離騷》）、於邑（《悲回風》）、烟邑（《九辯》）、於悒（《九嘆·憂苦》）、紆鬱（《九嘆·憂苦》）、鬱陶（《九嘆·憂苦》）、搖悅（《九嘆·憂苦》）、殟悒（《九思·逢尤》）、猶豫（《離騷》）、容與（《離騷》）、夷猶（《湘君》）、溶與（《遠遊》）、容裔（《九懷·尊嘉》）、淫遊（《離騷》）、晻藹（《離騷》）、噎翳（《九思·遭厄》）、黯噎（《九辯》）、淫噎（《九嘆·逢紛》）、陰噎（《九嘆·惜賢》）、纁黃（《思美人》）、黃昏（《抽思》）、萎黃（《九辯》）、萎約（《九辯》）、坱軋（《招隱士》）、喔咿（《卜居》）、嗌喔（《九思·憫上》）、窈悠（《九思·憫上》）、渥洽（《九辯》）、滃鬱（《九懷·昭世》）、鬱渥（《九嘆·惜賢》）、淫溢（《九辯》）、溶溢（《九嘆·遠遊》）、踴躍（《悲回風》）、琬琰（《遠遊》）、遠遙（《大招》）、淈湪（《九嘆·惜賢》）、威夷（《陶壅》）、蕪穢（《離騷》）、歔欷（《離騷》）、緯繣（《離騷》、赫戲（《離騷》、儵忽（《天問》、荒忽（《湘夫人》）、慌忽（《招隱士》）、忽荒（《九懷·蓄英》）、嘩歡（《九思·疾世》）、嘘吸（《九嘆·憂苦》）、藋葦（《九思·悼

〔註1〕駱先生稱之爲「連語」。古人稱爲「謰語」，例如明末方以智的《通雅》即辟有「謰語」專章，雖然所釋不盡是連綿詞。

亂》)、榮華(《離騷》)、昡曜(《離騷》)、炫耀(《遠遊》)、炫曜(《九辯》)、沆瀣(《遠遊》)、玄黃(《九思・守志》)、眩惑(《怨上》)、晧旰(《九嘆・遠逝》)、耿介(《離騷》)、鞿羈(《離騷》)、規矩(《離騷》《九辯》)、改更(《天問》)、絓結(《哀郢》)、光景(《惜往日》)、滑稽(《卜居》)、膠加(《九辯》)、枯槁(《遠遊》)、餶結(《九思・逢尤》)、結縎(《怨上》)、膠葛(《遠遊》)、膠轕(《九嘆・遠遊》)、詰詘(《九思・遭厄》)、眴嘷(《九懷・蓄英》)、覺晧(《九嘆・遠遊》)、權概(《惜譬》)、忼慨(《哀郢》)、慷慨(《九辯》)、蜷局(《離騷》)、蜷局(《九思・憫上》)、崎傾(《九懷・昭世》)、丘墟(《九懷・昭世》)、困窮(《九懷・匡機》)、空虛(《九嘆・憂苦》)、埳軻(《七諫・怨世》)、菅蒯(《九思・悼亂》)、崟峨(《七諫・怨世》)、追逐(《七諫・怨世》)、周章(《雲中君》)、惆悵(《九辯》)、怊悵(《九辯》)、啁哳(《九辯》)、袛裯(《九辯》)、黕點(《九辯》)、顛倒(《九思・遭厄》)、忉怛(《九思・怨上》)、突梯(《卜居》)、踸踔(《七諫・怨世》)、悇憛(《七諫・謬諫》)、侘傺(《離騷》)、馳騁(《離騷》)、踼達(《九思・遭厄》)、怵惕(《九辯》)、沈滯(《九辯》)、滌蕩(《九嘆・逢紛》)、滔蕩(《遠逝》)、躑躅(《九思・憫上》)、躊躇(《九辯》)、調度(《悲回風》)、震蕩(《九遊》)、儒兒(《卜居》)、囁嚅(《七諫・怨世》)、集弱(《哀郢》)、零落(《離騷》)、陸離(《離騷》)、淋離(《哀時命》)、綝纚(《九懷・通路》)、琳琅(《東皇太一》)、憭栗(《九辯》)、潦洌(《九思・哀歲》)、憭栗(《招隱士》)、瀏栗(《九懷・昭世》)、繚悷(《九辯》)、繚戾(《九嘆・逢紛》)、離婁(《懷沙》)、流瀾(《七諫》)、謰謱(《九思・疾世》)、驢騾(《九嘆・憫命》)、咨嗟(《天問》)、呝呰(《卜居》)、擠摧(《九懷・憫上》)、逡次(《思美人》)、愁凄(《遠遊》)、慘凄(《九辯》)、憯惻(《九辯》)、凄愴(《九辯》)、參差(《湘君》)、嵾嵳(《七諫・怨世》)、遷蹇(《九嘆・逢紛》)、柴蔟(《九思・遭厄》)、憔悴(《漁父》)、遒盡(《九辯》)、蝍蛆(《九思・哀歲》)、叢攢(《九思・哀歲》)、蟋蟀(《九辯》)、蕭瑟(《九辯》)、櫹槮(《九辯》)、騷屑(《九嘆・思古》)、相胥(《九懷・昭世》)、斑駮(《九嘆・憂苦》)、匍匐(《九思・憫上》)、炳分(《九思・守志》)、辟摽(《九懷・思忠》)、滂沛(《九嘆・逢紛》)、紛敷(《九思・守志》)、髣髴(《悲回風》)、仿佛(《九辯》)、芳芬(《九懷・昭世》)、芬芳(《九嘆・遠遊》)、便嬛(《九嘆・憫命》)、悶瞀(《惜誦》)、晦明(《抽思》)、虉蕪(《少司命》)。

疊 韻

委蛇（《離騷》）、委移（《悲回風》）、逶蛇（《九嘆・遠遊》）、旖旎（《九辯》）、徙倚（《遠遊》）、離披（《九辯》）、被離（《九辯》）、嵯峨（《招隱士》）、碕礒（《招隱士》）、駕鵝（《七諫・謬諫》）、蹉跎（《九懷・陶壅》）、沙劘（《九懷・陶壅》）、逶隨（《九思・逢尤》）、徙弛（《九嘆・思古》）、猒靡（《九思・憫上》）、壥翳（《九嘆・遠逝》）、越裂（《九嘆・逢紛》）、嬋媛（《離騷》）、偃蹇（《離騷》）、連蜷（《雲中君》）、萿湲（《湘君》）、蹇產（《哀郢》）、煩冤（《抽思》）、軒轅（《遠遊》）、攀援（《遠遊》）、扳援（《哀時命》）、便娟（《遠遊》）、便悁（《七諫・謬諫》）、褊淺（《九辯》）、畹晚（《九辯》）、閑安（《招魂》）、漫衍（《遠遊》）、爛漫（《遠遊》）、嬋連（《九嘆・逢紛》）、巑岏（《憂苦》）、蔓衍（《九思・怨上》）、緊糸（《疾世》）、繾綣（《九思・憫上》）、便旋（《悼亂》）、晏衍（《傷時》）、宛轉（《九嘆・逢紛》）、蜿蟤（《九思・哀思》）、蜿蟬（《守志》）、勃屑（《七諫・怨世》）、瞵盼（《九嘆・昭世》）、低佪（《東君》）、崔嵬（《涉江》）、崴嵬（《抽思》）、徘徊（《遠遊》）、硊磈（《招隱士》）、崔巍（《七諫・初放》）、俳佪（《自悲》）、魁摧（《哀時命》）、魁堆（《九嘆・遠逝》）、頹虺（《九思・逢尤》）、漼溰（《九思・憫上》）、魁壘（《九思・憫上》）、葳蕤（《七諫・初放》）、依斐（《哀時命》）、依違（《九嘆・離世》）、棲遲（《九思・怨上》）、彿鬱（《七諫・沈江》）、昆侖（《離騷》）、惛惀（《哀郢》、紛緼（《橘頌》、葐蘊（《九懷・蓄英》、繽紛（《離騷》、砏磤（《九懷・危俊》）、紛紜（《九嘆・遠逝》）、逡巡（《九思・憫上》）、薜荔（《離騷》）、經營（《遠遊》）、崢嶸（《遠遊》）、任眠（《九懷・通路》）、冥昏（《九懷・昭世》）、屏營（《九思・逢尤》）、青冥（《悼亂》）、瑩嫇（《傷時》）、鉏鋙（《九辯》）、儲與（《哀時命》）、扶輿（《九懷・昭世》）、芙蕖（《尊嘉》）、扶疏（《傷時》）、廓落（《九辯》）、濩渃（《九思・疾世》）、洛澤（《九思・憫上》）、相羊（《離騷》）、相佯（《九辯》）、仿佯（《遠遊》）、尙羊（《惜誓》）、仿羊（《招魂》）、倘佯（《九嘆・思古》）、仿徨（《九懷・匡機》）、仿偟（《九嘆・思古》）、徫遑（《九思・逢尤》）、曭莽（《遠遊》）、懭慌（《九嘆・逢紛》）、罔罔（《九思・逢尤》）、惝怳（《遠遊》）、惘罔（《哀時命》）、敞罔（《九思・守志》）、罔象（《九思・守志》）、罔兩（《七諫・謬諫》）、蒼黃（《九思・傷時》）、汪洋（《九懷・蓄英》）、潢洋（《九辯》）、偟攘（《九辯》）、枉攘（《哀時命》）、愴怳（《九辯》）、懭悢（《九辯》）、愴悢（《九懷・蓄英》）、光晃（《九思・怨上》）、餦餭（《招魂》）、梁昌（《九思・疾世》）、佯狂（《惜誓》）、須臾（《哀郢》）、愚陋（《九辯》）、恂愁（《九辯》）、偓促（《九嘆・憂苦》）、動容（《思美人》）、從容（《懷沙》）、寵㓕（《招隱士》）、龍卬（《九嘆・逢紛》）、蓬龍（《遠逝》）、汹涌（《九嘆・逢紛》）、澒溶（《九嘆・遠遊》）、雍容（《九懷・昭世》）、倥偬（《九嘆・思古》）、逍遙（《離騷》）、窈窕（《山鬼》）、要眇（《湘夫人》）、驕驁（《遠遊》）、要裊（《七諫・謬諫》）、佻巧（《離騷》）、睄窕（《九思・疾世》）、噭咷（《九思・疾世》）、汋約（《哀郢》）、倏爍（《九思・憫上》）、豐隆（《離騷》）、周流（《離騷》）、浮游（《離騷》）、蕭條（《遠遊》）、蟉虯（《遠遊》）、蚴虬（《惜誓》）、聊啾（《九嘆・遠逝》）、蕭韶（《憂苦》）、優游（《惜往日》）、寂寥（《九辯》）、皓膠（《大招》）、壽考（《思美人》）、曖曃（《遠遊》）、恢台（《九辯》）、騏驥（《離騷》）、曾閎（《九嘆》）、顑頷（《離騷》）、坎廩（《九辯》）、坎壈（《九嘆・怨思》）、泛淫（《遠逝世》）、嶔岑（《招隱士》）、黯黮（《九辯》）、泛濫（《哀郢》）、貪婪（《離騷》）、欿憾（《哀時命》）、踥蹀（《哀郢》）、攝葉（《哀時命》）、嶄岩（《招隱士》）。

事實上，以上所引，許多也見於共同語。換言之，也許它們並不都是楚語詞。

而見於《方言》以及其他典籍的雙音節連綿詞，可以確定爲楚語者，就筆者所見，至少有以下這些：

蘮蒘、襎裷、䘿衦、牆居、蓬薄、箭裏、博毒、宛專、匽璇、李父、李耳、於菟、鶅鴡、結誥、定甲、獨舂、鴿鴚、鷵鷵、鶻蹄、蛇醫、蠑螈、蜩蟟、螮蛄、蛞螻、蟋蟀、虰孫、蟅蟒、閶闔、食閻、慫恿、噭咷、脅怵、嘽咺、鼇孽、須捷、褸裂、襤褸、挾斯、不斟、何斟、無賴、央亡、墨屎、無寫、人兮、謰謱、支注、詀喃、迹迹、闚沭、忸怩、噈咨、頓憫、氐惆、眠娗、脉蜴、賜施、茭媞、嬗謾、憎怹、紛怡、熙已、侘傺、申椒、菌桂、女歧、桃棓、朴牛、檮杌、餦餭（粻程、張惶）。

楚地出土文獻也有這類雙音節連綿詞，大都見於通語，儘管不太多，茲臚列如次：

差池

例：「能遲（差）沱（池）其羽，然後能至哀。」（《郭・五行》17）恐怕爲古語的沿用。例：「燕燕于飛，差池其羽。」（《毛詩・邶風・燕燕》）鄭箋云：「差池其羽，謂張舒其尾翼。」又：「譬諸草木吾臭味也，而何敢差池」（《左傳・襄二十二》）杜預注：「差池，不齊一。」

愷悌

例：「不**悥**虐（乎），豈弟君子……」（《信》1・011）又：「幾俤君子，民之父母。」（《上博二・民之父母》1）「豈弟」和「幾俤」即典籍常見的「愷悌」。例：「宣子辭焉，使即事於會成愷悌也。」（《左傳・襄十四》）或作「豈弟」，例：「魯道有蕩，齊子豈弟。」（《毛詩・齊風・載驅》）又：「豈弟君子，民之父母。」（《毛詩・大雅・泂酌》）或作「凱悌」，例：「孔子曰：「詩云：『凱悌君子，民之父母。』未見其子富而父母貧者也。」（《說苑・政理》卷七）《爾雅・釋言》：「愷悌，發也。」（卷上）郭璞注云：「發，發行也。詩曰：『齊子愷悌。』」

鳲鳩

「《**尸**鴼》，吾信之。」（《上博一・孔子詩論》21）／「《**尸**鴼》曰：『其儀一兮，心如結也。』」（《上博一・孔子詩論》22）《**尸**鴼》，即《毛詩・曹風》中的《鳲鳩》。

蟋蟀

「孔子曰：『《七率》，知難。』」（《上博一・孔子詩論》27）《七率》，即《毛詩・唐風》中的《蟋蟀》。

匍匐

「前（謙）以專**伓**，則民莫遻（遺）㝋（親）矣。」（《上博八・顏淵問於孔子》7）「專**伓**」，即文獻中的「匍匐」〔註 2〕。

鶹鷅

「子遺余鸒栗含可（兮）。鸒栗之止含可（兮）。欲衣而亞（惡）**枲**（枲）含可（兮）。鸒栗之羽含可（兮）。」「……含可（兮）。不戠（織）而欲衣含可（兮）。」（《上博八・鶹鷅》1～2）「鸒栗」通作「鶹鷅」〔註 3〕。

〔註 2〕 濮茅左讀作「匍匐」。參馬承源（2011：148 頁）。

〔註 3〕 曹錦炎讀作「鶹鷅」。參馬承源（2011：288 頁）。

這些雙音節連綿詞，如果學者們的考證是可信的話，有的可以確定爲同一語系或語族的語言的同源詞。例如「李父」、「李耳」、「於菟」，等等。

有的也許可以確定爲不同語系或語族的語言的音譯詞。例如「莫敖」、「鬪䴡」，等等。

更多的可能衹是語音的實錄。章太炎曾不止一次強調過一字而具有二音的現象〔註 4〕，從而形成了著名的「一字重音說」。他指出：「中夏文字率一字一音，亦有一字二音者，此軼出常軌者也。」「大抵古文以一字兼二音既非常例，故後人旁駙本字，增注借音，久則遂以二字并書，亦猶『越』稱『於越』，『邾』稱『邾婁』，在彼以一字讀二音，自魯史書之，則自增注『於』字、『婁』字於其上下也。」〔註 5〕在古代的典籍中，似乎存在著這樣的證據。例如《說文》云：「聿，所以書也。楚謂之聿。吳謂之不律。燕謂之弗。」（卷三聿部）「不律」相對於「聿」或「弗」爲兩個音節，那麼，「聿」或「弗」可能是一個雙音節詞。又如《淮南鴻烈解・主術訓》許慎注：「鵕鸃讀曰私鈚頭，二字三音也。」同理，「鵕鸃」可能也是一個三音節詞。

不過，筆者認爲，迄今爲止還找不到很有說服力的證據證明一個漢字具有兩個音節。漢字系統中的形聲字以及「合文」、「重文」符號的存在，足以否定「一字重音說」。而現代漢語中某些合音字，例如「甭」、「嫐」等，合音後即由雙音節變成單音節，也間接證明漢字系統一字一音。退一步說，如果一個漢字具有兩個音節，最理想的構字方式是在形符上設置兩個聲符，而無需又借一字以構成雙音節單純詞（就像契丹文那樣：一字既可以衹有一個音節，也可以有多個音節）。事實上，我們今天所接觸到的形聲字，儘管有些確實贅加另一聲符，也還是沒改變其一字一音的特性。而「合文」、「重文」符號的使用，也衹能說明漢字的顯著特徵是一字一音。總之，表述多音節概念，衹能使用多個漢字以構成複音節詞。不過，按照音韵學家的研究，上古漢語

〔註 4〕「一字重音說」出，當時即形成兩派意見：贊成者如劉節等，反對者如唐蘭等。時至今日，依然如此：或贊成，例如劉志綱（參氏著《章太炎「一字重音說」補證》，載《廣東教育學院學報》2003 年 4 期）；或反對，例如劉忠華（參氏著《古有「一字重音」說商榷》，《湖州師範學院學報》2003 年 4 期）。

〔註 5〕章太炎《一字重音說》，載章太炎撰龐俊、郭誠永疏證《國故論衡疏證》上卷 133～137 頁，中華書局，2008 年 6 月第 1 版。

的語音系統，可能存在過含有複輔音聲母的音節，以漢語的記音習慣，用兩個漢字記錄某個帶有複輔音聲母的音節則是可能的〔註6〕。因此，像「蠑螈」、「䱉䲃」、「慫慂」之類的詞，很可能是帶有複輔音聲母的音節付諸文字的結果。如同今天的普通話音譯詞，一個輔音也往往被翻譯爲漢語的一個音節，像 John、Smith 之類的姓氏通常被譯作約翰、史密斯一樣。因此，「不律」、「私鈚頭」等可能反映了複輔音的存在，而「聿（或弗）」、「鵕䴊」等卻衹是音節的眞實記錄。在能夠確定它們到底是雙音節詞還是複輔音單音節詞之前，穩妥的做法是稱之爲「記音式雙音節連綿詞」。

應當指出的是，所謂的雙音節單純詞，衹是語音的實錄，是不可分的整體。然而，如王逸之注《楚辭》、如錢繹之箋《方言》，往往彊分之而爲之解。這是不正確的。當然，我們現在還沒有十分把握區分同一語系或語族的語言的同源詞、不同語系或語族的語言的音譯詞以及複雜語音現象的記音詞。不過，複雜語音現象的記音詞的甄別似乎還是有蹟可尋的。像「螻蛄」、「蟋蟀」、「慫慂」、「閶闔」這類詞，前後二字形符相同，而聲符相異，當是爲表達複雜語音（可能爲雙音節，也可能是帶有複輔音聲母的單音節）概念（形符止一，表明它衹是一個詞素）而新造的詞。而「宛專」、「人兮」、「李耳」這類詞則不同，前後二字既無意義上的共通點，也無聲音上的必然聯繫，說明它們極可能是同源詞或音譯詞。當然，就以上詞例看，雙音節連綿詞中有部分可能屬於複合詞，例如「榮華」、「規矩」、「芬芳」等。

第二節　合成詞（*blends/blend words*）

合成詞，*blends* 或 *blend words*，由兩個以上的詞素合成的詞。詞根和詞根

〔註6〕持「複輔音聲母」說的著名學者有高本漢（Klas Bernhard Johannes Karlgren），他稱之爲「結合音」，擬有〔ps〕、〔pf〕、〔mb〕等複輔音聲母。參看氏著（趙元任、羅常培、李方桂合譯）《中國音韻學研究》173～174、177～179、183～184頁，商務印書館，1994年8月縮印第1版。不過，近年也有學者否定複輔音聲母的存在，反而贊成「一字重音說」。例如蔡永貴〈複輔音聲母：一個並不可信的假說——諧聲字「一聲兩諧」現象新探〉，《寧夏大學學報（人文社會科學版）》2005年2期5～11頁。龐光華《論漢語上古音無複輔音聲母》，中國文史出版社，2005年8月第1版。

的合成稱爲「複合詞」（也作「複詞」）；某一**詞根**的重疊合成稱爲「**重疊詞**（reduplications）」；**詞根**和**詞綴**的合成稱爲「派生詞」。

根據詞根與詞根的結合形式，複合詞分爲：1. 並列（或作「聯合」）式。2. 附加（或作「偏正」）式。3. 補充式。4. 陳述式。5. 支配式。6. 逆序式。此外，可能還存在介賓結構和述語連用結構的複合詞。

重疊詞可有單音節的重疊或雙音節的重疊，甚至有間隔的重疊。

根據詞根和詞綴的合成方式，**派生詞**可分爲：1. 前綴式：前綴＋詞根；2. 後綴式：詞根＋後綴；3. 中綴式：詞根＋中綴＋詞根。

楚語詞彙的合成詞當中，當以複合詞的數量最多。像專有名詞的「神祇」，術語的「官稱」、「卜具」，絕大多部分都是複合詞。以下章節，筆者將詳細討論各類合成詞的構成方式。

一、複合詞（*compound words*）

複合詞與詞組的區分，是困擾了學界許多年的難題。迄今爲止，學者們在理論上大致有以下幾個主張：

1. 頻率〔註7〕。複合詞出現的頻率較高。

2. 擴展法〔註8〕。複合詞的詞根與詞根之間不能插入別的詞根加以擴展。例如「夫子」、「君子」之類，其中間不能插入「之」、「和」等詞根作「夫之子」、「君之子」或「夫和子」、「君和子」。

3. 詞根與詞根結合後產生了新的意義〔註9〕。換言之，它們不是意義上的簡單組合。例如「黃鳥」不是「黃色的鳥」，而是指「黃鸝」。

4. 從修辭特點上區別〔註10〕。例如行文中的對舉：「君子」和「小人」；

〔註7〕主此說的學者，例如趙元任。周法高《中國古代語法·構詞編》310 頁所引，（臺灣）中央研究院史語所，1962 年。

〔註8〕主此說的學者，例如陸志韋《漢語的構詞法》，參氏著《陸志韋語言學著作集》（三）298～302 頁，中華書局，1990 年 4 月第 1 版。

〔註9〕主此說的學者，例如周法高。參氏著《中國古代語法·構詞編》313～314 頁，（臺灣）中央研究院史語所，1962 年。

〔註10〕主此說的學者，例如程湘清。程先生共提出四項區別複合詞和詞組的法則，其中「修辭特點」一項饒有新意，然而衹是從行文的修辭著眼，而且並未涉及「偏義複合」等修辭法。詳參氏著《先秦雙音詞研究》，載《先秦漢語研究》63～

「衣服」、「犧牲」和「粢盛」等。它們在行文中被成組使用，而且各自多由同義或近義詞根所構成。

筆者以爲，這幾個主張是可以作爲區分複合詞和詞組的法則的。此外，還可以補充兩個法則：

5. 詞根的詞性在構成複合詞後發生變化，即，複合詞的詞性與其詞根的詞性有所不同。例如，「是」是指示代詞；「故」是名詞。兩詞的組合「是故」卻是連詞。又如，「是」是指示代詞；「以」是介詞。兩詞的組合「是以」卻是連詞。

6. 如果是出土文獻，可以從書寫行款加以判斷。凡合文者，許多可以視之爲詞兒而不是詞組。例如「小人」、「大夫」、「公孫」等。

準此，本文所涉及的複合詞將根據以上法則加以釐定。

對複合詞結構的劃分，學者們有不同的視角：既可以從語法角度，作「主謂」、「述賓」、「狀述」、「定中」、「動補」等；又可從詞根之主次從屬角度，作「並列」（或作「聯合」）、「附加」（或作「偏正」）、「補充」、「陳述」、「支配」等。事實上，如果從語法角度劃分的話，有些複合詞，例如「人民」、「社稷」等，是難以判斷其語法形式的。基於此，本文對複合詞結構的分析，將側重於詞根之主次從屬。

楚語詞彙的中的複合詞，與共同語之複合詞比較，其結構并沒有多少不同。它們同樣可劃分爲「並列」（或作「聯合」）、「附加」（或作「偏正」）、「補充」、「陳述」、「支配」等。

（一）並列（或作「聯合」）式

「並列」（或作「聯合」）式複合詞，由兩個詞根並列融合而成。周法高稱之爲「平行的二字組合」〔註 11〕。並列式複合詞有名詞性和謂詞性兩種類型。謂詞性並列式，周法高則別稱爲「述語連用」，諸如「無有」、「遡遊」之類〔註 12〕。

---

81 頁，山東教育出版社，1992 年 9 月第 1 版。

〔註 11〕參氏著《中國古代語法・構詞編》341～354 頁，又 365～398 頁，（臺灣）中央研究院史語所，1962 年。

〔註 12〕參氏著《中國古代語法・構詞編》325 頁，（臺灣）中央研究院史語所，1962

古漢語的「同義連用」和「偏義複合」（或「複合偏義」）本屬於修辭的範疇，但是，相當一部分的並列（或作「聯合」）式複合詞正是通過這種修辭手法構成的。例如「疾病」、「國家」、「人民」等，在早期的文獻中，衹是同義連用的詞組，因爲它們又可以作「病疾」、「家國」、「民人」。再如「動靜」、「忘記」、「睡覺」等，在早期的文獻中，衹是「偏義複合」（或「複合偏義」）詞組，因爲它們又可以作「靜動」、「記忘」、「覺睡」〔註13〕。

顯然，這類同義詞根或反義詞根的複合詞，正是在「同義連用」或「偏義複合」（或「複合偏義」）修辭法的作用下形成的。

在古楚語中，也有這類同義詞根或反義詞根的複合詞。

1. 同義詞根複合詞

所謂的「同義連用」，是將兩個意義相同或相關的詞語臨時組合在一起，使其意義相互融合、相互滲透，成爲一個整體意義，其作用衹相當於一個詞。這種修辭法就叫做「同義連用」。通過這種修辭法構成的複合詞可以稱之爲「同義詞根複合詞」。下面舉幾個出土文獻的例子加以討論。

宮室

《說文》：「宮，室也。」（卷七宀部）又：「室，實也，从宀从至。至，所止也。」（卷七宀部）《國語・晉語八》：「趙文子爲室。」韋昭注：「室，宮也。」可見「宮」「室」爲同義詞。二詞在傳世或出土文獻中，有連用的情況。例：「農不失時則成之，薄賦斂則予之，儉宮室臺榭則樂之。」（《六韜・國務》）又：「飲食有量，衣服有制，宮室有度。」（《管子・立政・右首事》）又：「將少又憂於宮室。」（《天・卜》）又：「摣（且）叙於宮室。」（《包》211）。在楚簡中，「宮室」出現的頻率相當高，以包山簡爲例，「宮」字凡15見，而與「室」連用的就有4例，接近1／3。在傳世典籍中，偶見「室宮」用例：「古之人君，其室宮節，不侵生民之居；臺榭儉，不殘死人之墓。」（《晏子春秋》第二十）但在楚地出土文獻中未見「室宮」的用例。

軀身

年。

〔註13〕參蔣佳倚《論語用角度下的古漢語新詞產生途徑——以同義連用和偏義複合修辭式爲例》，廣州中山大學碩士論文，2008年。

《說文》:「身，躳也。」(卷八身部) 又:「躳，身也。从身从呂。躬，躳或从弓。」(卷七呂部) 二詞互訓，可知同義。因此，在傳世典籍中屢見二字連用之例:「《詩》曰:『國有大事，不可以告人，妨其躬身。』此之謂也。」(《荀子・臣道》) 又:「天降朕以德，示朕以默，躬身求之，乃今也得。」(《莊子・在宥》) 楚地出土文獻也有這樣的用例:「少(稍)又(有)憂於躬身與宮室。」(《包》210) 在楚地出土文獻中，「躳」有時寫成「躳」。前者為會意，後者已演變為形聲(从身宮聲)。雖然在先秦的文獻中，「躬身」或可作「身躬」，例如:「武靈王不以身躬親殺生之柄，故劫於李兌。」(《韓非子・外儲說右》) 似乎是詞組。但在楚地出土文獻中，以包山簡為例，作「躬身」者凡 17 例，作「躬」僅 2 例，其出現頻率相當高，且未見「身躬」的用例[註14]。「躬身」甚至有作合文者(凡五:《包》197、198、199、201、202)，可見「躬身」二字關係之密切。

賽禱

《說文》:「賽，報也。」(卷六貝部新附) 又:「禱，告事求福也。」(卷一示部) 二詞意義接近，可以看作近義詞。如果通過傳世文獻考察，二字合而為複合詞，大概延至宋代始完成。朱熹《詩集傳》云:「曾孫之來，又禋祀四方之神而賽禱焉。」(卷十三) 宋・王與之《周禮訂義》引王昭禹云:「祈福曰禱，賽禱曰祠。」然而，在楚地的出土文獻中，「賽禱」連用的情況相當普遍。以包山簡為例，「賽」字 20 見，而與「禱」連用凡 7 見，佔 1／3 強。可見，作為複合詞的「賽禱」，戰國時期就出現了。不過，由於有這樣的例子:「……公既禱未賽……」(《望》1・135) 儘管僅此一例，也還是能說明「賽禱」在成為複合詞前本是兩個詞。也許當時的語言事實是，析言之為特指，合言之則為泛指。

讒諂

《說文》:「讒，譖也。」(卷三言部) 諂，《說文》正體作「讇」，云:「讇，諛也。从言閻聲。諂，讇或省。」(卷三言部) 大體為同義詞。二詞連用，先秦典籍多見。例如:「為人君者能遠讒諂，廢比黨淫悖行食之徒。」(《管子・君臣下第三十一・短語五》) 又如:「士止於千里之外則讒諂面諛之人至矣。

[註14] 郭店所出楚簡有「躬身」合文，讀為「身窮」。見荊門市博物館(1998:157 頁)。

與讒諂面諛之人居，國欲治，可得乎？」（《孟子・告子下》）楚地文獻亦見，恐怕是雅言詞語，不過，詞形却截然不同。「讒」作「㹂」；「諂」作「譮」。從形體上分析，前者可能爲通假字，也有可能爲詞義引申；後者可能爲楚人新造的會意字。「㹂譮」凡二見，都在《郭・六德》一篇之內：「六者客（各）行其戠（職），而㹂譮亡繇（由）迮（作）也。」「古（故）夫夫婦婦父父子子君君臣臣，此六者行其戠（職），而㹂譮蔑繇（由）乍（作）也。」（21～22、33～34）

閶闔

《說文》：「閶，天門也。从門昌聲。楚人名門曰閶闔。」又：「闔，門扇也。一曰閉也。从門盍聲。」（卷十二門部）如果《說文》的解釋是正確的，那麼，可見閶、闔應是一對同義詞。但是，在楚地文獻中，它們已成爲一複合詞了。例：「吾令帝閽開關兮，倚閶闔而望予。」（《楚辭・離騷》）／「命天閽其開關兮，排閶闔而望予。」（《楚辭・遠遊》）王逸說：「楚人名門曰閶闔。」（《楚辭章句・離騷》）所以許慎儘管分而別之，但特地注明楚方言已合而爲一了。從「閶闔」的形構看，它很可能是個連綿詞，在楚語中有著類似複音節的讀音。

盜賊

《廣韻》：「賊，盜也。」（德韵）可見兩詞大體同義。但在文獻中，兩詞合用，則泛指爲非作歹之人，不一定非盜即賊。例：「𢇍（絕）考（巧）棄利，覜（盜）惻（賊）亡又（有）。」（《郭・老子甲》1）／「覜（盜）惻（賊）多又（有）。」（《郭・老子甲》31）／「不型（刑）殺而無覜（盜）惻（賊）」（《上博二・容成氏》6）

2. **反義詞根複合詞**

把兩個意義相反相對或互不相干的詞組合在一起，但在表義上衹有一個詞起作用，另一個詞并不表義，僅僅是一種陪襯。這種修辭法就是「複合偏義」（或稱爲「偏義複合」）。有部分複合詞，實際上是通過這種修辭法構成的。它們可以稱之爲「反義詞根複合詞」。下面舉幾個例子來加以討論。

晦明

本是兩個詞，分別指黑暗、明亮。《左傳・昭元》：「天有六氣。」杜預注：

「謂陰陽風雨晦明也。」以下的用例，可作杜注的證據：「自明及晦，所行幾里？」（《楚辭・天問》）但在「望孟夏之短夜兮，何晦明之若歲？」（《楚辭・抽思》）中，「晦明」卻衹指黑暗。如前所引，駱紹賓視之爲連綿詞并不恰當，但認爲它是詞兒而非詞組也許是正確的。

規矩

本是兩個詞，分別指測圓和測方的工具。《孟子・告子章句上》：「大匠誨人必以規矩，學者亦必以規矩。」趙岐注：「大匠，攻木之工。規，所以爲圓也。矩，所以爲方也。」但在「固時俗之工巧兮，偭規矩而改錯」（《楚辭・離騷》）中，它既非指規也非指矩，二詞的合用產生了新的詞義。所以李善引五臣注云：「規矩，法則也。」（《六臣註文選》卷三十二）當然，「規矩」也許可以視爲通過同義連用修辭法而構成的複合詞，儘管「規」和「矩」并不是嚴格意義上的同義詞。

鬱陶

鬱，憂鬱；陶，陶然。二詞合而爲一，通常表憂鬱。陸德明《經典釋文》云：「鬱陶，憂思也。」例如：「豈不鬱陶而思君兮，君之門以九重。」（宋玉《九辯》）楚地出土文獻所用亦同：「樂之 （動）心也，濬深 （鬱） （陶），其 （央）則流女（如）也以悲，條（悠） （然）以思。」（《郭・性自命出》30～31）但在傳世文獻中，也可以表歡樂。《爾雅・釋詁》云：「鬱陶，繇喜也。」例：「朋情以鬱陶，春物方駘蕩。」（南朝齊・謝朓《直中書省》詩）

（二）附加（或作「偏正」）式

所謂「附加（或作「偏正」）式複合詞，是指詞根之間存在著修飾關係，通常爲前一詞根對後一詞根起修飾作用。如果置於語法範疇中考察的話，可稱之爲「定中結構」、「狀謂結構」等。

如同通語，在楚地的文獻中，附加（或作「偏正」）式複合詞的數量是相當可觀的。

如普通名詞中的「大巾」（《方言》卷四）、「豆筥」（《方言》卷五）、「鹿觡」（《方言》卷五）等。

如官稱中的「少帀（師）」（《包》159 等）、「大帀（師）」（《包》52 等）等。

如普通名詞中的「少（小）僮」（《包》3）、「王父」（《包》224 等）、「王母」

（《秦》99・11 等）等。

如神祇中的「侯（后）土」（《包》215）、「陛（地）宔」（《包》207 等）、「不殆（辜）」（《包》217 等）、「西方」（《天・卜》）、「大門」（《包》233）等。

如占卜用具中的「黃靁」（《秦》99・5 等）、「白靁」（《天・卜》）、「長筆」（《天・卜》）、「少簡／敓（籌）」（均見於《望》）等。

（三）補充式

所謂「補充式」複合詞，是指後一詞根對前一詞根起補充說明作用的複合詞。如果置於語法範疇中考察的話，可稱之為「述補結構」。

如形容詞中的「未及」（《方言》卷一）、「會觀（合歡）」（《包》259）等。

在楚地文獻中，補充式複合詞的數量很少。

（四）陳述式

所謂「陳述式」複合詞，是指詞根之間存在陳述與被陳述關係的複合詞。如果置於語法範疇中考察的話，可稱之為「主謂結構」。

如「褸裂」、「人兮」（均見《方言》）、漸木立（《包》249）。

又如官稱中的「戠（職）襄」（《分域》1056）。

如同補充式複合詞，楚地文獻中的陳述式複合詞的數量也不太多。

（五）支配式

所謂「支配式」複合詞，是指詞根之間存在支配與被支配關係的複合詞。如果置於語法範疇中考察的話，可稱之為「述賓結構」。

如「官稱」中的「司馬」（《包》114）、「司敗」（《包》56 等）、「司寇」（《包》102 等）、「（左、右）跗（登）徒」（《曾》152、211 等）。

如「神祇」中的大小「司命」（《楚辭》等）、「司禍（禍）」（《包》213 等）。

如「卜具」中的「保彖」（《包》218 等）、「共命」（《包》228）等。

如「月名」中的「獻馬」（《天・卜》）。

如普通名詞中的「卒歲」（《包》201）、「漸木」（《包》249）等。

（六）逆序式

所謂逆序式複合詞，是指後一詞根對前一詞根起修飾作用的詞兒。

陳士林曾提出過楚語中存在著異於通語的詞序現象，例如楚辭篇名《天問》，實際上是「問天」。又如「館同」，實際上是「同館」（1984：17～18頁）。聯繫深受楚語影響的某些現代漢語方言，譬如粵語等，我們可以發現某些複合詞正是逆序式的。例如，「鷄公（公鷄）」、「鷄乸（母鷄）」、「菜乾（乾菜）」、「餺鑣（鍋餅）」，等等。其他方言也存在類似的情況。學者們或稱之爲倒序詞〔註15〕。

那麼，楚語中有這類複合詞嗎？答案是肯定的。

例一，神祇中的「兵死」（《包》241），實際上是「死於兵」的意思。

例二，令尹子文的姓名「鬬穀於菟」，實際上是「於菟穀鬬」（李瑾：1994：175～176頁），意思是「老虎哺育鬬子」。

例三，在傳世文獻中，國名「越」或附加前綴作「於越」。但在楚地文獻中，不見此稱，反倒見「越異」（僅見於《包》，凡17例）一稱。「越異」在簡文中用如地名（詳參本文第七章該詞條），應無疑義。但是，作爲地名，於文獻無徵，因此很懷疑「越異」是逆序式，即「異越」，以區別於舊日的「越」地。

例四，「帞頭」，實際上當讀爲「頭帞」，也就是「頭巾」。《方言》云：「絡頭，帞頭也。紗繢、鬢帶、髮帶、帑、𢄼，幧頭也。自關而西，秦晉之郊曰絡頭。南楚、江、湘之間曰帞頭。自河以北趙、魏之間曰幧頭；或謂之帑；或謂之𢄼。其遍者謂之鬢帶；或謂之髮帶。覆結謂之幘巾；或謂之承露；或謂之覆髮。皆趙、魏之間通語也。」（卷四）

例五，「是故」。雖然它并非楚語所獨有，但在楚地出土文獻中也很常見。把「是故」定性爲複合詞，早在馬建忠的年代就開始了。馬先生認爲「是故」具有「緣上之辭」和「發語之辭」兩種語法功能〔註16〕。顯然，馬先生視前者爲連詞，視後者爲語氣詞。「是古（故）聖人能尃（輔）萬勿（物）之自（然）而弗能爲（道）互（恒），亡爲也。」（《郭・老子甲》12）「是古（故）亡乎其身而存乎其詞，雖厚其命，民弗從之矣。是古（故）威服刑罰之屢行也，由上之弗身也。」（《郭・成之聞之》4～6）「是古（故）君子之求者（諸）弖（己）也深。」（《郭・成之聞之》10）「是古（故）君子之於言也……」（《郭・成之聞之》13～14）「是古（故）谷（欲）人之悉（愛）弖（己）也，則必先悉（愛）

〔註15〕例如林倫倫，參氏著《試探廣東諸方言倒序詞產生的原因》，載《汕頭大學學報》1987年1期。

〔註16〕參氏著《馬氏文通》309頁，商務印書館，1983年9月新1版。

人」(《郭・成之聞之》20)「是古(故)凡勿(物)才(在)疾之」(《郭・成之聞之》22)「是古(故)少(小)人(亂)天祟(常)以逆大道……」(《郭・成之聞之》32)「是古(故)君子(衽)(席)之上,𧦝(讓)而受學(幼)。」(《郭・成之聞之》33～34)「是古(故)君子(慎)六位以祀天祟(常)。」(《郭・成之聞之》39～40)「是古(故)夫死有宔,終身不(變),胃(謂)之婦,以信從人多也。」(《郭・六德》17～18)「是古(故)先王之𡥈(教)民也,司(始)於孝弟(悌)。」「是古(故)先王之𡥈(教)民也,不(吏)使此民也憂其身。」(《郭・六德》37～39)「氏(是)古(故)聖人兼此。」(《上博八・李頌》2、3)從詞性、詞義方面考察,「是故」相當於「故此」。試比較:「故此皆多駢旁枝之道,非天下之至正也。」(《莊子・外篇・駢拇》卷四)此處的「故此」完全可以替換爲「是故」。一般認爲,「故」是連詞,「此」是指示代詞。因此,視「是故」爲逆序詞當沒有問題。

例六,占卜用具名稱「萻彤」(《天・卜》),因有「彤萻」(《包》223)的用例,不妨也確定爲逆序詞。

例七,官稱「上柱國／柱國」,實際上即「國之(上)柱」,意思就是國家的棟樑。

(七)「介賓」結構和「動介」結構的討論

在古漢語中,某些介賓結構的搭配相當固定,例如「是以」、「何以」等。周法高認爲「可能算作複詞」〔註17〕。

在楚地出土文獻中,也有類似的結構。以下不妨考察「是以」、「此以」「何以」的用例以討論之。

是以

「是以能爲百浴(谷)王。」(《郭・老子甲》3)「是以聖人亡爲,古(故)亡敗。」(《郭・老子甲》11)「是以聖人猶難(難)之古(故),終亡難(難)。」(《郭・老子甲》14～15)「是以聖人居亡爲之事,行不言之𡥈(教)。」(《郭・老子甲》16～17)「是以弗去也。」(《郭・老子甲》18)「是以聖人之言曰」(《郭・老子甲》31)「夫唯嗇是以杲(早),是以杲早)備(服)……」(《郭・老子乙》

〔註17〕參氏著《中國古代語法・構詞編》322頁,(臺灣)中央研究院史語所,1962年。

1）「是以建言有之」（《郭・老子乙》10）「是以〔聖〕人欲不欲，不貴難得之貨，」「是以能補（輔）堢（萬）物之自肰（然）而弗敢爲。」（《郭・老子乙》30～31）「是以君子，人道之取先。」（《郭・尊德義》8）「是以爲正（政）者斈（教）道之取先。」（《郭・尊德義》12）「是以民可敬道（導）也。」（《郭・成之聞之》15～16）「是以智（知）而求之不疾，其迲（去）人弗遠（矣）。」（《郭・成之聞之》21）「是以君子貴天夅（降）大祟（常），以里（理）人倫。」（《郭・成之聞之》30）「是以其剌（剸）狃（讒）速。」（《郭・六德》42）「是以敀（更）也。」（《郭・六德》31）「是以曰君子難㝵（得）而惕（易）吏（使）也」「是以曰少（小）人惕（易）㝵（得）而難吏（使）也」（《上博二・從政甲》17、18）《郭》簡「是以」凡十八見，「以是」則一例也無。其結構相當穩定，符合複合詞結構穩定的特性。

此以

「此以民皆又（有）眚（性）而聖人不可莫（慕）也。」（《郭・成之聞之》28）「斈（教）此以遊（失），民此以緮（變）。」（《郭・緇衣》18）「此以大臣不可不敬，民之蕝也。」（《郭・緇衣》21）「此以生不可敓志，死不敓名。」（《上博一・紂（緇）衣》21）《郭》簡「此以」凡三見，「以此」則一例也無。其結構相當穩定，符合複合詞結構穩定的特性。

何以

「虐（吾）可（何）以智（知）其肰（然）？」（《郭・老子甲》30）「吾可（何）以知天〔下然哉〕？」（《郭・老子乙》7～8）「何以」在傳世文獻中用例甚夥，偶而作「以何」：「顏淵至。定公曰：『鄉寡人曰：「善哉，東野畢之御也！」吾子曰：「善則善矣，然則馬將佚矣。」不識吾子以何知之。』」（《韓詩外傳》卷二）二者就數量而言，完全不成比例。「何以」的形構如此穩定，視之爲複合詞也未嘗不可。

如果這類結構可以被確定爲複合詞，那麼，某些穩定的動介搭配恐怕也可以看作複合詞。這裏不妨舉「可以」爲例加以討論。這個結構，「可」爲情態動詞或助動詞；「以」是介詞。恐怕沒甚麼疑問。馬建忠說：「『可』『足』『能』『得』等字，助動字也。」「助動之後，往往介以『以』字，而直接所助之動字，明其所以助也。」〔註 18〕顯然，馬先生視之為詞組而非複合詞。然而，在《楚帛書》中，「可以」凡 10 見，其中兩例有所殘缺。例如：「不可以豪（嫁）女。」（丙篇）又如：「可以攻城。」（丙篇）而在郭店所出楚簡中，「可以」多見，例：「若可以厇（托）天下。」（《郭・老子乙》8）對照傳世本，作「若可寄天下」，對照馬王堆所出帛書，《老子》甲乙本均作「如可以寄天下」。又例：「人之所禖（畏），亦不可以不禖（畏）。」（《郭・老子乙》5）馬王堆所出帛書《老子》甲乙本均同。傳世本則作「人之所畏，亦不可不畏」。從上引例子，可知「可以」與「可」意義等同，前者是可以視之為複合詞的。

二、重疊詞（*reduplications*）

在西方的語言學中，某一詞根的重疊合成以構成新詞的法則被稱為 reduplication，有所謂 total reduplication、partial reduplication 以及 broken reduplication。reduplication 是人類語言的普遍現象，并非某種語言所獨有。

中國古代的學者很早就注意到漢語中所存在的 reduplication 現象，他們稱之為「重言」。例如錢繹就使用過這個術語：「《論語・八佾》『使民戰栗』……（戰栗，）重言之則曰『戰戰栗栗』。」（《方言箋疏》卷六）

漢語中的重疊既可起語法意義的作用，也可起詞彙意義的作用。例如在「古（故）夫夫婦婦父父子子君君臣臣六者客（各）行其戠（職）」（《郭・六德》21～22）中，「夫夫婦婦父父子子君君臣臣」這樣的重疊就是起語法意義作用的，「夫夫」之類實際上是一個獨立的主謂結構。而在「令儀令色，小心翼翼」（《詩・大雅・烝民》）中，「翼翼」這樣的重疊是起詞彙意義作用的，在此作用下，一個新詞宣告產生。準此，本文所討論的「重疊」是指詞彙意義上的重疊。

在英語中，total reduplication 通常祗出現在「That's a big, big dog!」這樣的場合。呈分寫的狀態。和漢語的「重疊詞（字）」相類似的是印尼語。例如〔註 19〕：

1. rumah（house）→ rumahrumah（houses），
2. ibu（mother）→ ibuibu（mothers），
3. lalat（fly）→ lalatlalat（flies）

〔註 18〕參氏著《馬氏文通》183～186 頁，商務印書館，1983 年 9 月新 1 版。

〔註 19〕闡述及例子請參 V. P. CLARK, P. A. ESCHHOLZ, A. F. ROSA, *Language: Introductory Reading*, St. Martin's Press, Inc. , 1981.

這是 total reduplication。也有 partial reduplication，相當於漢語的雙聲、疊韵詞，例如：

1. bili（buy）→ bibili（will buy）

2. kain（eat））→ kakain（will eat）

3. pasok（enter）→ papasok（will enter）

漢語除了有上述兩類 reduplications 外，還有所謂的 broken reduplication，周法高等先生作「間隔的重疊」〔註 20〕。例如：

悠悠 → 悠哉悠哉

經營 → 經之營之

reduplication，我想，還是按照周先生的意見，作「重疊」好了。不知道學界能否接受這個術語。

迄今爲止，就楚地傳世文獻所見之重疊詞進行研究，當以劉大白（1929）、駱紹賓（1933）、沈榮森（1994）、李海霞（1994）所論最詳。據他們統計，《楚辭》中出現的重疊詞凡一百四十餘；按音節分，除了「紛紛擾擾」等幾個四音節重疊詞外，其餘都是雙音節結構。至於三音節者，例如「紛總總」、「爛昭昭」等，李海霞認爲宜看作詞組，而非部分重疊的重疊詞〔註 21〕。然而，我們在金文當中發現這種現象：「子子孫孫」或「孫孫子子」這樣的重疊形式也可以作「子子孫」（《亘鼎銘》）或「孫孫子」（《鼄鼎銘》）。除非我們能夠確定後一類三音節結構爲訛誤或脫文，否則怎麼也不能否定「紛總總」、「爛昭昭」可能就是「紛紛總總」、「爛爛昭昭」的變體。如果把這些三音節結構的「詞」也計算在內，則《楚辭》中的重疊詞要多得多（駱紹賓的研究就是如此）。駱紹賓就《楚辭》中的重疊詞做過詳盡的搜羅（1933：30～40 頁），茲迻錄如次：

曖曖（《離騷》）、翼翼（《離騷》）、婉婉（《離騷》）、淫淫（《哀郢》）、杳杳（《悲回風》）、憂憂（《抽思》）、營營（《抽思》）、悠悠（《思美人》）、鬱鬱（《思美人》）、油油（《九嘆・惜賢》）、洋洋（《九嘆・惜賢》）、遙遙（《九嘆・惜賢》）、滶滶（《大招》）、靨靨（《九辯》）、噰噰（《九思・怨上》）、嚶嚶（《悼亂》）、容

〔註 20〕 參氏著《中國古代語法・構詞編》306～307 頁，又見 446 頁，（臺灣）中央研究院史語所，1962 年。

〔註 21〕 參氏著《先秦 ABB 式形容詞組》，《古漢語研究》1991 年第 4 期。

容（《山鬼》）、鬱鬱（《抽思》）、藹藹（或作「薆薆」，《九嘆・逢紛》）、隱隱（《遠逝》）、哀哀（《離世》）、懿懿（《怨思》）、暗暗（《逢紛》）、由由（《惜賢》）、悁悁（《惜賢》）、邑邑（《遠遊》）、焱焱（《遠遊》）、衍衍（《七諫・自悲》）、暗暗（《天問》）、晏晏（《九辯》）、陽陽（《九懷・尊嘉》）、沄沄（《哀歲》）、延延（《哀歲》）、淵淵（《憫上》）、熒熒（《哀歲》）、怞怞（《危俊》）、雄雄（《大招》）、依依（《九思・傷時》）、啞啞（《守志》）、陶陶（《哀歲》）、蟫蟫（《悼亂》）、忽忽（《離騷》）、曶曶（《悲回風》）、惛惛（《九辯》）、滑滑（《七諫・怨世》）、欣欣（《東皇太一》）、赫赫（《大招》）、洶洶（《悲回風》）、軒軒（《九思・悼亂》）、吸吸（《九嘆・惜賢》）、浩浩（《懷沙》）、皓皓（《漁父》）、顥顥（《大招》）、皇皇（《雲中君》）、遑遑（《九辨》）、潢潢（《九嘆・逢紛》）、檻檻（《怨思》）、混混（《九思・傷時》）、回回（《九懷・蓄英》）、謇謇（《思美人》）、杲杲（《遠遊》）、耿耿（《遠遊》）、究究（《九嘆・遠逝》）、曒曒（《東君》）、潏潏（《悲回風》）、炯炯（《哀時命》）、慨慨（《九嘆・遠遊》）、鞏鞏（《怨思》）、介介（《惜賢》）、眷眷（《離世》）、眷眷（《憂苦》）、喈喈（《九思・悼亂》）、謳謳（《怨上》）、煢煢（《思美人》）、悃悃（《卜居》）、款款（《卜居》）、躍躍（《九辯》）、磕磕（《悲回風》）、啁啁（《九嘆・憫命》）、契契（《惜賢》）、蛩蛩（《離世》）、昂昂（《卜居》）、狺狺（《九辯》）、衙衙（《九辯》）、鬤鬤（《招魂》）、嶷嶷（九懷・陶壅））、凝凝（大招））、崯崯（招隱士）、峨峨（招魂）、岌岌（離騷）、諤諤（九辯）、峉峉（《九思・憫上》、岳岳（《九思・憫上》、謷謷（《怨上》、巍巍（《九嘆・遠逝》、嗷嗷（《惜賢》）、嶢嶢（《九思・守志》、儵儵（《雲中君》）、昭昭（《九辯》）、逴逴（《九辯》）、専専（《九辯》）、卓卓（《哀時命》）、眐眐（《哀時命》）、怊怊（《九思・守志》）、申申（《離騷》）、慫慫（《悲回風》）、滔滔（《河伯》）、暾暾（《九嘆・遠遊》）、蠢蠢（《惜賢》）、薆薆（《憫命》）、咄咄（《九思・疾世》）、填填（《山鬼》）、淡淡（《抽思》）、湛湛（《哀郢》）、摶摶（《九辯》）、媞媞（《七諫・怨世》）、湯湯（《初放》）、遲遲（《九嘆・惜賢》）、塗塗（《逢紛》）、忳忳（《惜誦》）、純純（《九辯》）、闐闐（《九辯》）、憺憺（《抽思》）、襜襜（《九嘆・逢紛》）、幬幬（《九懷・危俊》）、躝躝（《悼亂》）、冉冉（《離騷》）、臬臬（《湘夫人》）、鬞鬞（《九嘆》）、穰穰（《九思・哀歲》）、濃濃（《怨上》）、轔轔（《大司命》）、鄰鄰（《河伯》）、磊磊（《山鬼》）、泠泠（《哀時命》）、浪浪（《離騷》）、納納（《九嘆・逢紛》）、澧澧（《離世》）、蠡蠡（《惜賢》）、遼遼（《憂苦》）、漣漣（《憂苦》）、離離（《憂苦》）、睩睩（《九思・憫上》）、戀戀（《傷時》）、瀏瀏（《九辯》）、蓁蓁（《招魂》）、總總（《離騷》）、嗟嗟（《悲回風》）、騷騷（《九嘆・遠逝》）、青青（《少司命》）、凄凄（《悲回風》）、戚戚（《悲回風》）、悄悄（《悲回風》）、察察（《漁父》）、淺淺（《湘君》）、鏘鏘（《九辯》）、啾啾（《山鬼》）、萋萋（《招隱士》）、愴愴（《九懷・思思》）、諓諓（《九思・憫上》）、愁愁（《九嘆・逢紛》）、從從（《九辯》）、嗺嗺（《九思・哀歲》）、漸漸（《九嘆・遠逝》）、颯颯（《山鬼》）、蕭蕭（《山鬼》）、纚纚（《離騷》）、漇漇（《招隱士》）、速速（《九嘆・逢紛》）、羯羯（《七諫・謬諫》）、習習（《九辯》）、坲坲（《九嘆・遠逝》）、霏霏（《涉江》）、菲菲（《離騷》）、斐斐（《九嘆・惜賢》）、芨芨（《九辯》）、縹縹（《九懷・危俊》）、氛氛（《悲回風》）、翻翻（《悲回風》）、紛紛（《九嘆・遠逝》）、怦怦（《九辯》）、沛沛（《九懷・尊嘉》）、泛泛（《卜居》）、駓駓（《招魂》）、翩翩（《湘君》）、豐豐（《九辯》）、被被（《大司命》）、披披（《九嘆・遠逝》）、浮浮（《抽思》）、瞥瞥（《九思・守志》）、眇眇（《湘君》）、邈邈（《離騷》）、莽莽（《懷沙》）、昧昧（《懷沙》）、芒芒（《悲回風》）、默默（《悲回風》）、綿綿（《悲回風》）、穆穆（《悲回風》）、濛濛（《九辯》）、冥冥（《東君》）、曼曼（《悲回風》）、蔓蔓（《山鬼》）、汶汶（《漁父》）、亹亹（《九辯》）、濛濛（《哀時命》）、茫茫（《哀時命》）、惘惘（《悲回風》）、漫漫（《九嘆・逢紛》）、靡靡（《九懷・陶壅》）、莫莫（《九思・疾世》）、脉脉（《逢尤》）、黴黴（《怨上》）。

從上面的引文看，儘管都出自楚地文獻或刻意模仿楚人作品的文獻，然而，這些重疊詞卻并非楚語所獨有，例如「翼翼」（《離騷》）、「杳杳」（《悲回風》）、「杲杲」（《遠遊》）、「穆穆」（《悲回風》）、「悠悠」（《思美人》）、「洋洋」（《九嘆・惜賢》）等。不過，大多數爲楚語所特有并爲後世所沿用卻是可以肯定的。

駱先生把重疊詞稱之爲「疊字」，并當作連綿詞的一部分加以研究。時至今日，這個看法仍有合理的因素在。

如果把視野拓寬到《楚辭》以外的傳世文獻，類似的重疊詞還有一些。例如《老子》:「綿綿」（六章）、「繩繩」（十四章）、「芸芸」（十六章）、「熙熙」、「儽儽」、「沌沌」、「昭昭」、「昏昏」、「察察」、「悶悶」（均見二十章）、「祿祿」、「珞珞」（均見三十九章）、「歙歙」（四十九章）、「淳淳」、「缺缺」（均見五十八章）、「恢恢」（七十三章）又如《方言》:「迹迹」（卷十）。

相比較而言，楚地出土文獻中重疊詞的用例，除了《馬王堆・老子》甲乙本外，衹能用「偶有所見」一語概括之。就筆者目及，總字數接近十萬的出土文獻中僅得五十餘例。當然，如果把《馬王堆帛書・老子》甲乙本中的重疊詞也計算在內，楚地出土文獻中所見的雙音節重疊詞應當還是不少的。

楚地出土文獻所見的重疊詞，大多數也見於傳世典籍，衹是部分在形體上稍異。而重疊的方式，大都以附加重文符號表示，異於傳世典籍。臚列簡釋如次：

雲雲（《馬王堆・老子甲・道經》），馬王堆帛書老子乙本作「䒨䒨」（232），今本作「芸芸」。辭云：「天（夫）物雲雲，各復歸其〔根〕。」（《馬王堆・老子甲・道經》122）。「雲雲」或作「云云」。例：「云云相生。」（《上博三・亙先》4）

蔡蔡（《馬王堆・老子甲・道經》），馬王堆帛書老子乙本、今本作「察察」。辭云：「鬻人蔡蔡」（《馬王堆・老子甲・道經》131）

閩閩（《馬王堆・老子甲・道經》），馬王堆帛書老子乙本作「閵閵」，今本作「悶悶」。辭云：「我獨閩閩呵。」（131）「閩」可能是「悶」的楚方言形體。

趩趩（《王孫誥編鐘銘》、《王子午鼎銘》、《王孫遺者鐘銘》），辭云：「畏嬰（畏忌）趩趩。」（《王孫誥編鐘銘》）／「畏諆（畏忌）趩趩。」（《王子午鼎銘》）／「畏嬰（畏忌）趩趩。」（《王孫遺者鐘銘》）也見於秦雍十碣之車工石：「避（吾）驅其特，其來趩趩。」可能相當於典籍中的「翼翼」，例：「維此文王，小心翼翼。」（《毛詩・大雅・大明》）鄭玄箋云：「小心翼翼，恭慎皃。」又：「乘其四騏，四騏翼翼。」（《毛詩・小雅・采芑》）鄭玄箋云：「翼翼，壯健貌。」但「翼翼」在楚地文獻中似乎別有意義，例：「鳳皇翼其承旂兮，高翱翔之翼翼。」（《離騷》）王逸注：「翼翼，和貌。」舒展悠然的樣子。因此，「趩趩」可能纔是表謹小慎微貌的本字。《說文》：「趩，行聲也。一曰不行皃。从走異聲。讀若敕。」（卷二走部）結合文獻的文義分析，「趩」應當解釋爲躊躇的樣子。

趞趞、戠戠，辭云：「趞趞趄趄，萬年無期。」（《王孫誥編鐘銘》）「戠戠趣趣，萬年無期。」（《王孫遺者鐘銘》）先秦傳世典籍或作「喤喤」，例：「鐘鼓喤喤，磬管將將。」（《毛詩・周頌・執競》）或作「鍠鍠」，例：「鍠，鐘聲也。从金皇聲。《詩》曰：『鐘鼓鍠鍠。』」（《說文》十四卷金部）或作「煌煌」，例：「故《詩》云：『鐘鼓煌煌。磬管鏘鏘。降福穰穰。』（《漢紀・前漢孝惠皇帝紀》卷五）。

𧼈𧼈（《王孫誥編鐘銘》）、「𧼈𧼈」（《王孫遺者鐘銘》），字从「配（或省）」得聲，則可能爲先秦傳世典籍的「熙熙」。《左傳・襄六》：「爲之歌《大雅》曰：『廣哉熙熙乎！曲而有直體，其文王之德乎？』」杜預注：「熙熙，和樂聲。」

闌闌（《王孫誥編鐘銘》），辭云：「闌闌龢鍾，用匽以喜。」先秦傳世典籍作「簡簡」，例：「奏鼓簡簡。」（《毛詩・商頌・那》）

獸獸（《王子午鼎銘》），辭云：「余不畏不差，惠於政德，淑於威儀，闌闌獸獸。」傳世典籍未見，可能就是「肅肅」，例：「肅肅王命，仲山甫將之。」（《毛詩・大雅・烝民》）

倉倉（《𪓊鐘銘》），辭云：「會平倉倉，歌樂以喜。」「倉」可能當作「鎗」。《毛詩・周頌・執競》「鐘鼓喤喤，磬管將將」，應劭《風俗通義》引作「鐘鼓鍠鍠，磬管鎗鎗」。《說文》云：「鎗，鐘聲也。」（卷十四金部）那麼，「倉倉」應作「鎗鎗」。

穆穆（《王孫誥編鐘銘》），辭云：「有嚴穆穆，敬事楚王。」也見於先秦傳世典籍，例：「穆穆文王，於緝熙敬止。」（《毛詩・大雅・文王》）《爾雅・釋詁》：「穆穆，美也。」又《釋訓》：「穆穆，敬也。」

昊昊、杲杲（《信》1・023），簡文云：「……州昊昊杲杲有𦐊日。」「昊昊」，典籍未見，不知道是否通作「浩浩」，寬廣浩大的樣子。「杲杲」也見於先秦傳世典籍，日光貌，例：「其雨其雨，杲杲出日。」（《毛詩・衛風・伯兮》）又：「陽杲杲其未光兮，淩天地以徑度。」（《楚辭・遠遊》）

憂憂（《天・卜》），辭云：「既滄（滄）然（熱）以**𡨦**（憂）＝然不欲飤（食）。」衹見於後出的典籍，例：「旅人心長久，憂憂自相接。」（謝靈運《登上戍石鼓山》）因此，頗疑心《天・卜》的這段話當斷句爲：「既滄（滄）然（熱）以**𡨦**（憂），＝然不欲飤（食）。」「憂」并無重疊。

魞魞（《帛・乙》），辭云：「……魞魞……」魞，學者一般隸定爲「**𩵋**」。如是，那不妨作「魞」。《玉篇》：「魞，而眞切，魚。」（卷二十四魚部）不過，筆者倒是傾向於隸定爲「魮」。《說文》：「魮，魚名，从魚匕聲。」（卷十一魚部）即便如此，由於帛書殘泐過甚，難明其義。傳世典籍未見。

夢夢（《帛・乙》），辭云：「夢夢墨墨。」又：「夢夢寈（靜）同。」（《上博三・亙先》2）也見於先秦傳世典籍，例：「視爾夢夢，我心慘慘。」（《毛詩・大雅・抑》）毛傳：「夢夢，亂也。」《爾雅・釋訓》：「夢夢，訰訰，亂也。」「夢夢」或作「每每」。《莊子・胠篋篇》：「故天下每每大亂。」李頤注「每每」云：「猶昏昏。每每，亦夢夢也。聲相近，故義相通也。」《說文》：「夢，不明也。从夕瞢省聲。」（卷七夕部）「夢夢」爲「夢」的重疊形式，可無疑義。

墨墨（《帛・乙》），辭云：「夢夢墨墨。」也見於先秦傳世典籍，例：「政令不善，墨墨若夜。」（《管子・四稱・短語七》）房玄齡注：「其言昏闇之甚也。」又例：「夫報報之反，墨墨之化，唯大君能之。」（《戰國策・楚策・考烈王》）「墨」有黑義。《說文》：「墨，書墨也。从土从黑，黑亦聲。」（卷十三土部）則「墨墨」爲「墨」的重疊形式，可無疑義。

弼弼（《帛・乙》），辭云：「亡章弼弼。」不見於傳世典籍。

惙惙（《郭・五行》10），辭云：「不仁不智，未見君子，憂心不能惙惙；既見君子，心不能兌（悅）。」可能源自前代的文獻：「詩曰：『未見君子，憂心惙惙。』」（《韓詩外傳》卷一）「晏子起舞曰：『歲已暮矣，而禾不獲，忽忽矣，若之何？歲已寒矣，而役不罷，惙惙矣，如之何？』」（《晏子春秋・外篇》）

悠悠（忡忡）（《郭・五行》12），辭云：「不仁不聖，未見君子，憂心不能悠悠（忡忡）。」也見於楚地傳世文獻：「思夫君兮太息，極勞心兮𢥞𢥞。」（《楚辭・雲中君》）王逸注：「𢥞𢥞，憂心皃。」洪興祖補注：「𢥞，敕中切。《說文》：忡，憂也。引《詩》『憂心忡忡』。楚詞作𢥞𢥞。」雖然《毛詩・召南・草蟲》亦見：「未見君子，憂心忡忡。」有可能爲古語詞，不過，其形體表明它已經楚語化了。在《廣韻》中，「忡」屬東部；「𢥞」屬冬部。後者與「悠」同部毋庸置疑。音韵學家認爲「忡」、「𢥞」同屬冬部〔註22〕。不過，從形體看，楚人捨棄簡略的聲符而使用繁複的聲符，證明它們的上古音很可能是不同的。

明明（《郭・五行》25），辭云：「明明，智也；虩虩（赫赫），聖也。『明明在下，赫赫在上。』」源自前代的文獻：「明明在下，赫赫在上。」（《毛詩・大雅・大明》）

虩虩（赫赫）（《郭・五行》25），辭云：「明明，智也；虩虩（赫赫），聖也。

〔註22〕例如唐作藩就是如此，見《上古音手冊》18頁，江蘇人民出版社，1982年9月第1版。步雲案：不知道爲什麼唐先生不把它們劃歸東部而劃歸冬部。

『明明在下，赫赫在上。』」又：「詩員（云）：『虩虩（赫赫）帀（師）尹，民具爾贍（瞻）。』」（《郭・緇衣》16）又：「盍事虩虩（赫赫）。」（《上博六・用曰》5）

匿匿（《郭・五行》40），辭云：「匿之爲言也，猶匿匿也。」不見於傳世典籍。

瘻瘻（《郭・五行》43），辭云：「疋（胥）瘻瘻達者少（小）。」又：「疋（胥）瘻瘻達諸君子道，謂之賢。」不見於傳世典籍。

迵迵（節節）（《郭・性自命出》44～45），辭云：「又（有）其爲人之迵迵（節節）如也，不又（有）夫柬柬之心則采。又（有）其爲人之柬柬如也，不又（有）夫恒始之志則縵。」也見於傳世典籍：「子曰：群然，戚然，頤然，睾然，踖然，柱然，抽然，首然，僉然，湛然，淵淵然，淑淑然，齊齊然，節節然，穆穆然，皇皇然，見才色修聲不視，聞怪物怪命不改志。」（《大戴禮記・四代》卷九）

柬柬（《郭・性自命出》44～45），辭云：「又（有）其爲人之迵迵（節節）如也，不又（有）夫柬柬之心則采。又（有）其爲人之柬柬如也，不又（有）夫恒始之志則縵。」又：「君子執志必又（有）夫往往（廣廣）之心，出言必又（有）夫柬柬之信，賓客之禮必又（有）夫齊齊之容，祭祀之豊（禮）必又（有）夫齊齊之敬，居喪〔之禮〕必又（有）夫䜌䜌（戀戀）之哀。」（《郭・性自命出》65～67）又：「君子埶（執）志必又（有）夫桂桂（注注）之心，出言必又（有）夫柬柬〔之信〕。」（《上博一・性情論》28～29）「柬」可能是「闌」的形體簡省，即文獻中的「簡簡」。

詘詘（《郭・性自命出》44），辭云：「人之巧言利辭者，不又（有）夫詘詘之心則流。」又：「不又（有）夫詘詘之心則瀘（流）」（《上博一・性情論》38）傳世文獻或作「出出」：「曰：嘻嘻出出，鳥鳴於亳社。」（《左傳・襄三十》）杜預注云：「鄭注《周禮》引此作『詘詘』。」

𡉚𡉚（廣廣）（《郭・性自命出》65～67），辭云：「君子執志必又（有）夫**𡉚𡉚**（廣廣）之心，出言必又（有）夫柬柬之信，賓客之禮必又（有）夫齊齊之頌（容），祭祀之豊（禮）必又（有）夫齊齊之敬，居喪〔之禮〕必有夫䜌䜌（戀戀）之哀。」也見於傳世文獻：「士君子之容，其冠進，其衣逢，其容良，儼然，壯然，祺然，蕼然，恢恢然，廣廣然，昭昭然，蕩蕩然，是

父兄之容也。」（《荀子・非十二子》卷三）

齊齊（《郭・性自命出》65～67），辭云：「君子執志必又（有）夫𡉚𡉚（廣廣）之心，出言必又（有）夫柬柬之信，賓客之禮必又（有）夫齊齊之容，祭祀之豊（禮）必又（有）夫齊齊之敬，居喪〔之禮〕必又（有）夫䜌䜌（戀戀）之哀。」又：「賓客之禮必又（有）夫齊齊之頌（容），祭祀之豊（禮）必又（有）夫臍臍（濟濟）之敬，居喪〔之禮〕必又（有）夫䜌䜌（戀戀）之哀。」（《上博一・性情論》29）如「節節」條所引，「齊齊」也見於傳世文獻。

䜌䜌（戀戀）（《郭・性自命出》30），辭云：「哭之敼（動）心也，濈（浸）澱（殺），其央䜌䜌（戀戀）如也，戚然以終。」又：「君子執志必又（有）夫𡉚𡉚（廣廣）之心，出言必又（有）夫柬柬之信，賓客之禮必又（有）夫齊齊之頌（容），祭祀之豊（禮）必又（有）夫齊齊之敬，居喪〔之禮〕必又（有）夫䜌䜌（戀戀）之哀。」（《郭・性自命出》65～67）衹見於稍後的文獻：「然公之所以得無死者，以綈袍戀戀有故人之意，故釋公。」（《史記・范睢蔡澤列傳》）「顧章華兮太息，志戀戀兮依依。」（王逸《九思・傷時》）「䜌䜌」或讀爲「累累」〔註23〕。

板板（《郭・緇衣》7），辭云：「大題（雅）員（云）：『上帝板板，下民卒擔（疸）。』」《毛詩》作：「上帝板板，下民卒癉。」《韓詩外傳》同。《禮記・緇衣》引作：「上帝板板，下民卒擅。」

谽谽（《郭・語叢四》15），辭云：「必忤谽谽其𦋮。」不見於傳世文獻。不知道是否應這樣斷句：「必忤谽，谽其𦋮。」

員員（《郭・老子甲》24），辭云：「天道員員，各復其堇（根）。」傳世本《老子》作「夫物芸芸，各歸其根。」（第十五章）《莊子・外篇・在宥》作：「萬物云云，各復其根。」「員員」，同「芸芸」、「云云」。順便一說，傳世本的「夫」，可能是「天」的訛誤。

敀敀（放放）（《郭・六德》30）〔註24〕，辭云：「敀（放）之爲言也，猶敀敀

〔註23〕《上博一・性情論》兩處「䜌䜌」，濮茅左均讀爲「累累」，參馬承源（2001：248、262 頁）。

〔註24〕步雲案：「敀」或作「更」。參張守中（2000：57 頁）。《廣雅》：「行行，更更也。」（卷六）《論語・先進》：「子路行行如也。」鄭玄注：「行行，剛強之貌也。」則字釋作「更」，不但切合字形（从攴丙聲），也切合文義，而且有文獻上的根

（放放）也。」不見於傳世文獻。

棠棠（裳裳）（《上博一・孔子詩論》9），辭云：「《棠棠者芋（華）》。」傳世文獻作「裳裳者華」（《詩・小雅・裳裳者華》）鄭玄箋：「裳裳，猶堂堂也。」

注注（《上博一・性情論》28～29），辭云：「君子埶（執）志必又（有）夫桂桂（注注）之心，出言必又（有）夫柬柬〔之信〕。」

佤佤（惛惛）（《上博一・性情論》37），辭云：「又（有）亓（其）爲人之佤佤女（如）也……」

屖屖（遲遲）（《上博二・民之父母》11），辭云：「禐（威）我（儀）屖屖。」《詩・邶風・柏舟》作「威儀棣棣」。《禮記・孔子閒居》作「威儀遲遲」。

異異（翼翼）（《上博二・民之父母》13），辭云：「禐（威）我（儀）異異。」典籍或作「威儀翼翼」（《禮記・孔子閒居》）

昏昏（《上博三・亙先》3），辭云：「昏昏不寍，求亓（其）所生。」

䋩䋩（察察）、焚焚（紛紛）（《上博三・亙先》3），辭云：「䋩䋩（察察）天地，焚焚（紛紛）而逿（復）亓（其）所慾。」

孳孳（《上博三・彭祖》2），辭云：「女（汝）孳孳尃（布）昏（問）……」

旺旺（《上博三・彭祖》3），辭云：「旺旺畬（余）朕孳……」

交交（《上博四・逸詩》2），辭云：「交交鳴鶩……」典籍亦見：「交交黃鳥，止於桑。」（《詩・秦風・黃鳥》）又：「交交桑扈，率場啄粟。」（《毛詩・小雅・小宛》）

繿繿（繩繩）（《上博五・三德》14）〔註25〕，辭云：「天材（灾）繿繿（繩繩）……」

脝脝（惇惇）《上博五・弟子問》19），辭云：「子脝脝（惇惇）女（如）也。」

噩噩（愕愕）（《上博五・弟子問》19），辭云：「子噩噩（愕愕）女（如）也。」

杲杲（冥冥）（《上博五・三德》19）〔註26〕，辭云：「毋曰杲杲（冥冥）」

據。同篇云：「是以敵也。」（《郭・六德》31）可證。

〔註25〕李零讀「繿繿」爲「繩繩」。參馬承源（2005：298頁）。

〔註26〕李零釋爲「冥冥」。參馬承源（2005：296、302 頁）。字或有別釋，如王輝釋爲「柭（榠）」。參王輝《楚文字柬釋二則》，中國文字學會第四屆學術年會論

齊齊、節節（《上博五・三德》3），辭云：「齊齊，節節，外內又（有）諓（辨）。」

皇皇（《上博七・武王踐阼》7），辭云：「皇皇隹（惟）堇（謹）。」傳世文獻亦見：「是以《魯頌》曰：『春秋匪解，享祀不忒。皇皇后帝，皇祖后稷。』（《左傳・文二》）杜預注云：「皇皇，美也。」

足足（《上博六・用曰》2），辭云：「束束足足，事非與又（有）方。」

曼曼、坎坎、險險（《上博六・用曰》7），辭云：「曼曼柬柬，亓（其）頌（容）之作，贛贛（坎坎）險險（險險），其自視之泊。」〔註27〕又：「又（有）贛贛（坎坎）之紿……」（《上博六・用曰》20）

莫莫（《上博六・用曰》7），辭云：「毋事縸縸（莫莫），弜（強）君梳（虐）政。」〔註28〕又：「……而又（有）縸縸（莫莫）之■。」（《上博六・用曰》20）

以上爲單音節的重疊。

雙音節的重疊，在楚地出土文獻中相當罕見。衹有以下例子：

子子孫孫（《楚季苟盤銘》等），金文常語，亦見於傳世典籍（如《書・梓材》、《毛詩・小雅・楚茨》等）。應是「子孫」的重疊形式，《楚嬴盤銘》、《楚嬴匜銘》、《子諆盂銘》等即作「子孫」，并無重疊。

孫孫子子（《楚公豪鐘銘》），金文常語，先秦典籍未見，應是「孫子」的重疊形式，《楚公逆鐘銘》即作「孫子」，并無重疊。

談及重疊詞，筆者順便在此提出一個問題。在出土文獻中，疊音詞通常以重文符號加於需重疊的詞下。那麼，四音節重疊詞的讀法有二。以「子孫」爲例，既可讀爲「子子孫孫」，也可讀爲「子孫子孫」。因此，我們是不是應重新研究一下四音節疊音詞的讀法呢？

以上爲雙音節的重疊。

楚地出土文獻所見的重疊詞的作用有二：一是摹音，無義。如「倉倉」。二是原有意義的加強。大部分的叠音詞用如此。

許多的重疊詞衹能重疊使用纔具有重疊後的詞義（當然也可以說重疊使之

文，2007年8月，西安。

〔註27〕張光裕說：「曼曼柬柬，猶言簡慢。」參馬承源（2007：293頁）。

〔註28〕縸縸，張光裕讀爲「莫莫」。參馬承源（2007：300～301頁）。

產生了新的詞義），例如「芸芸」、「翼翼」、「洋洋」等，既非摹音，也非原有意義的加強，這證明了駱紹賓關於重疊詞屬於連綿詞的主張至少部分切合語言實際。

如上所述，古漢語還存在間隔式重疊詞（broken reduplication）。楚地出土文獻中似乎也有處於分隔狀態下的詞的重疊形式：「女東而東，西而西，受上天，受中……」（《范》2・1）這種形式也是表示意義的加強。但是，能否視之為「間隔式重疊詞（broken reduplication）」則可以進一步討論。

三、派生詞（*derivations*）

派生詞是詞根附加詞綴的合成詞。

漢語是形態不發達的語言。因此，詞綴數量的貧乏決定了派生詞數量的貧乏。

詞綴的附加意義，更多地體現為詞性變化而不是詞義差異。這似乎是人類語言的共性。例如英語：teach→teacher，由動詞轉化為名詞；nation→national，由名詞轉化為形容詞；real→really，由形容詞轉化為副詞。古漢語也是如此：商→有商，確定為專有名詞；歸→于歸，確定為動詞。諸如此類，不一而足。

在古漢語中，利用詞綴以構成新詞的方式可分為三種：前綴式、後綴式和中綴式。古楚語也不例外。但是，楚語中使用詞綴構成新詞卻有著自身的一些特點。

（一）前綴（*prefixes*）式

前綴，或作「詞頭」、「接頭語」「前加成份」。周法高作「前附語」。據周先生歸納，古漢語名詞前綴有「有」、「不（弗）」、「夫」、「於」、「勾（工、攻）」、「子」、「阿」、「老」等 8 個，形容詞前綴有「有」、「其」、「斯」、「思」等 4 個，動詞前綴有「言」、「爰」、「聿」、「遹」、「曰（越）」、「于」、「薄」等 7 個〔註 29〕。

其中，「有」、「子」兩個前綴，也見於楚地文獻。

「有」，名詞前綴，用以確定專有名詞。例如：「有娀」（《楚辭・離騷》）、

〔註 29〕參氏著《中國古代語法・構詞編》202～252 頁，（臺灣）中央研究院史語所，1962 年。

「有虞」(《楚辭・離騷》)、「有扈」、「有狄」(均《楚辭・天問》) 等。

「子」作爲附加成分，典籍中有兩種情況，一是繫於姓名之後，例如「孔子」、「曾子」等；二是置於姓名之前，例如「子墨子」，用了兩個子，較特殊。正如周法高所說：「『子』加在字的前面，也近乎前附語的性質。」〔註 30〕雖然并不一定切合楚地出土文獻的實際，但這個認知非常重要。如「鄴公子家」、「郘公子春」便衹能讀作「鄴公、子家」、「郘公、子春」，而不能讀作「鄴公子、家」、「郘公子、春」。或謂「子」當解爲「嗣子」(嫡子)(胡雅麗：1996：511～518 頁)。有一定的理據。譬如英語中附於姓氏後的「-son」，可能原指某人之子，像 Garrison、Johnson、Nelson，便分別相當於 Gary's son、John's son 和 Nell's son。不過，筆者倒是覺得，無論是附在姓氏名字之前的「子」還是附在姓氏名字之後的「子」，都具有明顯的褒義色彩，表尊敬。因此，它可能源自古爵稱。例如周公旦封於魯，公爵，其子便被稱爲「魯公伯禽」；熊繹封於楚，子爵，諸嗣君便被稱爲「楚子」〔註 31〕。而作爲尊稱代詞的「子」，正是它蛻變爲詞綴的一個中介。

在楚地出土文獻中，「子」作爲名詞前綴，可用以確定術語或專有名詞。用在官稱前的「子」，可以輕易地確定爲詞綴而不被質疑。在包山所出竹簡中「子左尹」(《包》12、16、137 反等) 和「左尹」(《包》12、128、135 反、141 等) 並見；「子司馬」(《包》103、145、145 反) 和「司馬」(《包》103 等) 並見。顯然地，「子左尹」等同於「左尹」，「子司馬」等同於「司馬」。用在專名前的「子」，可能不一定爲「字」，而衹是專名的標誌。例如：「東陵連囂子發」(《包》225)、「文坪昰君子良」(《包》240)、「鄴公子家」(《包》200)、「蔡公子果」(《蔡公子果戈銘》) 等。

動詞詞綴「言」，似乎也見於楚地出土文獻，附於「曰」、「謂」之前。例如：「欽言曰……」(《包》144) 又如：「九月甲晨（辰）之日，繁丘少司敗遠

〔註 30〕參氏著《中國古代語法・構詞編》206 頁，(臺灣) 中央研究院史語所，1962 年。

〔註 31〕「楚子」的稱謂，最早見於周原甲骨文：「曰：今龝（秋）楚子來告。」(H11：83) 又有「楚伯」之稱：「楚白（伯）气（迄）今龝（秋）來。」(H11：14) 也許楚人曾先後被封爲子爵、伯爵。典籍載，熊繹在成王時受子爵，那麼，所受伯爵當在此之後。可證周原甲骨爲不同時代之物。

□、信箹，言胃（謂）繁丘之南里信又（有）龏酉＝以甘匿之歲爲偏於鄗」（《包》90）如果這裏的「言」可以定義爲詞綴，恐怕那是在同義連用的修辭作用下弱化而成的。

在楚地文獻中，「其」似乎可以用作動詞的前綴。例如：「女嬃之嬋媛兮，申申其詈予。」（《楚辭・離騷》）

此外，筆者認爲，部分「所」字結構中的「所」可以定義爲前綴。詳下文。

（二）後綴（*suffixes*）式

後綴，或作「詞尾」、「接尾語」「後加成份」。周法高作「後附語」。據周先生歸納，古漢語名詞後綴有「父（甫）」、「斯」、「也」、「子」、「兒」、「頭」等6個，形容詞後綴有「然」、「若」、「如」、「爾（耳）」、「而」、「斯」、「其」、「焉（安）」、「乎」、「諸」、「兮」等11個，代詞後綴有「馨」1個〔註32〕。

名詞後綴「子」也見於楚語。有兩種情況：一是附於姓氏之後，例如《鬻子》，據說是鬻熊所作，所以稱爲「鬻子」；又如老子、莊子，都是楚人。一是附於普通名詞之後，如「君子」（《信》1・05）、「丁子」（見《莊子》）。前者表尊敬，後者表細小貌。不過，周法高說：「當然，要把詞尾『子』字和非詞尾『子』字區別開來是相當困難的。就現代普通話來說，鑒定詞尾的主要標準是輕音；但是古代的史料并沒有把輕音記錄下來。現在我們衹能憑意義來看它是不是詞尾。有六種『子』字不應該認爲詞尾：第一，是『兒子』的『子』，例如《毛詩・小雅・斯干》：『乃生男子……乃生女子』，其中的『男子』、『女子』實在等於現代的『男兒子』、『女兒子』；第二，是作尊稱用的『子』，例如『夫子』、『君子』；第三，是指禽獸蟲類的初生者，例如『虎子』（《後漢書・班超傳》：『不入虎穴，不得虎子』）、『鶴子』、『龍子』、『蠶子』；第四，是指鳥卵，例如『雞子』、『鳳子』；第五，是指某種行業的人，例如『舟子』、『漁子』；第六，是指圓形的小東西，例如《史記・高祖本紀》：『左股有七十二黑子』。」〔註33〕如循此原則，那楚語中恐怕衹有「登徒子」、「丁子」、「梢

〔註32〕參氏著《中國古代語法・構詞編》253～306頁，（臺灣）中央研究院史語所，1962年。

〔註33〕參氏著《中國古代語法・構詞編》259頁，（臺灣）中央研究院史語所，1962年。

子」和「辣子」算是派生詞了。

「父（甫）」用作名詞後綴，就楚地文獻而言，傳世文獻衹見於《楚辭》「漁父」，《方言》「督父」、「亭父」。出土文獻卻一例也沒有。

形容詞後綴「然」「如」也見於楚地文獻，用於明確形容詞的詞性。例如：「既滄（滄）然（熱）以憂＝然不欲飤（食）。」（《天・卜》）又如：「聞笑聖（聲），則蕣（鮮）女（如）也斯憙（喜）；昏（聞）歌謠，則舀（陶）女（如）也斯奮；聖（聽）琴瑟之聖（聲），則諪（悸）女（如）也斯嘆；雚（觀）《逑（賚）》《武》，則齊女（如）斯作；觀《卲（韶）》《夏》，則免（勉）女（如）也斯僉（斂）；羕（咏）思而勭（動）心，胃女（如）也。」（《郭・性自命出》24～26）其中的「蕣（鮮）」、「齊」和「免（勉）」也可以用爲動詞或名詞。

儘管「然」和「如」用爲形容詞後綴在詞彙意義上并無多少差別，不過，從數量上考察，楚人似乎更熱衷於使用「如」而不是「然」。例如上引《郭・性自命出》一段，全使用「如」，接著下來一段纔用了兩次「肰（然）」：「哭之勭（動）心也，濈（浸）殺（殺），其刺（央）戀戀（戀戀）如也，蔵（戚）肰（然）以終。樂之勭（動）心也，濬深臧舀（鬱陶），其刺（央）則流（如）也以悲，條肰（悠然）以思。」這段 200 字左右的文獻，用了 6 次「如」，2 次「然」。如果拿它來和《論語》作比較，17000 字左右的文獻，作形容詞詞尾的「如」用了 28 次，「然」用了 10 次。可以發現，楚語和《論語》在使用「然」「如」作形容詞詞尾方面相當一致。那麼，能否說楚語更接近春秋時代的語言呢？我想，如果從詞綴的使用習慣上考慮，可以這麼說。

楚地出土文獻中，別有異於共同語的後綴。筆者以爲，至少可以把「人」、「尹」、「敖（囂）」、「公」、「者」界定爲名詞性後綴。以下分別述之。

人

有證據表明，如同某些西語（例如英語的-man），「人」在楚語中可能用作後綴〔註 34〕。例如「大右」（《東陵鼎銘》）官稱，見於《周禮》，大概是古之通語，但在楚語中，又可作「大右人」（《大右人鑒銘》）。又如典籍常見的官稱「執

〔註 34〕「人」是否爲詞綴，學界有不同意見。例如程湘清就謂之「構詞能力很強的詞根」。參氏著《先秦雙音詞研究》，《先秦漢語研究》101～104 頁，山東教育出版社，1992 年 9 月第 1 版。

事」，楚語或作「執事人」（見《包》簡）。儘管在某些典籍中（例如《周禮》），也有數量不少的以「人」構成的名稱，但遠遠不如楚語中普遍。僅以楚簡作統計材料，計有「樂人」（《信》2・018 等二例）、「賤人」（《信》1・01 等二例）、「倌人」（《包》15 反等三例）、「室人」（《包》12）、「邑人」（《包》171 等九例）、「里人」（《包》92 等六例）、「邦人」（《包》7）、「翏（沒）人」（《包》246），至於「地名」加「人」的例子就更多了，光《包山楚簡》就超過三十例。這個語言現象說明，在楚語當中，「人」也許已經蛻變爲後綴了。

尹

「尹」早在甲骨文時代就出現了，而且就是用爲官稱，如：「右尹」、「東尹」、「族尹」、「小尹」等。早期的傳世文獻，例如《尚書・酒誥》，也有官稱的用例：「百僚庶尹。」《說文》上說：「尹，治也。从又丿，握事者也。」（卷三又部）大體是不錯的。不過，在楚地文獻或涉及楚人的文獻中，「尹」一般都附著在職掌、官階或地名之後，用以構成官稱，例如「宰尹」、「馬尹」、「令尹」、「左尹」等。其詞義基本上蕩然無存。尤其發人深思的是，在楚地出土文獻中，「尹」似乎不獨立充當句子成分。《楚系簡帛文字編》（增訂本）收「尹」111 例〔註 35〕，除了個別疑爲人名者外，「尹」都附著在職掌、官階或地名之後，不獨用，後綴的性質十分明顯。

敖（囂）

關於「囂（敖）」，早有成說。《左傳・昭元》「葬王於郟謂之郟敖」條，宋・呂祖謙說：「楚以未成君者爲敖，郟敖立爲君多時而亦曰敖者，亦以其弱故以未成君者名之也。」（《春秋左氏傳續說》卷十）然而，《左傳・僖二十八》又載：「王怒，少與之師。唯西廣東宮與若敖之六卒實從之。」杜預注：「若敖，楚武王之祖父，葬若敖者。子玉之祖也。」與前說互爲牴牾。若敖，出土文獻作「若囂」，楚璽云：「若囂會鉩」，或以爲複姓〔註 36〕。根據今天所見楚地文獻，前賢的考證容有可商。岑仲勉認爲「莫敖」是古伊蘭語詞（2004a：

〔註 35〕 參滕壬生（2008：277～280 頁）。

〔註 36〕 參吳振武《古璽姓氏考（複姓十五篇）》，載《出土文獻研究》第 3 輯 87 頁，中華書局，1998 年 10 月第 1 版。

61 頁)。近來又有學者考證「敖」爲謚法〔註 37〕。都是別闢蹊徑之說。筆者以爲,「敖(囂)」可能是外來詞,源自「莫敖」,而「敖」則蛻變爲詞綴,用以構成官稱。例如:「陵連囂(敖)」(《曾》73)、「株昜莫囂(敖)」(《包》117)「大莫囂(敖)」(《曾》1 正)。「連囂(敖)」、「莫囂(敖)」典籍也見:「漢王之入蜀,信亡楚歸漢,未得知名,爲連敖。」(《史記·淮陰侯列傳》卷九十二)〔集解〕引徐廣曰:「(連敖,)典客也。」〔索隱〕引李奇云:「(連敖,)楚官名。」引張晏曰:「(連敖,) 司馬也。」又:「(曹)參功凡下二國,縣百二十二,得王二人,相三人,將軍六人,大莫囂、郡守、司馬、候、御史各一人。」(《漢書·曹參傳》卷三十九)顏師古引如淳說:「囂音敖。」又引張晏說:「莫敖,楚卿號也。時近六國,故有令尹、莫敖之官。」迄今爲止,在楚地的文獻中,「囂(敖)」似乎不單獨使用,而衹附於「郟」、「若」、「莫」、「連」、「堵(杜)」之後構成官(謚)稱。衹有《包》165 一例作「辛亥囂䣈尹之州加䣊䏳」,置於前,不知道是不是「連囂(敖)」、「莫囂(敖)」的簡稱。另有《天·策》一例,作「……囂衡昔」,有所殘缺,不能確定是否也如《包》165,似乎有點兒獨用的樣子。倘若一個詞素不能單獨使用,那它屬於詞綴的可能性就相當大了。「敖」用於楚語的情形,有點像粵語的「波」,音譯自 ball,而蛻變爲一詞根。衹不過前者爲詞綴,後者爲詞根罷了。

公

如同前綴的「子」,「公」似乎用爲表尊敬的後綴,衹是一在前,一在後而已。《論語·述而》:「葉公問孔子於子路。子路不對。」孔安國注:「葉公名諸梁,楚大夫,食采於葉,僭稱公。」顯然,漢代的人們是不懂什麼詞綴的。楚人把「捕快」稱爲「亭公」。《方言》:「楚、東海之間亭父謂之亭公。卒謂之弩父;或謂之褚。」(卷三)可見「公」并非什麼「僭」。不過,孔安國的注釋還是極具啓發意義的:「公」的稱謂當來自爵號,而延至戰國,已經虛化爲詞綴了,用以尊稱有一定的地位者。認爲「公」是表尊敬的詞綴,基於這樣的事實:在楚地的出土文獻中,某些附有「公」的稱謂,「公」有時也可以略去。譬如「州加公」(《包》181、189 等),也作「州加」(《包》165),

〔註 37〕參羅運環《楚國謚法研究》,載《紀念徐中舒先生誕辰 110 周年國際學術研討會論文集》353～362 頁,巴蜀書社,2010 年 12 月第 1 版。

「司舟公」(《包》168)也作「司舟」(《包》157)。認識「公」爲表尊稱的詞綴很重要，如「子」字條所述，「公」「子」二字并列時多應分讀。雖然「司舟公」(《包》168)、「州加公」(《包》181、189 等)等官稱中的「公」定義爲詞綴比較合適，但綴加在地名之後的「公」，固然可能像孔安國所說的是「僭稱」，也可能以「公」代稱官職，或者，當使用「公」爲詞綴的時候，官稱即可省略。「公」詞彙意義的演變過程以及詞彙功能的改變，有點兒像「父」。

此外，部分「者」字結構中的「者」也可以定義爲後綴(詳下文)。

(三)中綴(*infixes*)式

中綴，或作「詞腹」、「中加成份」。周法高作「中附語」。據周先生研究，古漢語中，僅見「之」可以用爲人名、地名等專有名詞的中綴〔註 38〕。

事實上，在楚語中，中綴「之」可以用以構成普通名詞。如：

「囟攻解於下之人。」(《望》1・176)《楚辭・招魂》則作「下人」。「下之人(下人)」，鬼神名，或許仍可視爲專有名詞。不過，還有如下例子：

「大凡八十馬甲又六馬之甲。」(《曾》141)「馬甲」、「馬之甲」同簡互見。「馬之甲(馬甲)」必爲普通名詞無疑。中綴「之」的作用，或使詞彙意義更爲精確，或使邏輯關係更爲密切。

此外，筆者以爲，楚語還使用中綴「中」和「里」。

神祇名「雲中君」(《楚辭・九歌・雲中君》篇名，亦見《漢書・郊祀志》)，楚簡作「雲君」(《天・卜》)。李白《夢遊天姥吟留別》詩則作「雲之君」。結合其他文獻觀之，例如《戰國策・趙策三》中有人名「魯仲連」〔註 39〕，也作「魯連」，可證「雲中君」之「中」確是中綴。

又如中綴「里」：

「州人」(《包》80、95、173、174、183)，或作「州里人」(《包》128)。

〔註 38〕 參氏著《中國古代語法・構詞編》306～307 頁，又見 446 頁，(臺灣)中央研究院史語所，1962 年。

〔註 39〕 步雲案：「仲」同「中」。例如《論語》《公冶長》篇十七章「晏平仲」、《雍也》篇八章「仲由」，定州所出簡本「仲」均作「中」。詳參《定州漢墓竹簡・論語》23 頁、27 頁，文物出版社，1997 年 7 月第 1 版。至於金文「中」用爲「仲」的情況，那是相當普遍的，例甚夥，恕不一一。

雖然上舉例子中的「中」和「里」可以界定爲中綴，但例子畢竟太少，能否得到學界的認可，恐怕還得俟以時日。

如同「之」，「中」、「里」的使用，或使詞彙意義更爲精確，或使邏輯關係更爲密切。

事實上，提出漢語中（或楚方言中）的詞綴問題很容易引起論爭。持反對意見者通常認爲那是複合詞或詞組，輕而易舉就把古漢語存有詞綴的觀點給否定了。是的，上舉的「之」、「中」、「里」、「人」等均可視爲「詞」，在文獻裏也確實發現它們單獨充當句子成分的例證。不過，在以上所列舉的例子中，這些「詞」已經弱化爲「詞綴」了，正如英語中的詞綴-logic（源自實詞「邏輯」）、-man（源自實詞「男人」）一樣。說它們是詞綴，完全因爲其原有詞義已非常模糊，而其附加意義彰顯。譬如後綴「人」，僅相當於「者」，表示所從事的職務、或所在地人氏。有時，「人」甚至成爲可有可無的詞素。如上舉的「大右／大右人」、「執事／執事人」，就是典型的例子。筆者對楚地文獻（未及《老子》、《莊子》等）中出現的以「詞根＋者」形式構造的合成詞加以搜羅，卻衹得五詞：官稱「謁者」和普通名詞「格者」、「刑者」、「雕者」、「播者」。筆者推測，楚人似乎更熱衷於用「人」而不是「者」作詞綴以構造新詞。總之，如果否定「人」、「尹」等詞素爲詞綴，就意味著肯定「小人」、「涓人」、「泠人」、「令尹」、「連尹」之類的術語是複合詞或詞組。這無論如何也是缺乏理據的，也是難以爲人所接受的。筆者以爲，合成詞中的詞素是不是詞綴，關鍵應視其與另一詞素有沒有意義上的聯繫，例如：「小人」不是「小的人」，而是「我」的謙稱，「涓人」不是「涓之人」，而是「侍從之官」官稱，等等。毋庸諱言，這類詞的詞根和詞綴可能存在某種意義上的聯繫，但隨著詞綴意義的弱化，它們之間的意義聯繫也就中斷了。

第三節　功能轉移（*functional shift*）

西方語言學家認爲，構成新詞的其中一法爲功能轉移（functional shift）〔註40〕。

〔註40〕參 W. Nelson Francis, *The English Language: An Introduction*, W. W. Norton &

functional shift，英漢詞典通常作「詞性轉換」。筆者之所以作「功能轉移」，是因爲在此規律作用下漢語新詞的產生不僅體現爲詞性上的變化，而且還體現爲詞義上的變化。事實上，西方語言，例如英語，通過語音屈折形式使詞性或詞義發生變化，都不妨視之爲 functional shift，而與漢語的「破讀（或讀破）」規律相當。

這是一種簡單便捷的造詞法：詞的總量并沒有實質上的增加，而詞的功能則大爲擴展。以英語爲例，一個詞改變其詞性或意義，祇要其語音發生屈折變化（inflection/inflexion）就可以完成功能轉移，如：contract〔' kɔntrækt〕，重音在前，爲名詞，意思是「契約、合同」；contract〔kɔn'trækt〕，重音移後，爲動詞，意思是「締結（契約、合同）」。又如：contrast〔'kɔntræst〕，重音在前，爲名詞，意思是「對比、對照」；contrast〔kɔn'træst〕，重音移後，爲動詞，意思是「使對比、使對照」。

語音的屈折變化，有時候也使詞形發生變化，尤其是表音文字系統的語言，多如此。仍以英語爲例，woman（單數）→women（複數）；foot（單數）→feet（複數）；come（動詞原形）→came（過去式）。

當然，也存在語音不發生屈折變化而完成其功能轉移的情況，仍以英語爲例，「water」、「wolf」等，既可以是名詞，也可以用爲動詞。

反觀漢語，也存在著功能轉移的詞彙生成法則。

在現代漢語中，某些方言存在著利用語音屈折變化以體現詞彙意義的現象。例如開平話，人稱代詞的複數形式即表現爲語音音變的屈折形式：我〔ŋɔi^{33}〕→我們〔ŋɔi^{21}〕；你〔nei^{33}〕→你們〔niɛk^{21}〕；他（佢）〔k^{h}ui^{33}〕→他們（屐）〔k^{h}iɛk^{21}〕〔註41〕。漢語中具有類似形式的方言不太多，已知的有陝西商縣話、蘇北贛榆話、吳語蘇州話等〔註42〕。

古漢語同樣存在這麼一種構詞法。某個詞的詞性或意義發生變化，其語音一般也發生屈折變化，在訓詁學上稱之爲「讀破」或「破讀」。例如「爲」，動

Company, Inc., 1965..

〔註41〕參鄧鈞主編《開平方言》76 頁，湖南電子音像出版社出版，2000 年 3 月第 1 版。

〔註42〕參袁家驊《漢語方言概要》50 頁、97～98 頁，文字改革出版社，1989 年 6 月第 2 版。

詞念平聲，介詞則改爲去聲。又如「冠」，名詞念平聲，動詞念去聲。周法高稱之爲「音變（phonetic modification）」〔註 43〕。我以爲還是作「語音屈折變化（phonetic inflection/inflexion）」爲好〔註 44〕。

如同表音文字系統的語言，某些古漢語詞的語音發生屈折變化，其詞形也隨之發生變化。在漢語文字學上，可以視之爲「古今字」、「異體字」或「孳乳字」。例如：「說」，音 shuō，爲原形；音 yuè，詞形便改變爲「悅」。又如：「辟」，音 bì，爲原形；音 pì，詞形便改變爲「闢」、「僻」等。再如：「弟」，音 dì，爲原形；音 tì，詞形便改變爲「悌」。

在古楚語中，固然存在上述功能轉移的構詞現象，但是，如果從出土文獻考察，會發現這種功能轉移的造詞法有著明顯的地域特徵。

以下略舉若干例子以說明之。

例 1：「上」，通常爲方位詞，念去聲，也可以作動詞，如「上書」。其語音并沒有發生屈折變化。但在楚地的出土文獻中，用爲方位詞的「上」，大體沒有詞形變化（當然也偶有爲強化其指事意義作「𠄞」的），而用作動詞的「上」，可以作「让」或「走」，表示溯流而上，上行〔註 45〕。例如：「自鄂市，逾沽（湖）让灘（漢），商厭，商芸昜（陽），逾灘（漢），商䢵（汪），逾夏內（入）邔，逾江，商彭逆（蠡），商松昜（陽），內（入）瀘江，商爰陵，让江，內（入）湘，商牒，商郷（姚）昜（陽），內（入）䣙，商鄙，內（入）澭、沅、澧、油，让江，商木關，商郢。」（《鄂君啓舟節銘》）一連用了三個「让」。這個「让」，可能有語音上的屈折變化。《楚辭・九章・惜誦》：「乘舲船余上沅兮，齊吳榜以擊汰。」洪興祖《補注》云：「上，謂溯流而上也。上，上聲。」雖然「上」的詞形并無變化，但它發生功能轉移卻毋庸置疑，這裏

〔註 43〕參氏著《中國古代語法：構詞編》5～96 頁，（臺灣）中央研究院史語所，1962 年。

〔註 44〕高本漢（Klas Bernhard Johannes Karlgren）傾向於把古漢語視爲屈折語。參氏著《原始漢語是屈折語》（*Le proto-chinois，langue flexionelle*）一文（原載《亞細亞雜誌》，15），其中揭示了上古漢語有代詞的格屈折變化痕迹。

〔註 45〕劉信芳已注意到詞形有異則詞性有可能不同的現象，但並未涉及所有的字（詞）形，例如「命」和「敂」等，也未注意到詞的功能轉移問題。參氏著《包山楚簡近似文字辨析》，載《考古與文物》1996 年 2 期。

的「上」顯然也相當於「让」。證諸現代粵語，動詞的「上」和方位詞的「上」沒有詞形上的差異，但存在語音上的屈折變化，前者念上聲，後者念去聲。

例 2:「行」，本義爲「道路」，是名詞，念 háng，作動詞用得念 xíng，沒有詞形上的變化。但在楚地的出土文獻中，它用爲神祇名時，仍然可以作「行」（例如《包》229、233、《秦》99・1 等），但也可以寫成「禜」。如:「舉（趣）禱宮禜一白犬。」(《包》210）又如:「賽禱禜一白犬。」(《包》219）我們不知道它有沒有語音上的屈折變化，但它發生功能轉移卻是可以肯定的。

例 3:「明」，用做「光明」的「明」等，念 míng，通作「萌（發）」或「盟（誓）」時，念 méng。在楚地的出土文獻中，「明」用爲先祖的修飾語，表「英明」、「神明」的意義時，寫成「盟」。例如:「囟攻解於盟祖。」(《包》211）而在金文當中，故去的父親稱爲「明父」(《集成》4437)，故去的先公稱爲「明公」(《集成》6016 等)，都祇是作「明」。

如果與共同語相比較，會發現古楚語詞形所表達的詞義或詞性更爲清晰。這也不妨視爲功能轉移。

例 4:「寵」，《說文》:「寵，尊居也。」(卷七宀部）如果這是本義的話，那麼，表「寵愛」義的「寵」應是其引申義。但是，表「寵愛」義的「寵」在楚地的出土文獻中被寫成「憩」(《郭・老子乙》5～6)，更切合「寵愛」屬於心理活動的意義。

例 5:「哀」，《說文》:「哀，閔也。从口衣聲。」(卷二口部)「閔」當讀爲「憫」，這是「哀」的本義。「哀」的這個意義，在楚地的出土文獻中，被寫成「依」(《郭・性自命出》等）或「㥧」(《郭・語叢三》等)，符合「哀」作爲一種心理活動的意義表述。應當指出的是，在楚地的出土文獻中，也使用「哀」(《郭・五行》等)，說明楚語實際上也受著共同語的影響。

例 6:「畏」，見於周初的出土文獻，例如《大盂鼎》。《說文》:「畏，惡也。从甶虎省鬼頭，而虎爪可畏也。」(卷九甶部）姑且把這當作「畏」的本義。在楚地出土文獻中，表示畏懼固然可以作「畏」(《郭・五行》36、《郭・成之聞之》5)，沿用古語；但也可以作「愄」(《郭・性自命出》52 等)，強調心理上的畏懼；同時也作「禖」(《郭・老子乙》5)，強調畏懼的神秘性。「愄」，根據相關的詞例，可讀如「威」，證明其語音可以有屈折變化。

例 7：「先」，見於甲骨文、金文，其中一個義項指「先世」〔註 46〕。這個意義指向，在楚方言中被「**祧**」所取代，特指先祖。《新蔡》乙三：41 云：「三楚**祧**。」就是指楚人的三位先祖老僮、祝融和媸（鬻）酓（熊），「**祧**」無疑爲「先」的神格化詞形。在楚地出土文獻中，這類附加「示」以體現詞兒的功能轉移的情況比比皆是。

筆者以爲，古漢語的這種詞形上的變化以實現詞性或詞義的功能轉移，實際上也可以視爲詞形的屈折變化。在出土文獻中，有間接的證明。例如定州漢簡本《論語‧先進》第 24 章，「曾」作「竟然」解的時候，被寫爲「增」〔註 47〕。顯然，古人分明告訴我們：這裏的「曾」音「增」，而不念「層」。

値得我們注意的是，在楚地出土文獻中，一個詞的詞形發生變化，未必就是功能轉移。例如「让」，在《郭‧成之聞之》中，衹是被用爲方位詞的「上」。當然，我們可以視之爲通假。

第四節　詞組（*phrases*）

phrase，舊作「仂語」〔註 48〕，今或作「片語」〔註 49〕，又可以譯作「短語」。竊以爲，詞組，意思就是詞的組合，既不是孤立的個別詞兒，也不是完整之句子，故此本文採用「詞組」這一術語。

在漢語語言學理論中，詞組一般被認爲屬於語法範疇（例如《辭海》）。但是，在詞彙學的著作中，卻又把諸如「成語」、「諺語」、「格言」、「俗語」等詞組性結構作爲詞彙學所涉及的內容。於是，有的學者在討論構詞法的時候，把「詞組」排除在外，例如周法高〔註 50〕。而有的學者，例如王力〔註 51〕，卻又

〔註 46〕 參方述鑫、林小安、常正光、彭裕商《甲骨金文字典》629 頁，巴蜀書社，1993 年 11 月第 1 版。

〔註 47〕 河北省文物研究所定州漢墓竹簡整理小組《定州漢墓竹簡論語》51 頁，文物出版社，1997 年 7 月第 1 版。

〔註 48〕 例如周法高，參氏著《中國古代語法‧造句編（上）》（臺灣中央研究院史語所，1961 年）有關「介詞仂語」的論述。

〔註 49〕 例如臺灣的學者，便通常使用這個術語。

〔註 50〕 步雲案：在氏著《中國古代語法‧構詞編》（臺灣中央研究院史語所，1962 年）中，並無「詞組」方面的討論，而把「仂語」放在《中國古代語法‧造句編（上）》

把詞組作爲討論的內容之一。

筆者認爲，既然「熟語」、相當部分的「俗語」等都屬於「詞組」，那把詞組納入詞彙範疇加以討論恐怕比較妥當。此外，從語法學的角度觀察，結構相對穩定的詞組的語法功能與詞兒并無差別，也可以充當句子的某一成分，例如主語、賓語、狀語等等。

在筆者所匯輯的楚語詞中，詞組主要是專有名詞和術語，衹有部分例外。從構詞法考察，虛詞結構性詞組佔了絕大多數，其他結構的詞組衹有一小部分，而成語的數量更是寥寥。

一、虛詞結構詞組

（一）「之」字式

典型的偏正結構。例如：

普通名詞之「鼀蠙之衣」（見《莊子》）。

官稱之「中射之士」（見《韓非子》等）、「環列之尹」（見《左傳》）。

月名之「荊尸之月」（見《望》等）、「獻馬之月」（見《望》等）。

神祇之「車馬下之人」（《天・卜》）。

最有趣的是大事紀年的「之」字式，修飾、限制性的成分通常是一個完整的句子。如：「大司馬昭陽敗晉師於襄陵之歲」（《鄂君啓舟・車節銘》、《包》103、115）、「燕客臧嘉問王於菽郢之歲」（《燕客銅量銘》）、「齊客陳豫賀王之歲」（《包》7）、「郕（越）涌君贏徑（逆）亓（其）眾以遠（歸）楚之歲」（《常》1）、「秦客公孫鞅問王於菽郢之歲」（《天・卜》）、「周客韹□王於宋東之歲」（《秦》1・1）、「齊客張果問王於菽郢之歲」（《望》1・1）、「大莫囂（敖）鴋爲戰於長城之歲」（《新蔡》甲三：36）、「蔞茖受女於楚之歲」（《新蔡》甲三：42）。

但也有語義結構不甚完整的例子：

「甘匿之歲」（《包》90、124、125、129）、「宋客盛公鸚之歲」（《包》132）、「餘公鸚之歲」（《包》130）。

（臺灣中央研究院史語所，1961 年）中論述。顯然，周先生是把「詞組」納入語法範疇而不是詞彙範疇的。

〔註51〕 參氏著《漢語史稿》579～585 頁，中華書局，1980 年 6 月新 1 版。

由於有「□客監固逅楚之歲」(《包》120。步雲按:「甘匿」當即「監固」)、「宋客盛公𩿥聘於楚之歲」(《包》197、199、201。步雲案:「鉨公𩿥」當即「盛公𩿥」)的完整用例，上舉語義結構不甚完整的詞組可視爲省略。

以大事紀年，在楚地出土文獻中是普遍的語言現象。事實上，這類紀年法，早已見於西周銅器銘文。例如：

「隹王令南宮伐反虎方之年」(《南宮中鼎銘》之二、之三)、「隹白大史見服于宗周年」(《乍冊䰧卣銘》器蓋同銘)

有時，「年」或「之年」可省略。例如：

「公束鑄武王、成王異鼎，隹四月既生霸己丑。」(《作冊大鼎銘》)、「隹王初興宅于成周……王豐福自天，在四月丙戌。」(《䡅尊銘》)「公束鑄武王、成王異鼎」實際上是「公束鑄武王、成王異鼎之年」的省略；「隹王初興宅于成周」實際上是「隹王初興宅于成周之年」的省略。

李零認爲這類紀年是事後補記的（1993：425～448頁)。

筆者倒是覺得，古人確定了某件大事作紀年代名後，便於當年使用，直至確定另一大事爲紀年代名、或一年已然結束時爲止。

楚語中還有大事紀季的例子:「大莫𨗲𣄰喙適豧之春」(《曾》1)可以說是大事紀年的發展。

從以上例子，我們可以肯定，固定詞組「之」字式并無多少明顯的楚語特點，如果說它們與共同語存在著差異，恐怕也衹在於使用習慣上。不過，這些詞組，無論從意義還是其語法功能考察，都與詞兒毫無二致。這也是筆者力主詞組應屬於詞彙範疇的原因。

(二)「者」字式

「者」作爲一個詞素，通常不能單獨使用（讀爲「諸」、「都」的時候例外)，而衹可以與名詞、動詞、形容詞或詞組結合構成所謂的「者」字結構。在漢語當中，詞彙功能如此單一的詞兒，恐怕絕無僅有。

早期，學者把它定義爲「指示代名詞」，例如楊樹達〔註52〕。

〔註52〕 參氏著《詞詮》193頁，中華書局，1954年11月第1版。步雲案：今天也還有學者採此説，例如荊貴生，謂之「特殊指示代詞」。參氏主編《古代漢語》384～385頁，武漢大學出版社，2006年4月第3版。

今天古漢語學界一般把它定義爲「輔助性代詞」〔註53〕。

也有的學者以爲「者」當定義爲詞綴〔註54〕。

就「詞根＋者」的情況看，「者」是詞綴似無問題。例如「學者」（《郭・老子乙》3）、「善者」（《郭・老子甲》7）、「臤（賢）者」（《上博一・容成氏》10）等。

但是，「者」可以與詞組組合而成爲新的指代性詞組，這時候的「者」再被看成是詞綴恐怕就不是很妥當了。

楚地出土文獻有專名「兵死」，大概指死於戰爭的人的鬼魂。例：「囟攻解於䄙（祖）與兵死？」（《包》241）「兵死」或作「兵死者」。例：「帝胃（謂）尓無事，命尓司兵死者。」（《九》56・43）「兵死」等同於「兵死者」是顯而易見的。然而，「兵死」卻非嚴格意義上的詞根，而是詞組。

因此，我傾向於把「者」分別對待。詞組＋者，「者」是「關係代詞（reletive pronoun）」。譬如上文提到的「兵死者」，翻譯成英文，可以作「the man who died in war」。又如「公叔禺人遇負杖入堡者息」（《禮記・檀弓下》）中的「負杖入堡者」，把它翻譯成英文，可以作「（the man）who carried a staff on his shoulder and went into a castle」。「者」相當於「who」。這個「who」，西方的語言學家視之爲「關係代詞（reletive pronoun）」。而「詞根＋者」的「者」則是詞綴。例如「聞者」，相當於英語的 listener，聞＝listen；者＝-er。又如「言者」，相當於英語的「speaker」，言＝speak，者＝-er。

如同「之」字式一樣，楚地文獻中所見的「者」字式也無多少楚語特點；不過，楚語中的固定詞組「者」字式卻較罕見。筆者在上文已指出，這是楚語習慣使然。如果取《包》簡爲語言材料統計，那麼，固定詞組「者」字式僅有以下數例：

「繼無後者」（《包》249、250）、「䫏（兄）俤（弟）無後者」（《包》227）。

〔註53〕例如郭錫良等先生。參郭錫良、李玲圓主編《古代漢語》449～451 頁，語文出版社，2000 年 3 月第 2 版。

〔註54〕步雲案：現代漢語研究者通常把「學者」、「勞動者」、「作者」等詞語中的「者」視爲詞綴。例如胡裕樹。參氏主編《現代漢語》222 頁，上海教育出版社，1979 年 9 月第 2 版。

此二例爲專名。

「死於其州者」(《包》27)、「所於其州者」(《包》32)、「所又（有）責於𠟭（份）歸戠、寢戠、繇戠五師而不交於新客者」(《包》146)。

此三例爲普通名詞性詞組。後一例爲「所……者」結構。

從上引諸例看出，固定詞組「者」字式均由一個完整的句子加「者」所構成。恐怕這也是楚人的語言習慣。

當然，如果把考察的材料擴大到其它出土文獻，可以發現「者」字結構還是挺常見的，例如《郭》簡，「者」字結構超過二百例。也許，文本中「者」字結構之多寡取決於文體及語言習慣。

（三）「所」字式

如同「者」，筆者傾向於把「所」分別定義爲「詞綴」和「關係代詞」。

「所」，學者一般把它定義爲「輔助性代詞」，其「基本語法功能是使動詞性成分名詞化，名詞和形容詞出現在『所』後也變成動詞了」〔註55〕。換言之，「所」衹與動詞性成分結合，構成名詞性的「所字式」。

現在看來，這個結論是有問題的。至少在楚地的文獻中，「所」可以與形容詞結合。例如《楚辭・卜居》：「尺有所短，寸有所長。」這個用例也見於《莊子・列禦寇》：「夫處窮閭厄巷，困窘織屨，槁項黃馘者，商之所短也；一悟萬乘之主而從車百乘者，商之所長也。」又如《莊子・天下》：「猶百家眾技也，皆有所長，時有所用。」楚地出土文獻也有例證：「所幼未𨻰（阩）。」(《包》2～3）後世仍見這種結構，例如賈思勰《齊民要術・序》：「千金、尺玉至貴，而不若一食、短褐之惡者，物時有所急也。」我們可以視之爲仿古之作。「所短」相當於「短處」，「所長」相當於「長處」，「所幼」相當於「(因爲）幼小」，「所急」相當於「急處」(日語可以作「急所」，或可以有所啓示)。可能地，這種所字結構的使用僅限於楚地之內。

上引「所＋形容詞」用例，形容詞依然是形容詞，并未轉變爲動詞。可見，「所＋形容詞」宜視爲另一類所字結構。這種結構以及部分「所＋動詞」結構，筆者以爲不妨把「所」定義爲詞綴（前綴)。例如「所短」，相當於英

〔註55〕例如郭錫良等先生。參郭錫良、李玲圓主編《古代漢語》449～451 頁，語文出版社，2000年3月第2版。

語的 shortage，所＝-age；短＝short。又如「所用」，相當於英語的 usage，所＝-age；用＝use。

而部分「所＋動詞」和「所＋詞組」結構中的「所」則可以是關係代詞。譬如「所聞」、「所見」，英文可作「what（somebody）listens」、「which（somebody）sees」，「所」，相當於「what」或「which」。

如同共同語，楚語中大量的所字結構爲「所＋動詞」和「所＋詞組」。如：「所漸木」（《包》140）、「所舍」（《包》154）、「所御」（《曾》4）、「所讀」（《包》193），等等。

（四）介詞連詞固定結構的討論

在西方諸語言的詞典中，會收入一些介詞、連詞的固定結構，例如英語，「from… to」、「as… as」「and so on」等結構會出現在詞典中，雖然這些結構在大多數情況下是語法學者而不是詞彙學者討論的對象。同樣，在古漢語研究領域，像「是以」、「此以」、「然而」、「雖然」、「然則」等相對固定的結構，語法學者或當作詞組，或當作詞兒，意見并不統一。而「自……以至」等結構也可能被語法學者視之爲詞組而不是詞兒。這一點，通過詞典的編撰就可以想知。一般的漢語詞典是不會收入「自……以至」等結構的。不過，在筆者看來，這類相對固定的結構即便被定義爲詞組，也可以屬於詞彙學討論的範疇。

在楚地出土文獻中，以下幾個介詞連詞固定結構相當常見：

1. 從……以至……

表示一段時間的介詞＋連詞結構。例：

「義懌〔以〕長刺爲邸陽君番乘貞：從七月以至來歲之七月。」（《天・卜》）／「時（侍）王從十月以至來歲之十月。」（《天・卜》）

在古漢語中，這類介詞結構十分罕見，相反地，常見於現代漢語中。

2. 自……以至……

與「自……以商……」大致相同。

「自越以至葉垂。」（唐勒《奏土論》，酈道元《水經注・汝水》所引）

3. 以至

表示某段家族世系的連詞，可能是「從……以至」的省略形式。例：

「賽禱五世以至新父母，肥豢。」（《秦》13・1）

4. 自……以商……

表示一段時間或某段家族世系的介詞＋連詞結構。與「從……以至……」相當，而使用範圍相對大些。例：

「自頸（夏）层之月以商窠（集）歲之頸（夏）层之月。」（《包》209）／「自頸（夏）层之月以商窠（集）歲之頸（夏）层之月。」（《包》212）／「自頸（夏）层之月以商窠（集）歲之頸（夏）层之月。」（《包》216）／「自䂂层之月以商䂂层之月。」（《包》197）／「自䂂层之月以商䂂层之月。」（《包》199）／「自䂂层之月以商䂂层之月。」（《包》201）／「自䂂层之月以商窠（集）歲之䂂层之月。」（《包》226）／「自䂂层之月以商集歲之䂂层之月。」（《包》228）／「自䂂层之月以商窠（集）歲之䂂层之月。」（《包》230）／「自䂂层之月以商窠（集）歲之䂂层之月。」（《包》232）

「舉（趣）禱䂂（荊）王，自畬鹿（麗）以商武王。」（《包》246）

或作「自……以適」。例：

「……以適集歲之䂂……」（《望》1・30）／「……〔以〕適集歲之……」（《望》1・34）

上引《望》簡語意不完整，但仍然可以推測「以適」是「自……以適」的殘缺。據《包》230 句式，《望》1・30 補足當爲：「〔自䂂层之月〕以適集歲之䂂〔层之月〕」。

5. 自……商……

表示一定範圍的介詞＋連詞結構，義爲「從……以至」。例：

「自鄂市，逾沽（湖）让灘（漢），商厭，商芸易（陽），逾灘（漢），商**䣓**（汪），逾夏內（入）邔，逾江，商彭逆（鑫），商松易（陽），內（入）瀘江，商爰陵，让江，內（入）湘，商䍧，商䣕（姚）易（陽），內（入）**䣙**，商鄙，內（入）灘、沅、澧、油，让江，商木關，商郢。」（《鄂君啓舟節銘》）／自鄂市，商易（陽）丘，商邡城，商菟禾（和），商畐焚、商緐（繁）易（陽），商高丘，

商下鄰，商（適）居鄛（巢），商（適）郢。」(《鄂君啓車節銘》)

「商」爲朱德熙、李家浩先生所釋（1989）。十分正確。「商」如果不是「適」的本字，就是「適」的通假字。「適」有「至」、「到」的意義，可看作「至」的同義詞。《望》1・30 可證：「……以適集歲之䀭……」商字的這種用法，爲楚語所僅見。「自……商……」這個介詞＋連詞結構，與「自……以商……」相當；不同的是，前者中的「自」衹出現一次，接下來便全是「商」。這種情況，似可視爲省略。劉信芳讀「商」爲「續」(1996：78～86、69 頁)。與舟節車節銘文不合。商字的這種用法，爲楚語所僅見。如同「從……以至……」一樣，「自……以商……」很像現代漢語的介詞結構。事實上，它很可能來源於殷墟甲骨文的「自……至于……」結構。這類結構，筆者有過專門論述〔註 56〕。

二、非虛詞結構詞組

如果從詞法上分析，在楚地出土文獻中，大量的專名、術語可以定義爲詞組。較之虛詞結構詞組，這類不帶虛詞的固定詞組數量更大。例舉如下：

「宮矦（后）土」、「宮地主」、「野地主」、「大地主」、「不壯死」、「二天子」、「柬大王」、「文坪夜君／文坪栾君／文坪虽君」、「郚公子春／郚公子芒／鄗公子春」、「司馬子音」、「鄰公子豪（家）」、「東陵連嚚」、「東邧公／東厇公／東石公」、「東城夫人」，等。

以上爲鬼神專名。

「新保豪（家）」、「新承命」，等。

以上爲占卜用具名稱。

「邑大夫」、「中厩尹」、「王丁司敗」、「亞將軍」、「三閭大夫」、「州加公」、「造迅尹」，等。

以上爲官稱。

如果分析它們賴以組合的語法規則，就會發現；其中以偏正結構居多。而這些偏正結構，許多是可以加插結構助詞「之」的。譬如「新保豪（家）」、「東

〔註 56〕參譚步雲《甲骨文時間狀語的斷代研究》，中山大學碩士論文，1988 年 6 月自印本。

陵連囂」等。

但也有狀述結構，如「不壯死」，等。

還有述賓結構，如「呷蛇龜」(見《本草綱目》)。

以及并列結構：「舉／遯／獙（趣）禱」、「攻解」、「攻祱（敚）」、「攻敘」（均為祭名)，等。這類組合的眞切意義，我們今天還不甚了了：有可能是連動式的謂語結構，分別指代不同的祭祀活動；也有可能出於修辭目的，屬於同義連用詞組。不過，它們有成為複合詞的趨勢。

事實上，這類相對固定的結構，部分也許可以定義為詞兒。

三、成　語

事實上，即使我們已經熟練地掌握了區分楚語詞中的成語的方法，楚語詞中的成語恐怕也不會很多。筆者竭盡所能，也衹發現一例：「阩門又（有）敗」。也許，愼重一些是把它確定為「熟語」。

「阩門又（有）敗」衹出現在《包山楚簡》的「受期」及「疋獄」類簡中，為法律術語無疑。或釋為「徵問有害」(湖北省荊沙鐵路考古隊：1991a：42 頁)，或釋為「茅門有敗」(夏淥：1993：77～85 頁)。

在 278 支簡中，「阩門有敗」共出現了六十餘次，大大超出了「例不十」之數。它的結構也相當穩定，沒有任何的變例，如同「刻舟求劍」之類，當是個短句。有學者認為它典出韓非子所述及的「茅門之法」(夏淥：1993：77～85 頁)。雖然不無可商，但「阩門又（有）敗」還是具備成語的特點的。

六十餘例的「阩門又（有）敗」，其句式多作「不（逆）……以廷，阩門又（有）敗。」個別句子作「不對……，阩門又（有）敗。」或「不以……，阩門又（有）敗。」「不（＋動詞）……，阩門又（有）敗。」通過《包》23，我們可以知道這些都是假設複句，意謂「如果不……，開庭審訊即敗訴。」《包》23 云：「九月癸丑之日不遥（逆）邻大司敗以槑（盟）邻之㰖里之敔，無又（有）李（理）兓，囟陞（阩）門又（有）敗。」大意是「九月癸丑日不會同邻地大司敗與邻的㰖里的敔簽訂盟約，無理，則開庭審訊即敗訴。」「囟」用如「斯」，是表示轉折的連詞（參看本文第六章「囟」)。原釋大概因「囟」後有句讀標識，所以在其後斷句。事實上，簡上的句讀標識可能是誤點。《包》87「訟」字之後也有誤加的句讀符號，可證。

「阩」有異體作「阠」及「隥」。「阩」字从「升」得聲，从「阜」得義，「阠」則附加義符「止」以強調「上陞」的意義，當即「陞」字的楚方言形體。至於「隥」，結合「諍（證）」字分析，「𠦝」恐怕衹是「升」字繁構。因此，字仍當爲「阠」，即「陞」。「陞」、「登」同義。所謂「陞門」，就是「登門」。這是比喻用法，指「上庭」，「出庭」〔註 57〕。《包》2～3 可證：「所幼未隥（阩）。」這裏的「隥（阩）」就是「阩門」的省略，是說因其幼小而免於出庭。

楚地出土文獻中「有敗」一語，迄今爲止，除了《包》簡外，另見二例。其一：「女（如）（將）又（有）敗，䧺（雄）是爲割（害）。」（《郭・語叢四》16）其二：「民〔之〕父母呼（乎），必達於豊（禮）樂之茝，心至（致）五至，以行三無，以皇（橫）於天下，四方又（有）敗，必先智（知）之。」（《上博二・民之父母》2）〔註 58〕傳世文獻用例更多：「今主君德薄不足聽之，聽之將恐有敗。」（《韓非子・十過》卷三）：說行而有功則德忘，說不行而有敗則見疑。（《韓非子・說難》卷四）／「事有舉之而有敗，而賢其毋舉之者，負之時也。」（《韓非子・說林下》卷八）／「見利則逝，見便則奪，主上有敗，則因而推之矣。」（《新書・階級》卷二）／「有利，大國受福；有敗，小國受禍。」（《新序・善謀》卷九）

筆者以爲，「有」是表被動的標識〔註 59〕。所謂「有敗」，即「被敗」的意思。

以上的文字，相信已大致理清了「阩（阠、隥）門又（有）敗」的意義了，可以爲人所接受。

〔註 57〕「阩（阠、隥）門」，葛英會讀爲「登聞」。參氏著《〈包山〉簡文釋詞兩則》，載《南方文物》1996 年 3 期 93 頁。李家浩有附議。參氏著《談包山楚簡「歸鄧人之金」一案及其相關問題》，《出土文獻與古文字研究》第 1 輯 19～20 頁，復旦大學出版社，2006 年 12 月第 1 版。

〔註 58〕林素清讀「敗」爲「美」，參氏著《〈上博簡〉（二）〈民之父母〉幾個疑難字的釋讀》，《上博館藏戰國楚竹書研究續編》230～231 頁，上海書店出版社，2004 年 7 月第 1 版。步雲案：林說於文獻無徵。

〔註 59〕譚步雲《古漢語被動句「有」字式管窺》，中山人文學術論叢編審委員會《中山人文學術論叢》第一輯，（臺灣）高雄復文圖書出版社，1997 年 10 月。

如果說，把「阩（陞、隥）門又（有）敗」視爲成語仍缺乏文獻證據，那麼，以下的例子卻都有出處。

曹錦炎在《上博七・凡物流形》中發現了三則可以徵諸文獻的成語：「进高從埤，至遠從邇」、「十回（圍）之木，亓鈶（始）生女（如）蒴（櫱）」和「足至千里，必從弄（寸）鈶（始）」，分別可對應於「若陞高必自下」（《書・太甲下》）或「九層之臺，起於累土」（《老子》第十章）、「合抱之木，生於毫末」（《老子》第十章）或「十圍之木，始生如櫱」（《漢書・賈、鄒、枚、路傳》，也見於《說苑・正諫》、《文子・道德》）和「千里之行，始於足下」（《老子》第十章）〔註 60〕。顯然，這幾個短語具有成語的一般特徵，更重要的是，像「十回（圍）之木，亓鈶（始）生女（如）蒴（櫱）」直至後世仍在沿用，爲成語無疑。

張光裕則在《上博六・用曰》中發現一例：「用曰：脣（唇）亡齒寒。」（6）〔註 61〕其詞形與後世所用完全一致。

在楚地出土文獻中，除了上述所引外，近乎成語的還有「三駄（雄）一䑕（雌），三䒦（瓠）一莫（匙），一王母保三毆兒。」（《郭・語叢四》26）〔註 62〕這段韻文可能由三個成語所構成，儘管我們今天還不能完全瞭解其確切的含義。

四、餘　論

事實上，如果遵循西方語言學的理論，本節所謂的片語（phrase），有部分嚴格上應定義爲從句（clause），如「所字結構」、「者字結構」以及成語。

如上所述，充當關係代詞的「所」所引導的謂語性結構無疑正是從句，「者」字前的謂語性結構當然也可作如是觀。至於成語，從語法角度分析，其從句的特徵更是顯而易見。

然而，在漢語語法系統中，似乎沒有「從句」這麼個術語。因此，clause

〔註 60〕參氏著《楚竹書〈問〉篇的幾則成語》，載《紀念徐中舒先生誕辰 110 周年國際學術研討會論文集》226～228 頁，巴蜀書社，2010 年 12 月第 1 版。

〔註 61〕參馬承源（2007：292 頁）。

〔註 62〕或讀爲：「三雄一雌，三荂一實，一王母保三嬰兒。」（滕壬生：2008：5 頁）。或讀爲「三雄一雌，三廬一實，一王母保三嬰娩」，參顧史考《「刓」字讀法試解》，《古文字研究》28 輯，中華書局，2010 年 10 月第 1 版。

往往只對應於「分句」，而把「謂語性結構」稱爲「片語」或「短語（仂語／片語）」。這樣一來，phrase 和 clause 混淆不清自是難免。

基於漢語語法精確化的目的，筆者以爲應引進「從句（clause）」這一術語，至少在古漢語語法研究方面，可解決若干糾纏不清的語法問題，譬如所謂的「所字結構」、「者字結構」。

不過，語法問題並非本文討論重點，筆者擬留待日後再作探討。

第四章　楚語詞詞義之發展與變化

筆者在第二章中曾述及楚語詞匯中有部分的古語詞。這些古語詞，有的從形構到意義都有了很大的變化，有的雖形構未變，但意義卻迥然不同。在這一章裏，筆者將重點討論楚語詞匯中的古語詞詞義之發展和變化。

第一節　詞義的引申

引申是漢語詞義發展、變化的主要途徑之一，楚語也不例外。楚人從殷、周兩朝繼承下來的古語詞到了春秋戰國期間，多已用非本義，下面，略舉數例說明之。

例 1，臚：見於西周金文（《弘尊銘》、《九年衛鼎銘》）。《說文》釋曰：「臚，皮也。从肉盧聲。膚，籀文臚。」（卷四肉部）戰國楚語於字形一仍舊制（籀文），但其詞義卻有了發展。在楚簡中，「臚」可以用爲：1. 人名。例如：「膚勁」（《包》193）。2. 犧牲（肉）名。《儀禮・聘禮》：「牛、羊、豕、魚、臘，腸胃同鼎，膚、鮮魚、鮮腊設扃鼏。」鄭玄注：「膚，豕肉也。」可能有一定根據，卻不甚準確。從楚簡記載看，大概是指保留皮毛的犧牲（肉）。例如：「㙷（趣）禱大水一膚。」（《包》243）。3. 衣物的外層（或表面）。例如：「䊦（赭）膚之純」（《包》261）。

臚有時也作「𦢊」或「𤛑」。筆者認爲，「𦢊」和「𤛑」應當是「臚」的楚文字繁構，而意義略有不同。从羊特指「羊肉」，从牛特指「牛肉」，而且是帶皮的肉。例如《包》237：「舉（趣）禱大一羊膚，侯（后）土、司命各一牂，舉（趣）禱大水一膚，二天子各一牂，坐山一羖。」「羊膚」、「膚」並見，可知二字淵源上的關係。由此及彼，則用為犧牲名的「牛膚」也是「膚」的孳乳字。例如：「后土一牛膚」（《天・卜》）〔註1〕。

例2，豢：雖未見於殷、周古文字，但在傳世典籍中卻常見。《說文》云：「豢，以穀圈養豕也。」（卷九豕部）典籍中有用如本義的例子：「仲秋按芻豢。」（《禮記・月令》）楚語中則用為「經圈養的豕（犧牲）」；用為名詞。例如：「全豢」（《包》241）、「戠豢」（《包》200）、「肥豢」（《望》1・116），等。

例3，飇：本義為風名。《說文》：「飇，扶搖風也。」（卷十三風部）在楚語中引申為「如狂風般迅疾」、「如狂風般撲至」。例：「靈皇皇兮既降，飇遠舉兮雲中。」（《楚辭・九歌・雲中君》）

例4，父：象手持權杖狀，據字形分析，本義可能為「矩也，家長率教者」（《說文》卷三又部），轉義為「父親」，引申為尊稱，例如「太公望呂尚」號曰「師尚父」。楚語則引申為「長者」。《方言》：「叟、艾、長，老也。……南楚謂之父。」（卷六）例如《楚辭》有《漁父》篇，「漁父」即「漁老」。

例5，執：本義為「捕罪人也」（《說文》卷十幸部）。楚語引申為「接」、「相接」。例如《包》154：「王所舍新大廄以啻蘆之田，南與鄝君執疆，東與菻君執疆，北與鄝昜執疆，西與鄱君執疆。」

這些古語詞的引申義，有的為共同語所吸收，像「父」；有的僅保留在深受楚語影響的方言裏，像「飇」；有的則永遠消失了，像「豢」、「膚」、「執」，等。

第二節　詞義的擴大

在楚人所繼承的古語詞當中，有些詞的詞義是很狹窄的，而到了楚語裏，它們的意義範圍便大為擴展。下面，略舉數例以說明之。

〔註1〕或謂「羊膚」為「脅革肉」（湖北省荊沙鐵路考古隊：1991a：58頁）。不確。或誤收「羊膚」、「膚」二形入牛部，而又於羊部重出「羊膚」形，以為《說文》所無（湯餘惠：2001：63、239頁）。殆一時疏漏。

例 1，匹：作爲量詞，在西周金文中僅用於馬的計量。在楚語裏，計量的範圍則擴大至「甲冑」，而詞形也蛻變爲「駜」了。例如：「晶（三）駜（匹）桼（漆）甲。」（《曾》129）又如：「三駜（匹）畫甲。」（《曾》131）這裏的「甲」指「馬甲」，所以可以用「匹」作計量。

例 2，眞：在西周金文中，均用爲人名（《段簋》是個例外，似借爲「貞」）。《說文》云：「眞，仙人變形而登天也。」（卷八匕部）這不是「眞」的本義。據古文字字形分析，眞从鼎从匕，其意義當與烹飪飲食有關。而徵諸古籍，多用如「眞假」之「眞」。而在楚語中，「眞」可以用作甲冑的量詞，連詞性的藩籬也衝破了。例如：「二眞吳甲。」（《曾》61）又如：「二眞楚甲。」「晶（三）眞吳甲。」（《曾》122）再如：「所賠（造）十眞又五眞。大凡六十又三眞。」（《曾》140）

例 3，廷：西周金文中恒見。《說文》云：「廷，朝中也。」（卷二廴部）所釋距本義不遠，金文常語「立中廷」可證。到了楚語裏，「廷」義便很廣泛了：1. 停留、駐足。例：「王廷於藍郢之遊宮。」（《包》7）2. 解決訴訟之所。例：「廷疋昜之酷官之客。」（《包》125 反）3. 出庭應訊。例如包山簡的套語「不𨒥／**𢓊**（逆）……以廷」。

例 4，官：原指「史事君也」（《說文》卷十四**𠂤**部）。本義指「官署」，但在楚語中，可以用作「居所」。例如《包》121：「下蔡關里人雇女返、東郯里人場貯、䔲里人競不割并殺舍（余）睪於競不割之官。」當然，此例的「官」也可能是「宮」。不過，因爲有這樣的例子：「宮廄之新官駟。」（《曾》143）證明楚人不大可能混淆二者的區別。

他例如「子」、「公」。用爲爵稱，其意義僅表示等級尊卑。楚語中固然仍可用作爵稱，推而廣之，則以之爲尊稱。

第三節　詞義的縮小

在古漢語中，詞義的縮小通常不會導致詞形的改變。楚語也不例外。例如：

驂，《說文》云：「駕三馬也。」（卷十馬部）在楚語中專指三馬中的左、右二馬，例如：「鄝牧之騏爲右驂。」（《曾》145）又如：「趄定之騏爲左驂。」（《曾》158）

駟，《說文》云：「一乘也。」（卷十馬部）在楚語中當專指一乘中的左、右二服，或三馬中的左、右二馬。例如：「某囿之駟爲右驂。」（《曾》175）又如：「左尹之駟爲左驂。」（《曾》144）再如：「郗牧之駟爲左驌（服）。」（《曾》147）最後如：「右尹之駟爲右驂。」（《曾》154）

有時候，楚語古語詞詞義的縮小會使詞形發生變化。譬如：

促，泛指「緊」、「局促」。《說文》：「促，迫也。」（卷八人部）楚語用於描寫衣物的「緊促」，促字便从糸作「綅」。例如：「中君之一綅衣。」（《仰》25・2）又如：「何馬之綅衣。」（《仰》25・3）

豆，泛稱「豆」這類器皿。《說文》：「豆，古食肉器也。」（卷五豆部）但楚語中，木豆从木，作「桓」（《包》226），竹豆从竹，作「笠」（《信》2・018）。均爲特指。

牡，本來用以泛稱雄性牲畜。《說文》：「牡，畜父也。」（卷二牛部）後音變而成「牯」，《玉篇》：「牯，姑戶切，牝牛。」（卷二十三牛部）[註2]但在楚語中，从馬特指雄馬，作「駐（騢－騭）」（《曾》142 等），从羊特指雄羊，作「羖（羖）」（《包》202 等），从豕特指雄豕，作「豭（豭）」（《包》187 等）。

膳，《說文》云：「具食也。」（卷四肉部）在楚語中，「膳」从豕，特指「豕膳」。例如：「烝（蒸）豬一箕（籠）。」（《包》257）又如：「庶（炙）豬一箕（籠）。」（《包》257）

腊，《說文》云：「昔，乾肉也。……腊，籀文从肉。」（卷七日部）在楚語中，「腊」从豕，特指「豕之乾肉」，作「豬」（《包》200 等）。

類似的例子還有不少。目前，我們還沒有堅實的證據證明，楚語中泛稱使用詞的原形，特指則使用其變體；雖然個別例子已經透露出這樣的信息，如「豆」，就有使用原形者。

第四節　詞義的轉移

古楚語詞詞義的轉移現象相當普遍。這裏，筆者拟多舉些例子以證明這一點。

〔註 2〕 就現有的古文字材料以及現代漢語語料看，《玉篇》的釋義可能是錯的。「牝牛」當作「牡牛」。

果（菓），本指樹木的果實，轉義爲戟上的戈頭〔註3〕。例如：「一戟，二果，……」（《曾》99）又如：「一戟，三果，……」（《曾》84）再如：「一戟，二果，……」（《曾》3）因爲同出簡文有「戈」（《曾》61、83等），尤其是《曾》83，「果」、「戈」同見一簡，所以基本可排除通假的可能。前者指戟上之戈，後者指單體之戈。戟上的戈頭猶如樹上的果實，兩者的確存在某種相似性，難怪楚人借用之。

刖，見於殷墟甲骨文，作「」，象斷足之形。《說文》：「刖，絕也。从刀月聲。」（卷四刀部）又：「聅，《軍法》：以矢貫耳也。从耳从矢。《司馬法》曰：小罪聅，中罪刖，大罪剄。」（卷十二耳部）事實上，文獻中「刖」用作「斷足」的意義很常見。估計許慎是知道「刖」的本義的，之所以不敢確定爲「斷足」，大概是因爲「刖」已從會意變成形聲，難以確定其本義了，衹好含糊其詞地使用聲訓一法。然而在楚語中，「刖」倒眞的用爲「絕」義，并轉化爲量詞，相當於「截」、「段」。例如：「爲且陵貸越異之金三益刖益。」（《包》116）又如：「豕玫苛呰利之金一益刖益。」（《包》146）

圣，本義指「致力於地。」（《說文》卷十三土部），轉義爲「塊」，形體也演變爲「鋥」。例如《包》147：「屯二儋之飤金鋥（圣）二鋥（圣）。」

侸，本義爲「立」（《說文》卷八人部），轉義爲「小童」。「侸」，經典或作「樹」，或作「豎」。《公羊傳・僖三》云：「無易樹子。」清・陳立注云：「下《九年穀梁傳》『毋易樹子』注：『樹子，嫡子。』樹即《說文》之『侸』。人部：『侸，立也。从人豆聲，讀若樹。』」（《公羊義疏》卷二十九）例如：「故人喜，命豎子殺雁而烹之。」（《莊子・外篇・山木》）傳世文獻又見「牧豎」：「有扈牧豎，云何而逢？」（《楚辭・天問》）洪興祖補注：「豎，童僕之未冠者。」楚地文獻轉義爲「小臣」。例如：「不譖公孫虩之侸之死。」（《包》147）

獻馬，本義爲「冬天進獻馬匹」，《周禮・夏官司馬（下）・校人》云：「冬祭馬步，獻馬，講馭夫。」又同篇《圉師》：「冬獻馬。」轉義爲楚月名：「獻馬之月」（《天・卜》、《望》1・1、1・2、1・4）。

僕，本義爲「給事者」（《說文》卷三業部），轉義爲第一人稱謙稱「我」。例如：「僕以詰告子郚公，子郚公命鄖右司馬彭懌爲僕券等。」（《包》133）再

〔註3〕參裘錫圭、李家浩（1989：505頁）。

如：「陰之正國執僕之父周。」（《包》135）

小人，本義爲「無德之人」，與「君子」相對。《論語・爲政》：「子曰：『君子周而不比，小人比而不周。』」又有「下等人」的意義，與「大人」相對。《論語・陽貨》：「子曰：『唯女子與小人爲難養也，……』」轉義爲第一人稱謙稱「我」。例如：「小人取愴之刀以解小人之桎（桎）。」（《包》144）又如：「州人女以小人告。」（《包》144）「小人」用爲第一人稱代詞，也見於傳世文獻，例如：「（穎考叔）對曰：『小人有母，皆嘗小人之食矣，未嘗君之羹，請以遺之。』」（《左傳・隱元》）

文王，本義可能指楚文王熊貲（前 689～前 676）。轉義爲楚樂律名。例如：「夷音之在楚也爲文王。」（《集成》291）不知道這個樂律是不是由楚文王熊貲所確定而命名之。

他例如神祇名，或由普通名詞轉義爲專名：「東方」（《天・卜》）、「南方」（《包》231、《望》1・77）、「西方」（《天・卜》）、「北方」（《望》1・76）、「大門」（《包》233）、「宮室」（《望》1・24），等；或由人格而神格：「武王」（《包》246）、「卲王」（《包》214）、「王孫喿」（《望》1・119），等。

詞義發生轉移的楚古語詞，部分具有區域性和階段性的特徵，如「果」、「獻馬」等；部分則呈現出持續性特徵，如「小人」、「僕」等。這個論斷，可在傳世典籍中獲得證實。前者典籍不載，後者則俯拾即是。

第五節　假借及假借義

如同通語——漢語一樣，楚語詞新詞或新的詞義的產生，可以通過假借一法得以完成，也就是賦予古詞以新義。這裏有兩種情況：一是本無其字的假借，二是本有其字的假借。前者往往得以產生後起本字，後者則可能因此而產生異體字。當然也有可能并無新字的產生，而衹是賦予古詞以新義。

在楚地出土文獻中，假借的現象非常普遍。其中不排除有的詞兒通過假借而產生新的意義。譬如「夢」，表「沼澤」、「大澤」的意義，爲假借無疑。本字無考，且無後起字，那「沼澤」、「大澤」的意義不妨視爲「夢」的假借義。又如「屯」，表「全都」、「全部」的意義，也是假借。「全都」、「全部」的意義當然也就是「屯」的假借義。再如「囟（思）」，在周原甲骨文中已用如「其」，爲假借用法，延至戰國時代的楚語仍如此用，這時候的「囟（思）」很可能已產生「斯」的假借義。

這個問題，在「方言詞義」一節已略有提及，下面不妨再舉些例子來說明。

令

在給假借字下定義的時候，許慎把「令」作爲假借的典型例子。他在解釋「令」的時候說：「令，發號也。从亼卪。」（《說文》卷九卪部）通過「令」的字形分析，可以證明許慎的解釋是正確的。他之所以又把「令」視爲假借字，當然是因爲作爲假借字的「令」表「官長」的意義。儘管許慎所舉的這個例子不甚合適（「官長」的意義，不妨看做引申義：即發號之人），不過，結合楚文字經常用爲「令」的「命」的形體分析，可以理解許先生爲什麼會把表「官長」意義的「令」當成假借字。楚文字的「命」有兩個形體，一作「命」，一作「敂」。後一形體迄今爲止衹見於楚地的出土文獻中，也許就是楚方言字。我們發現，前者通常爲動詞，指發號施令，例如「君命𨘋（逨）爲之剸（斷）。」（《包》135）等等；後者通常是名詞，指「官長」，例如「右敂」（《曾》1 正）、「宮廐敂」（《曾》4）等等。當然，二者有互混的情況，恐怕存在誤用的情況。這就清楚了，用爲動詞的「命（令）」是本字，用爲名詞的「敂」是其後起（或假借）字。後者是通過前者的引申（或假借）產生的。

韋

《說文》：「韋，相背也。从舛，口聲。獸皮之韋可以束枉戾相韋背，故借以爲皮韋。凡韋之屬皆从韋。」（卷五韋部）除了《說文序》所舉「令」「長」外，這是整部《說文》唯一一處提到假借字的地方〔註 4〕。從古文字的形體得知，許先生的分析是有問題的。「韋」其實是「圍」的本字。不過，他認爲用爲「皮

〔註 4〕陸宗達說：「許慎衹看到轉注和假借是漢字使用中的兩種現象，所以他在有關篆文下，從來沒有作過『此轉注』、『此假借』的分析。」見氏著《說文解字通論》55 頁，北京出版社，1981 年 10 月第 1 版。步雲案：有「韋」字一例，即可知陸先生的斷言未免草率。其實，段玉裁早就說過：「此說假借也。朋本神鳥，以爲朋黨字。韋本相背也，以爲皮韋。烏本孝鳥也，以爲烏呼。子本十一月陽氣動萬物滋也，人以爲偁。凡此四以爲皆言六書假借也。」（《說文解字注》鳳字條注）

革」義的「韋」屬於假借字卻是正確的。

在楚地的出土文獻中，「韋」無一例外都表「皮革」的意義，而且，衍生出許多以之爲形符的一系列的字。如同「其」、「我」等字一樣，即便在傳世文獻中，「韋」也很少用其本義。筆者祇找到一例。《左傳・昭四》：「楚子欲遷許於賴，使鬬韋龜與公子棄疾城之而還。」《左傳・成五》：「宋公子圍龜爲質於楚而歸。」「韋龜」同「圍龜」。大概是用例罕見，以致訓詁學者反倒以爲通假。

在楚地出土文獻中，「韋」作爲形符，可以等同於「革」，《說文》就有例子：「鞾」的異體作「韡」。因此，「韍」可能就是「鞻」的異體（詳參本文第七章該詞條）。這是「韋」產生了「皮革」假借義後一個非常有意思的文字現象。

琴

《說文》：「琴，禁也。神農所作洞越、練朱，五弦。周加二弦。象形。」（卷十二琴部）大概楚語「琴」的發音近「冢」，楚人遂借爲「冢」。例如：「縣有葛陵城。建武十五年更封安成侯銚丹爲侯國。城之東北有楚武王冢，民謂之楚王琴。城北祝社里下土中得銅鼎銘云『楚武王』。是知武王隧也。」（北魏・酈道元《水經注・汝水・溱水》卷二十一）又如：「故城西縣，故皐陶國也。夏禹封其少子，奉其祀，今縣都陂中有大冢，民傳曰『公琴』者，卽皐陶冢也。楚人謂冢爲琴矣。」（北魏・酈道元《水經注・決水・淠水》卷三十二）可見，自「琴」通過通假產生「冢」的假借義後，楚人便以之爲構詞詞素，而不復使用其本字了。

蠪

《說文》：「蠪，丁蟻也。」（卷十三蟲部）《爾雅・釋蟲》：「蠪，朾蟻。」楚語殆通作「龍」或「駹」，作車轅或車之修飾語。例：

「蠪輈。」（《天・策》）／「一右寡蠪輈……」（《天・策》）／「……某殤一右寡一蠪輈……」（《天・策》）／「蠪輈。」（《天・策》）／「……蠪車一……」（《天・策》）

「蠪」，典籍或作「龍」：「駕龍輈兮乘雷，載雲旗兮委蛇。」（《楚辭・九歌・東君》）又作「駹」：「駹車雚蔽然複髹飾。」（《周禮・春官宗伯下》卷六）

鄭玄注云：「故書駹作龍。」「龍輈」、「駹車」大概就是上引文例的「蠪輈」和「蠪車」。

第六節　比喻及比喻義

與假借義不同，某些既有詞語被賦予新義，并非以語音爲媒介，而是以比擬爲媒介。通過比喻的用法形成新的詞義，即屬於比喻義。此外，也有可能通過比喻一法造出新詞。這類新詞的詞義往往體現出本體的相似性。換言之，詞義實際上相當於喻體。

賦予詞語以比喻義或通過比喻修辭法造出新詞，是人類語言的共性，并非某一語言所特有。例如，美國人把 Kentucky 州叫做「Bluegrass State」，把 New York city 叫做「The Big Apple」，「Bluegrass」和「Big Apple」就都是比喻的用法。換言之，以「Bluegrass」指代 Kentucky，以「Big Apple」指代 New York city 的意義就都是比喻義。

不過，楚語詞所具有的比喻義卻明顯帶有楚文化的特點，或者說，用比喻修辭法造出的詞兒體現出楚人的修辭習慣。以下舉些例子討論討論：

雞頭／雁頭／烏頭

植物名，即芡。由於芡的果實呈圓球形，尖端突起，樣子有點兒像禽類的腦袋，所以在楚語中被稱爲「雞頭」、「雁頭」或「烏頭」。《方言》：「蔆、芡，雞頭也。北燕謂之蔆。青、徐、淮、泗之間謂之芡。南楚、江、湘之間謂之雞頭；或謂之雁頭；或謂之烏頭。」（卷三）「雞」、「大雁」和「烏鴉」都是楚人所熟知的禽類，以此來比喻芡實乃至芡這種植物再正常不過了。當然，三詞並存也許反映了地域以及時間上的差異。例如雞頭，就延至清代還在使用。清・沈朝初有《憶江南》詞云：「蘇州好，葑水種雞頭，瑩潤每疑珠十斛，柔香偏愛乳盈甌。細剝小庭幽。」

檐鼓

星宿名，河鼓二，即著名的「牛郎星」，又叫「牽牛星」，「天鷹座 α」（Altair）。《爾雅・釋天》：「何鼓謂之牽牛。」郭璞注：「今荊楚人呼牽牛星爲檐鼓。檐者，荷也。」漢・張衡《思玄賦》：「觀壁壘於北落兮，伐河鼓之磅硠。」唐・李善引《爾雅》：「河鼓謂之牽牛，今荊人呼牽牛星爲檐鼓。檐者，荷也。」（《六臣注文選》卷十五）清・朱亦楝云：「蓋此星狀如鼓，左右兩星若擔鼓之狀，故謂之何鼓。何者，如何大之休之何。人但見何鼓在天漢之閒，故易謂河。非也。」（《群書札記》卷十四「河鼓」條，清光緒四年武林竹簡齋刻本）楚人讀「檐」爲「擔」，出土文獻有證：「屯廿＝檐（擔）台（以）堂（當）一車。」（《鄂君啓車節銘》）／「王命＝遡（傳）賃，一檐（擔）飤之。」（《王命龍傳節銘》）

鼃蠙之衣

長在水邊的植物密布於水中而在水面看不見的根鬚；青苔；車前草。例：「得水則爲**㡭**，得水土之際則爲鼃蠙之衣。」（《莊子・外篇・至樂》）郭璞注引司馬彪云：「言物根在水土際，布在水中，就水上視不見，抄之可得，如張緜在水中，楚人謂之鼃蠙之衣。」宋・林希逸注云：「鼃蠙之衣即青苔也。水土之際，水中附岸處也。附岸處例多而厚，故曰衣。」（《莊子口義》卷十九）清・王先謙說：「案此言水與土相際而生，非謂水上之物。《釋草》：芣苢，馬舄；馬舄，車前。郭注：今車前草大葉長穗，好生道傍，江東呼爲蝦蟆衣。則蝦蟆衣非青苔，亦非如司馬所云也。《釋草》又云：藚，蕮。郭注：今澤蕮。案即澤瀉也。《本草》云：一名水瀉。即水舄。陶注：葉狹而長，叢生淺水中。蘇頌圖經：葉似牛舌草，獨葉而長，秋開白花作叢，似穀精草，秋末採根暴乾。案：此得水土之交，故有根可採也。《文選》注引《韓詩章句》曰：芣苢，澤瀉也。陸璣疏云：馬舄，幽州謂之牛舌草。蓋葉既相似，而水鳥、澤舄、芣苢之名稱又復互混，故蝦蟆衣之名亦遂移於道邊之陵舄，而習焉不察也。（《莊子集解》卷五）《說文》：「鼃，蝦蟇也。」（卷十三黽部）又：「玭，珠也。从玉比聲。宋弘云：淮水中出玭珠，玭珠之有聲。蠙，夏書玭从蟲賓。」（卷一玉部）所引夏書即《書・禹貢》，辭云：「泗、濱浮磬，淮、夷蠙珠暨魚。」多數的訓詁學家都根據《說文》把「蠙」解釋爲產珠的「蚌」〔註5〕。無論「鼃蠙之衣」指代什麼，其取義緣自相像於某種動物或植物卻是毫無疑

〔註5〕孔安國云：「蠙珠，珠名。」後人多服膺孔說，並以爲「蠙」即「蚌」的別名。詳參《十三經注疏・尚書正義》卷六葉一四八，浙江古籍出版社，1998 年 6 月第 1 版。

問的。

丁子

蛙類動物總稱；蛤蟆。例：「馬有卵。丁子有尾。」（《莊子・雜篇・天下》）褚伯秀注云：「楚人呼蝦蟇爲丁子；有尾，謂爲科斗時。」（《南華眞經義海纂微》卷一百六）其實，這是取象於蝌蚪如釘子般的形體。《說文》：「丁，夏時萬物皆丁實。象形。丁承丙，象人心。」（卷十四丁部）這個解釋恐怕去本義太遠。所以朱駿聲別有解釋：「丁，鐕也，象形。今俗以釘爲之，其質用金或竹若木。」（《說文通訓定聲》鼎部弟十七）結合今天所能見到的古文字形體分析（參看滕壬生：1995：1060 頁），朱說確爲不刊之論。

湖雞腿

植物名，即翻白草。大概其味美如雞腿，所以喻之爲雞腿。李時珍云：「（翻白草），翻白以葉之形名，雞腿、天藕以根之味名也。楚人謂之湖雞腿。」（《本草綱目》卷二十七）

鐵菱角

植物名，即菝根。大概其形狀像菱角，而且堅硬如鐵，故稱。李時珍云：「菝根，亦曰金剛根。楚人謂之鐵菱角，皆狀其堅而有尖刺也。」（《本草綱目》卷十八）

第七節　餘　論

除了上述數端以外，楚語在繼承古語詞上另有特點。這就是楚語對基本詞彙的排斥性。此處，可以舉第一人稱代詞一類爲例闡述之。

在先秦漢語裏，第一人稱代詞計有：吾、余（予）、我、朕、台、卬，等。

如果僅以楚地出土文獻作爲語言考察材料，就會發現，楚人不使用「予」、「朕」、「台」、「卬」作第一人稱代詞。如果進一步把考察範圍縮小，譬如簡、帛，那更讓人吃驚：衹有相當於「吾」的「虗」，「朕」、「台」、「卬」則一例也沒有！而衹使用先秦時代罕見、或不見的「小人」和「僕」。即便是在使用了「余」、「我」作第一人稱代詞的楚金文材料裏，「余」、「我」的用法也明顯地域化了。「我」衹用於領格，「余」可用作主格和領格，但兩者均不見用作賓格之例。

當然，倘若把《楚辭》等傳世典籍也列爲語言考察材料，則第一人稱代詞的數量相對多一些，計有：朕、我、余、吾。還是少了「台」、「卬」二稱。前者見於列國金文（如《朱公牼鐘銘》、《叔夷鐘銘》、《晉姜鼎銘》等），後者見於《毛詩・邶風・匏有苦葉》、《毛詩・小雅・白華》、《書・大誥》等。

因此，儘管我們不能排除文體在詞彙取捨上的決定作用之可能性，但卻不能忽視這麼個事實：楚語對基本詞彙的排斥性。

除了在用詞的取捨方面，楚語對基本詞彙的排斥還表現在改變基本詞彙的詞形方面。例如：

旌，見於《包》269、273、《天・策》、《望》2・13（二例）、《曾》65，等，作「署」，从羽青聲。可能地，在楚地文獻中，凡从㫃的，多可从羽，凡从生得聲的，多可从青。

造，古文字中恒見。在楚文字中既有正體（《包》119、137 反等三例，以及《帛・四時》），也有各類異體：从亻告聲，作「俈」（《包》57、91、99 等四十一例、《常》2・2）；从貝告聲，作「賠」（見於《曾》，凡三十六例）；从戈告聲，作「𢦏」（見於《信》2・004）。

類似的例子還有不少，恕不一一迻錄。楚人改變基本詞的形體，固然有著錯別字或方音上原因，更主要的卻是讓基本詞區域化。這是楚語詞彙中古語詞重要的發展、變化之一。

第五章　同義詞和反義詞

如同共同語一樣，楚語中也有數量不少的同義詞和反義詞。雖然在共同語的影響下，楚語中的同義詞和反義詞多與共同語保持一致性，但是，楚語中的同義詞和反義詞也有著自身的一些特點。譬如，有頗多的意義完全相等的等義詞；有場合性（或稱臨時性）的反義詞；使用異乎共同語詞形的同義詞和反義詞，等等。在這一章裏，我們就來討論一下這些特點。

第一節　同義詞

楚語中的同義詞也可分爲等義詞（絕對同義詞）和近義詞（條件同義詞）兩大類。所謂「等義詞」，是指意義完全相等的同義詞；而所謂「近義詞」，是指意義相近的同義詞。儘管上文提到楚語中有「頗多」的等義詞，那是相對於共同語而言的，事實上，楚語中近義詞仍然佔大多數。

一、等義詞（絕對同義詞）

在《方言》中，就載有不少等義詞。例如：

表達「虎」這麼個概念，楚人就使用「於菟」、「李耳」、「李父」（均見《方言》）三個詞。

表達「芡」這麼個概念，楚人就使用「鷄頭」、「雁頭」、「烏頭」（均見《方言》）三個詞。

表達「博塞」這麼個概念，楚人竟使用五個詞：「箭裏」、「博毒」、「夗專」、「匱璇」、「棋」（均見《方言》）。

類似的例子還有不少，像「蛇醫」和「蠑螈」（均見《方言》），「鹿格」和「鈎格」（均見《方言》），「蓬」和「隆屈」（均見《方言》），「黨」和「曉」（均見《方言》），「晞」和「曬」（均見《方言》），「京」和「將」（均見《方言》），「蟬」和「未及」（均見《方言》），「紛怡」和「熙怡（均見《方言》）」，等等（請參閱本文第七章）。

在楚地出土文獻中，也發現等義詞的蹤影。例如：

豕－豬－彘，《說文》：「豕，彘也。」又：「豬，豕而三毛叢居者。」（均卷九豕部）又：「彘，豕也。」（卷九彑部）意義大體等同。早期出土文獻，三者殆有差別（詳下文）。稍後，楚地出土文獻或作「彘膏」（《馬王堆〔肆〕·五十二病方》二〇、三七、四四），或作「豬膏」（《馬王堆〔肆〕·五十二病方》三二八、三五九、三九八），或作「豕膏」（《馬王堆〔肆〕·五十二病方》四一八、四二一），可知「豬」、「彘」、「豕」無別。

羖（羖）－牂，《說文》：「羖，夏羊牡曰羖。」又：「牂，牡羊也。」（均卷四羊部）《康熙字典》引《干祿字書》云：「羖通羖。」楚地出土文獻并見「羖」（《包》202等）、「牂」（《包》243等），都用爲犧牲名。

祀－年－歲，同樣是銅器銘文，或用「祀」：「隹（唯）王五十又（有）六祀」（《楚王酓章鎛銘》）或用「年」：「隹（唯）廿＝又（有）六年」（《曾姬無恤壺銘》）或用「歲」：「大司馬卲（昭）鄸（陽）敗晉帀（師）於襄陵之歲」（《鄂君啓舟節銘》）如果結合其它出土文獻分析，可知「年」、「歲」常見，「祀」大概是仿古的用法。

有些等義詞可能是同源詞。例如：

辟－啓，「西北辟啓，何氣通焉？」（《楚辭·天問》）「辟」通「闢」，開門。「啓」，甲骨文从戶从又，也是開門之義。

騑－驂，表達「驂旁馬」這麼個概念，楚語既用「飛（騑）」，如「左飛（騑）」（《曾》171、172、173、175），「右飛（騑）」（《曾》171、173、175、176）；也用「驂」，如「左驂」（《曾》156、166），「右驂」（《曾》144、145等）。

駐－駘，表達「雄性的馬」這麼個概念，楚語既使用「駐」（《曾》197），也使用「駘」（《曾》142 等）。

夕－夜，表達「晚上」這麼個概念，楚語既使用「夕」（《包》145、《秦》99・1、《天・卜》，等），也使用「夜」（《包》206、《天・卜》，等）。月名「援夕」（《睡・日書甲》）也作「援夜」即可看出「夕」和「夜」在楚語中是等義詞。

有時，因語境的不同而導致詞義的變化，遂使詞形異化，成爲異形同詞的同義詞。

最典型的莫過於「夜」字了，它既可作「夜」（《包》113 等），又可作「柰」（《包》203 等），而且可作「𥜿」（《新蔡》甲二：8，等），成爲一組「同義詞」了。這可以通過以下文例所確知：「文坪夜君」（《包》200）又作「文坪柰君」（《包》203），月名「援夕」（《睡・日書甲・歲篇》）、「屈夕」（《睡・日書甲・歲篇》）又作「遠柰」（《天・卜》等）、「屈柰」（《九》56・91 等），「遠柰」（《九》56・91 等）又作「遠𥜿」（《新蔡》甲三：34）。換言之，「夜」、「夕」、「柰」、「𥜿」在楚語中是等義詞。

又如「碩」，本義指「頭大」（《說文》卷九頁部），引申之則泛指「大」，如《鄧尹疾鼎銘》云：「鄧尹疾之碩匜。」此處的「匜」實爲「匜鼎」〔註 1〕，故稱「碩匜」。但「碩」別有从鼎、而非从頁的形體（《懷鼎銘》），表明所修飾的對象爲鼎。這也構成了一對「等義詞」。這種情況，既非假借，也不是詞義的引申，更非同源字之關係（它們是共時的，彼此之間無法構成源流關係），而是同詞異形的關係。不過，這種同詞異形現象嚴格受著語境的約束，而不同於一般的異體字，此處使用亦可，彼此使用也無妨。所以筆者視之爲「等義詞」。當然，如果我們認爲此界定不夠準確，那是可以進一步討論的。

楚語詞彙中有較豐富的等義詞，可以歸結爲如下幾種原因：

1. 如前所述，楚語詞彙中有少數民族語言的同源詞。對同一概念，當楚人既使用漢語表述，又使用少數民族語言表述時，等義詞便告構成。

2. 語音歧異的結果。《方言》所記載的楚語同義詞，許多彼此之間有語音上的聯繫，使用不同的形體記錄語音歧異的語詞，便有了貌似不同的同義詞。

〔註 1〕　參閱劉彬徽（1995：133 頁）。

這說明了楚語可能存在著次方言。

3. 不甚認同既有的共同語詞的結果。當楚人認爲某些共同語詞在表述其相應的概念方面存有缺陷時，他們就會讓這些語詞投射出一個影子語詞，使之適應具體的語境。影子語詞及其本體於是構成了等義詞的關係。

二、近義詞（條件同義詞）

近義詞大致可分爲這幾類：(1) 詞義範圍大小不同的同義詞。(2) 詞義程度深淺不同的同義詞。(3) 使用場合不同的同義詞。(4) 語法特點不同的同義詞。(5) 感情色彩不同的同義詞。

以下，便對這幾類近義詞分而述之。

（一）詞義範圍大小不同的同義詞

這類同義詞數量最大。幾乎可以說，許多具有共同（或相近）形符的楚語詞都屬於這類同義詞。舉例說：

馬，涵蓋一切馬類動物，白馬黑馬，大馬小馬，肥馬瘦馬，均可以「馬」名之。然而，「駃（馱）」（《曾》167）則特指負重馬；「騙（騬）」（《曾》146 等）是犗馬；「騍（騧）」（《曾》142）是黑喙的黃馬；「騣（騩）」（《曾》147 等）是淺黑色的馬；「駒」（《曾》179）是小馬；「駁」（《曾》164）是雜色馬。

赤－紅－紫－絑－絳：「赤」是泛指（《說文》卷十赤部），「紅」爲「赤白色」，「紫」爲「青赤色」（均據《說文》卷十三糸部），詞義範圍上有區別。楚語可證：「紅組之綏」（《仰》2・512）的「紅」與「紫綏」（《曾》53）、「紫組之縢」（《曾》124）的「紫」在意義上顯然是有區別的。與這兩詞意義接近而程度上有異的還有「絑（純赤）」和「絳（大赤）」。

豕－豬（豬）－豢：豕泛稱一切豬類，例：「舉（趣）禱習（荊）王自酓鹿（麗）以商武王五牛、五豕」（《包》246）。而「豬（豬）」則謂「豕而三毛叢居者」（《說文》卷九豕部）例：「賽〔禱〕惠公首以豬（豬）。」（《天・卜》）又例：「𥘵新母肥豬（豬）、酉（酒）飤（食）。」（《包》202）。「豢」則指經圈養的豕，例：舉（趣）禱盤（蝕）太一全豢」（《包》210）。

脯－脩：《說文》：「脯，乾肉也。」又：「脩，脯也。」（均卷四肉部）以「脯」釋「脩」，則「脯」爲通稱「脩」爲特指無疑。楚地出土文獻可證：「冢脯二筭（籠），脩二筭（籠）」（《包》257）二詞共見一簡，可知詞義微有差異。

其餘如「車」和「輤（軖）」，「鼎」和「鼾」、「鑐」、「鐈」，等。俯拾皆是，不一而足。

（二）詞義程度深淺不同的同義詞

在楚語中，詞義程度深淺不同的同義詞有著自身的一些特點。最爲顯著的一點是方言詞與共同語詞可以構成同義關係；其次，由於方言詞義的引申發展乃至與共同語詞構成同義關係。以下略舉數例以說明之。

屯－皆：在楚語中，「屯」可以表示「全都」、「全都是」的意思，是方言詞義。例如《信》2・014：「屯有蓋。」又如《包》147：「屯二儋之飤金鋞（圣）二鋞（圣）。」而「皆」表示「都」、「都是」的意思，與共同語所用同。例如《信》2・03：「一革，皆有鈎。」又如《望》2・49：「亓（其）二亡童皆紫衣。」顯然，前者含有強調的意味。與二詞意義接近的還有一個「凡」：「凡二百人十一人。」（《包》137）不過，「凡」與「屯－皆」語法意義上的區別明顯，它衹修飾名詞或名詞性詞組，相當於「共」。

祭－祀：前者爲一般的祭祀：「祭，祭祀也。」（《說文》卷一示部）後者則是「祭無已也」（《說文》卷一示部）。後者的意義更趨強烈。楚語中「亯祭」（《包》241 等）、「亯祀」（《帛・丙》）并存，可見二者有別。不過，從使用頻率看，「祭」的使用率遠遠高於「祀」。當然，這可能是祭祀文化使然，而并非語言習慣。

黵（黔）－黚（黚）：前者爲「沃黑色」，後者爲「淺黃黑」（均據《說文》卷十黑部）。前者黑的程度更甚。不過很可惜，在楚語中衹有「黵（黔）」的例證：「某囿之黵（黔）爲左服。」（《曾》151）卻沒有「黚（黚）」的例證：「黚（黚）擇吉金，鑄其詃（反）鐘。」（《黚鐘銘》）「黚（黚）」用爲人名，且僅此一例，不能確知其具體意義。

瘥－瘳：兩者都指「病愈」。例：「迭（趚）瘳迭（趚）瘥。」（《新蔡》甲三：22＋59）《說文》：「瘥，瘉也。」又：「瘳，疾瘉也。」（卷七疒部）可知前者爲泛指，後者特指「疾」之「瘉」。

妨－害：《說文》：「妨，害也。」（卷十二女部）又：「害，傷也。」（卷七宀部）雖然衹是單向互訓，但兩詞意義上接近而有差異卻是可以肯定的。

例如：「豊（禮）不同，不害（害）不妨（妨）。」（《郭・語叢一》103）

少－寡：兩者都是指數量不大，而後者甚於前者。例：「少厶（私）須（寡）欲。」（《郭・老子甲》2）私，指物質層面；欲，指精神層面。因此，「少厶（私）」纔能進而「須（寡）欲」。

（三）使用場合不同的同義詞

集（集）歲－卒（卒）歲：《包》209：「自夏尿之月以商集歲之夏尿之月，盡集（集）歲躬身尚毋有咎。」（三例）《包》197：「自型尿之月以商型尿之月，出入事王，盡卒（卒）歲躬身尚毋有咎。」從紀時看，兩者都是指一週年，祇是起始月份不同而已。

最能說明問題的是「月名」的使用。楚地出土文獻中使用三類月名：序數式月名、《爾雅・釋天》中所載月名、《睡・日書甲・歲篇》中所載月名。見下表〔註2〕：

序 數	《爾雅》	楚 地 出 土 文 獻
正月	陬（取）	型尿之月／型尿／刑夷／刑杘／刑尸／荊尸
二月	如（女）	頣（夏）尿之月／頣（夏）尿／頣（夏）杘
三月	寎（秉）	亯月／紡月
四月	余	頣（夏）栾之月／頣（夏）栾／頣（夏）褒／七月
五月	皋（敀）	八月
六月	且（擔）	九月
七月	相（倉）	十月
八月	壯（臧）	負（焌）月／爨月
九月	玄	獻馬之月／獻馬
十月	陽（昜）	冬栾之月／冬栾／冬褒／冬夕／中夕
十一月	辜（姑）	屈栾之月／屈褒之月／屈栾／屈夕
十二月	塗（荼）	遠栾之月／遠褒之月／遠栾／援夕／覲褒之月／覲褒

我們發現，序數式月名多用於楚銅器銘文：正月（見於《王子午鼎銘》

〔註2〕 予師認爲楚曆以「型尿之月」爲歲首。參曾師憲通《楚月名初探》，《曾憲通學術文集》185～186頁，汕頭大學出版社，2002年7月第1版。不過，學界有不同的意見。例如劉彬徽就認爲楚曆以「冬栾之月」爲歲首。參氏著《從包山楚簡紀時材料論及楚國紀年與楚曆》，載湖北省荊沙鐵路考古隊《包山楚墓》，文物出版社，1991年10月第1版。

等），六月（見於《上鄀府簠銘》），八月（見於《楚公逆鐘銘》等），十一月（見於《申公彭宇簠銘》）。衹有《荊曆鐘銘》、《鄂君啓節銘》、《燕客銅量銘》等是例外。《爾雅・釋天》月名衹見於《長沙楚帛書》和《楚辭》。《睡・日書甲・歲篇》月名見於楚竹簡和《荊曆鐘銘》等。最能說明問題的是《長沙楚帛書》，丙篇使用《爾雅・釋天》中所載月名，甲篇卻使用序數式月名。

前兩種月名爲列國所熟知，故於較正式、較莊重的場合使用，而後一種月名則多於楚國內部使用。當然，其中也許存在文體的因素。而且，三套月名是否都循某種曆法，還是分別採用夏正、殷正或周正，現在仍不得要領。

另一個典型的例子是占卜用具的名稱。在楚地所出土的占卜類竹簡上，占卜用具的種類繁多，當視不同的使用場合或占卜目的而異，計有：保𡩴（室）、保冡（家）、𡉚需、大彤簭、大保冡、少簡（少敞）、共命、承命、承冡（家）、承悳、䣏（膝）蓍、新承命、新保冡（家）、桿冡（家）、白需（白䨻、白䖏）、央菅、悳需、䓘彤、訓䖏（䨻）、長保、長剌、長則、長惻、長筆（長韋）、長需（長䨻）、駁需、御䨻（御需）、鹿䨻等。用以占卜，這些占卜用具的功能顯然是相同的，試舉數例：「習层之月乙未之日，鹽吉以保冡爲左尹舵貞，自習层之月以商習层之月，出內（入）事王，津（盡）卒（卒）歲躳身𢜔（當）母（毋）有咎。」（《包》197）／「習层之月乙未之日，石被裳以訓䖏爲左尹舵貞，自習层之月以商習层之月，津（盡）卒（卒）歲躳身𢜔（當）母（毋）有咎。」（《包》199）「習层之月己卯之日，陳乙以共命爲左尹舵貞，出內（入）步王，自習层之月以商集歲之習层之月，津（盡）集（集）歲躳身尙（當）母（毋）有咎。」（《包》226）／「習层之月己卯之日，五生以丞悳爲左尹舵貞，出內（入）步王，自習层以商集（集）歲之習层，津（盡）集歲躳身尙（當）母（毋）有咎。」（《包》232）／「習层之月乙未之日，郿會以央菅爲子左尹舵貞。」（《包》201）上引例子，出現了「保冡」「訓䖏」「共命」「丞悳」「央菅」五個占卜用具名稱，句式一致，都是「某某以某某爲某某貞」，衹是占卜用具因貞人而異，也可能因占卜的目的而異。迄今我們還不是很清楚這些占卜用具名稱確切的意義指向，不過大抵分爲兩大類型卻是學者們所贊同的：或从草或从木或从竹之字爲蓍占用具，稱爲「需（䨻、䖏）」的爲龜占用具。然而，這些詞兒意義上的細微差異仍有待進一步研究。

官稱「司敗」和「司寇」也是如此。「司敗」爲楚人之稱「司寇」，故楚地出土文獻常見「司敗」，然楚簡亦見「司寇」者（《包》102），即場合性之用例。

（四）語法特點不同的同義詞

楚銅器銘文中，第一人稱代詞衹使用「我」和「余」。「我」在所有用例中均作領格，「余」則基本上用作主格（衹有《王孫遺者鐘銘》是個例外）。二者的語法特點甚分明。不過，在楚地的傳世典籍（以《楚辭》爲例）中，「我」可作主格和賓格〔註3〕。例如：「我又何言！」（《楚辭・天問》）／「勒騏驥而更駕兮，造父爲我操之。」（《楚辭・思美人》）再證之以出土文獻：「而百姓曰：『我自然也。』」（《郭・老子丙》2）「是以聖人之言曰：『我無事而民自福（富）。』」（《郭・老子甲》31）二例中「我」均作主格。又例：「母（毋）命（令）智（知）我。」（《郭・語叢四》6）「我」作賓格。惟獨不見領格的用例。至於「『亦既見止，亦既訽（覯）止，我心則□（降）。』此之謂〔也〕。」（《郭・五行》10）「《君奭》曰『䢅（襄）我二人，毋又（有）合在言』害（何）？」（《郭・成之聞之》29）二例，「我」用爲領格，可能衹是前代典籍的原文照錄，前者出自《詩・召南・草蟲》，後者出自《尚書》。這個現象表明，楚銅器銘文可能出於典雅的目的而刻意模仿前代的語言風格。「余」則可作主格、賓格和領格，例如：「余固知謇謇之爲患兮，忍而不能舍也。」（《楚辭・離騷》）／「初既與余成言兮，後悔遁而有他。」（《楚辭・離騷》）／「荃不察余之中情兮，……」（《楚辭・離騷》）恐怕這又是文體的因素在作祟。吾，在楚簡中寫成「虗」，可以用作主格：「虗（吾）可（何）以智（知）其肰（然）？」（《郭・老子甲》30）

另一組同義詞「至」和「商」也頗具楚語特點。兩者均可與「以」結合組成介詞結構，表示一段時間、某個地域範圍或某一世系。也可單獨使用，而其意義大致不變。但「至」除了可與「以」組合外，還可與「訓」組合，作「訓至」；可與「于（於）」組合，作「至于（於）」。甚至可用如動詞，例如：「乙則至。」（《帛・丙》）「商」則完全沒有「至」的這些語法功能（參閱

〔註3〕 廖序東認爲：「我」字在屈賦中是不用於主格的。參氏著《楚辭語法研究》16頁，語文出版社，1995年2月第1版。步雲案：結合楚地出土文獻所見分析，是說容有可商。

本文第六章相關詞條）。

再如「于」和「於」。前者見於甲骨文，是前代詞語在楚語中的沿用；後者爲「烏」的異體，遲至春秋始見。作爲介詞，「于」和「於」可以無別。以至於《說文》說：「亏，於也。」（卷五亏部）〔註4〕然而，作爲動詞前綴，衹能用「于」。作爲「老虎」別稱，衹能作「於菟」。嘆詞「於乎」、形容詞「於邑」（《悲回風》）和「於悒」（《九嘆・憂苦》）也不能作「于乎」、「于邑」和「于悒」。甚至，即使同爲介詞，在楚地出土文獻中，「于」通常衹見於銅器銘文，而「於」多見於簡帛。以《郭》簡爲例，「于」衹有六例，而「於」竟有一百五十九例。顯然，「于」尚古雅而「於」趨流俗。

最爲典型的是「不」、「弗」、「無」、「勿」、「毋」、「未」這一組否定副詞。一般認爲，上古漢語，「不」的用法最爲廣泛，既可修飾助動詞（或情態動詞）、及物動詞、不及物動詞，也可修飾形容詞。「弗」通常衹修飾及物動詞，而及物動詞後的代詞性賓語通常可省略。「無」、「勿」、「毋」通常表「禁止」意義，多用於祈使句中。「未」有時態意義，表「從來不」、「迄今不」意義。楚方言所用大體同於通語。先看看「不」：「不敢不告見日」（《包》17）前者修飾助動詞，後者修飾及物動詞。「不死，有祟見。」（《包》249）修飾不及物動詞。「不甘飤」（《包》236）修飾形容詞。然後看看「弗」：「女返，既走於前，孔弗及。」（《包》122）修飾及物動詞，動詞後的代詞性賓語省略。「民人弗智歲。」（《帛・甲》）修飾及物動詞，動詞帶賓語。再來看看「無」、「勿」、「毋」：「土事勿從」（《帛・甲》）「尚（當）毋又（有）咎。」（《秦》13・1）「無」通常作「亡」，暫時還未發現有用爲「禁止」的例子，而上舉「勿」、「毋」的用例就都是用爲「禁止」意義的。最後看看「未」：「未智（知）其人」（《磚》370・2）「……公既禱未賽……」（《望》1・135）都用爲表「從來不」意義。不過，以下一段文字，很可以說明這幾個副詞在楚語中的用法可能和通語有所不同：「訇（苟）民悉（愛），則子（慈）也；弗悉（愛），則戠（讎）也。」「善者民必福，福未必和。不和不安，不安不樂。」「其載也亡（無）厚安（焉），

〔註4〕徐鉉注云：「（亏，）羽俱切，今變隸作『于』。」步雲案：甲骨文、金文已見「于」字，顯然是古已有之的形體。《說文》所載的「亏」應是後起形體。徐誤。

交矣而弗智（知）也，亡。」「坓（刑）不逮（逮）於君子，豊（禮）不逮（逮）於小人。攻□往者復，依惠則民材足，不時則亡（無）懽（勸）也。不忞（愛）則不新（親），不〔慮〕則弗褱（懷），不釐（賴）則亡（無）愄（威），不忠則不信，弗恿（勇）則亡（無）復。」（《郭・尊德義》26、27、31～34）「弗」可以修飾形容詞，「未」可以修飾情態動詞，「亡（無）」可以修飾形容詞，也可以表「禁止」。再如：「尙（當）毋死。」（《望》1・39）「毋」用如「不」。顯然，這幾個否定副詞在楚語中的語法功能大得多，與「不」相當接近。上引文獻的這幾個副詞，完全可以用「不」替代。

（五）感情色彩不同的同義詞

如前所述，儘管楚簡也有「虗（吾）」、「余」等第一人稱代詞，但完全不使用「予」、「朕」、「卬」這類中性的第一人稱代詞，反倒使用帶有強烈謙卑色彩的「小人」和「僕」。

見於楚地出土文獻的第二人稱代詞數量很少，見於《范》2 有「女」：「女東而東，西而西，……」（2，一例）見於《九》56・44 有「君」：「君昔受某之……」（一例）難以比較和評述。而在楚地傳世典籍（例如《楚辭》）中，第二人稱代詞之數量總算較爲豐富，共使用了「尔」、「女」、「若」、「君」、「子」、「先生」六詞。前面三詞不帶任何感情色彩，後面三詞則是尊稱。其中使用次數最多的是「君」，凡六例，分別見於《少司命》、《山鬼》、《卜居》、《抽思》等篇章。

楚地出土文獻中尙有「見日」一稱，據文例，似乎可以界定爲代詞。《包》15：「僕，五師宵倌之司敗若敢告見日：」因爲文中已言及「君王」吩咐「左尹」處理某事，而「左尹」則吩咐「新造迅尹」處理此事；但「新造迅尹」沒有執行，所以「五師宵倌」再向「左尹」投訴；又例：「僕，軍造言之：『見日以陰人舒慶之告詎（囑）僕，命遫（趎）爲之剌（剸）。陰之正既爲之盟證。慶逃。𦅫逵（絓）䝿（拘），其余（餘）執，將至旹而剌（剸）之。見日命一執事人至（致）命，以行，古（故）㰱上恒僕徛之以至（致）命。左尹以王命告子鄁公，命㰱上之戠（識）獄爲陰人舒𦅫盟，其所命於此箸之中，以爲諍（證）。』」（《包》137 反＋139 反）所以此處的「見日」可翻譯爲尊稱的「您」，指代「將見君王的人」。（詳本文第七章「見日」）

第二節 反義詞

楚地出土文獻和傳世典籍中所見之反義詞大致可歸納爲四大類：1. 一對一的反義詞。2. 一對二（或以上）的反義詞。3. 場合性（或稱臨時性）反義詞。4. 不對稱反義詞。

前兩類反義詞，尤其是一對一的反義詞絕大多數也見於共同語。而場合性反義詞則有著明顯的楚語特徵。以下分別述之。

一、一對一的反義詞

所謂一對一的反義詞，是指意義上完全對立、非此即彼的一對反義詞。例如：左－右，大－小，等等。

楚語中一對一的反義詞，如果孤立地看，當然也有著強烈的正負意義取向。但是，當我們把它置於具體的語言環境中考察，便會發現其正負意義的取向有時并不那麼明顯。舉例說：

左－右：「古（故）吉事上左，喪事上右。是以卞（偏）牆（將）軍居左，上牆（將）軍居右。」（《郭·老子丙》6～7）在「左驂」和「右驂」，「左飛」和「右飛」等詞例中，無疑有著強烈的正負意義取向。而且，從其古文字形構上，也可認識到這一點[註7]。不過，以下的用例：「左尹」和「右尹」，「左司馬」和「右司馬」，「左登徒」和「右登徒」，「左」「右」二詞詞義的對立性弱化了。具體表現爲，「左」、「右」二詞詞義彼此之間并不平衡。楚人尚「左」，故冠以「左」的官職較冠以「右」的官職高。其次，在用爲官稱的修飾語時，「左」「右」二詞并不必定同時出現。例如：楚有官稱名「左徒」、「左史」、「左師」、「右領」等，卻沒有相對應的「右徒」、「右史」、「右師」、「左領」。這表明了「左」「右」二詞孿生式的關係并不牢固。

大－小（楚方言文獻通常作「少」）：「少（小）不忍伐大埶（勢）。」（《郭·

〔註7〕 參閱陳師煒湛《甲骨文字辨析之一——卜辭左右說》，《中山大學學報》1980年1期；陳偉武《甲骨文字反義詞研究》，《中山大學學報》1996年3期。步雲案：楚文字「左」「右」二文在形構上表現出來的意義取向較甲骨文字更強烈。

語叢二》29）在「大房」和「少（小）房」（均見《包》266）、「鐘少（小）大十有三」（《信》2·018）、「一大冠」（《望》2·49）和「一少（小）紡冠」（《望》2·61）等詞例中，均有著強烈的正負意義取向。不過，以下的用例：「大師」和「少師」，「大司馬」和「少司馬」，「大攻尹」和「少攻尹」，如同「左」「右」一樣，「大」「小」二詞詞義的對立性弱化了。

楚語中某些一對一的反義詞之構成，是以形體的變化來體現的，如上舉的左－右，就是通過改變詞形結構而構成的反義詞。另外還有一類通過變換形體構件的方式而構成一對一反義詞。這也屬於以形體的變化來體現對立統一的反義詞。例如，在「馬」的形體上加上「土」表示公馬，（《曾》197）加上「匕」表示母馬（《曾》160）。這種表示雌雄相對的反義詞之構成方式，早在甲骨文時代就存在了〔註8〕。楚語中還有這類詞，可算得上是古語詞的遺存。

實際上，見於楚地出土文獻的一對一反義詞并不多。除上述所引外，還有以下一些：

方－囩（圓）：「二方鑑」、「二囩（圓）鑒」（均見於《信》2·01）《楚辭·懷沙》亦見：「刓方以爲圓兮，……」

出－入：「出入侍王」（《包》226、228、230 等）／「出入事王」（《包》197、201）／「出入……同」（《帛·甲》）／「智（知）〔情者能〕出之，智（知）宜（義）者能內（入）之。」（《郭·性自命出》3～4）／「里（理）其青（情）而出內（入）之。」（《郭·性自命出》17～18）

進－退：「寺（時）雨進退」（《帛·甲》）／「進谷（欲）孫（遜）而毋考（巧）；退谷（欲）焉（安？）而毋巠（輕）。」（《郭·性自命出》64～65）

陰－陽：「江漢之陰陽」（《敬事天王鐘銘》）／「乙生侌（陰）⿸㫃昜（陽）」（《九》56·115）／「是胃（謂）昜（陽）日」」（《九》56·26）／「是胃（謂）侌（陰）日」（《九》56·28）／「是以成侌（陰）昜（陽），侌（陰）昜（陽）復相補（輔），是以成四時。」（《郭·太一生水》2）／「四時者，侌（陰）昜

〔註8〕 參閱楊逢彬《從⿰羊土⿰羊匕等字看甲骨文字的抽象化過程》，《甲骨語言研討會論文集》，華中師範大學出版社，1993 年 3 月版。步雲案：楊先生此前於《江漢考古》1992 年 4 期上已申論了相關的觀點。事實上楊樹達在二十世紀四十年代即有《釋䴢⿰羊土⿰羊匕⿰豕匕⿰馬匕》一文探論這個問題，文章後收入所著《積微居甲文說》，中國科學院，1954 年 6 月第 1 版。

（陽）之所生。侌（陰）昜（陽）者，神明之所生也。」（《郭・太一生水》4～5）／「侌（陰）昜（陽）之所不能成。」（《郭・太一生水》8）亦見於楚辭：「陰陽不可與儷偕。」（《九辯》）／「陰陽易位」（《涉江》）

長－幼：「倀（長）子吉，幽（幼）子者不吉。」（《九》56・36）

生－死：「死生在子」（《九》56・64）／「死生在寅」（《九》56・67）／「死生在丑」（《九》56・72）／「生死之甬（用），非忠信者莫之能也。」（《郭・六德》5）

閟－啓：「〔朝〕閟夕啓」（《九》56・60）／「朝啓夕閟」（《九》56・6、56・64）案：閟同閉。

始－終：「臨事之紀，誓（慎）冬（終）女（如）忖（始）」（《郭・老子甲》11）／「〔君〕子之爲善也，又（有）與司（始），又（有）與冬（終）也。」（《郭・五行》18）／「又（有）終又（有）絧（始）。」（《郭・語叢一》25）／「新（慎）終若詞（始）。」（《郭・老子乙》30）／「司（始）者近情，各（終）者近義。」（《上博一・性情論》2）／「天隍（地）立冬（終）立悳（始）。」（《上博七・凡物流形甲本》3）

深－淺：「深，莫敢不深；淺，莫敢不淺。」（《郭・五行》46）／「笑，豊（禮）之淺澤也；樂，豊（禮）之深澤也。」（《郭・性自命出》22～23）

好－惡：「好亞（惡），眚（性）也。所好所亞（惡）勿（物）也。」（《郭・性自命出》4）／「又（有）生又（有）智而句（後）好亞（惡）生。」（《郭・語叢一》4）／「夫子曰：『好娧（美）女（如）好《茲（緇）衣》，亞（惡）亞（惡）女（如）亞（惡）《遳（巷）白（伯）》。』」（《郭・緇衣》1）

順－逆：「觀其之逘而逆訓（順）之。」（《郭・性自命出》17）

上－下：「昏（聞）衍（道）反上，上交者也；聞（聞）衍（道）反下，下交者也。」（《郭・性自命出》56）／「下，土也，而胃（謂）之隍（地）；上，㷬（炁）也，而胃（謂）之天。」（《郭・太一生水》10）／「〔不足於上〕者，又（有）余（餘）於下；不足於下者，又（有）余（餘）於上。」（《郭・太一生水》13～14）／「上下膚（皆）得其所之胃（謂）信。」（《郭・語叢一》33）／「父子，至上下也。」（《郭・語叢一》35）

天－地：「水反補（輔）大（太）一，是以成天；天反補（輔）大（太）一，是以成隍（地）。」（《郭・太一生水》1）／「神明者，天隍（地）之所生也。天陛（地）者，大（太）一之所生也。」（《郭・太一生水》5）／「經此天之所，不能殺陛（地）之所。」（《郭・太一生水》7）／「下，土也，而胃（謂）之陛（地）；上，**燹**（炁）也，而胃（謂）之天。」（《郭・太一生水》10）／「天陛（地）名志（字）并立。」（《郭・太一生水》12）

㳏－損：「牙（與）爲㦺（義）者游㳏，牙（與）**𤖼**（莊）者處㳏；牙（與）[illegible]者處員（損），牙（與）不好教者游員（損）。」（《郭・語叢三》10～11）

樂－哀：「得者樂，遊（失）者哀。」（《郭・語叢三》30）

古－今：「《詩》所以會古含（今）之恃（志）也者，《春秋》所以會古含（今）之事也。」（《郭・語叢一》19～21）

本－末：「凡物又（有）螙（本）又（有）卯（末）。」（《郭・語叢一》24～25）／「求者（諸）其沯（本）而戉（攻）者（諸）其末，弗得矣。」（《郭・成之聞之》10～11）

去－歸：「可去可逯（歸）。」（《郭・語叢一》51）

異－同：「其所之同，其行者異。」（《郭・語叢二》26）

寵－辱：「態（寵）辱若纓（驚），貴大患若身。可（何）胃（謂）態（寵）辱？態（寵）爲下也，得之若纓（驚），遊（失）之若纓（驚），是胃（謂）態（寵）辱纓（驚）。」（《郭・老子乙》5～6）

巧－拙：「大攷（巧）若他（拙）。」（《郭・老子乙》14）

直－屈：「大植（直）若屈。」（《郭・老子乙》14～15）

賞－刑、禍－福：「賞與坓（刑），祡（禍）福之羿（基）也。」（《郭・尊德義》2）

窮－達、毀－譽：「**穿**（窮）達以峕，悳行弌也。譽（譽）皇（毀）才（在）仿（旁）。」（《郭・窮達以時》14）

雄－雌：「三駄（雄）一觚（雌）。」（《郭・語叢四》26）

牡－牝：「未智（知）牝戊（牡）之合然惹（怒）。」（《郭・老子甲》34）

君－臣、父－子、夫－婦：「內立父子夫也，外立君臣婦也。」（《郭・六德》）〔註9〕／「古（故）夫夫婦婦父父子子君君臣臣，六者客（各）行其戠（職），而狃畬（讒諂）亡繇（由）迮（作）也。」（《郭・六德》21～22）／

〔註9〕 步雲案：此例疑當作「內立君父夫也，外立臣子婦也。」

「古（故）夫夫婦婦父父子子君君臣臣，此六者行其戠（職），而狃䛳（讒諂）蔑繇（由）乍（作）也。」（《郭・六德》33～34）

有－亡、難－易、長－短、高－下、音－聲、先－後：「又（有）亡之相生也，𪻐（難）惕（易）之相成也，長專（短）之相型（形）也，高下之相涅（盈）也，音聖（聲）之相和也〔註 10〕，先後之相墮（隨）也。」（《郭・老子甲》15～16）／「大少（小）之多，惕（易）必𪻐（難）。」（《郭・老子甲》14）／「天下之勿（物）生於又（有），生於亡。」（《郭・老子甲》37）

親－疏、利－害、貴－賤：「古（故）不可得天（而）新（親），亦不可得而疋（疏）；不可得而利，亦不可得而害；不可得而貴，亦可不可得而戔（賤）。」（《郭・老子甲》28）

寡－眾：「弝（強）溺（弱）不絎諹，眾募（寡）不聖訟。」（《上博二・容成氏》36）

中（中）－外、少（小）－大、矛（柔）－剛、囩（圓）－枋（方）、晦（晦）－明、耑（短）－長：「先又（有）中（中），安（焉）又（有）外。先又（有）少（小），安（焉）又（有）大。先又（有）矛（柔），安（焉）又（有）剛。先又（有）囩（圓），安（焉）又（有）枋（方）。先又（有）晦（晦），安（焉）又（有）明。先又（有）專（短），安（焉）又（有）長。」（《上博三・亙先》8～9）

襮（表）－裏：「天地與人，若襮（表）與裏」（《上博三・彭祖》2）

剸（摶）－直：「剸（摶）外罝（直）中，眾木之絽（紀）可（兮）。」（《上博八・李頌》1 正）〔註 11〕

〔註 10〕根據文義應讀爲「喑」，無聲。馬王堆帛書《老子》甲本作「意」，从心从音，表明那是得用心去傾聽的聲音。第四十一章「大音希聲，大象無形」可以參證。

〔註 11〕曹錦炎讀爲「剸（剸）外罝（置）中，」參馬承源（2011：232~233 頁）。《說文》：「摶，圜也。」（卷十二手部）楚地文獻都這樣用。如《楚辭・橘頌》：「曾枝剡棘，圓果摶兮。」又如《莊子・逍遙遊》：「鵬之徙於南冥也，水擊三千里，摶扶搖而上者九萬里。」因此，「剸（剸）」當通作「摶」，指桐木圓外直中，可爲眾樹綱紀。王寧所讀亦同，唯讀「罝」爲「疏」，則有所不逮。參氏著《〈上博八・李頌〉通讀》，簡帛研究網站，http://www.bamboosilk.org/showarticle.asp?articleid=1929，2011 年 10 月 18 日。

文－武：「文侌（陰）而武昜（陽），信文㝵（得）事（吏），信武㝵（得）田，文德紿（治），武德伐，文生武殺。」（《上博六・天子建州》5）

君子－小人：「不智（知）其向（鄉）之小人君子。」（《郭・語叢四》11）／「子曰：『唯君子能好其駜（匹），少（小）人剴（豈）能好其駜（匹）。』」（《郭・緇衣》43）

貧賤－富貴：「子曰：『翌（輕）絕貧戔（賤）而厚絕賵（富）貴，則好悬（仁）不硻（堅）而亞（惡）亞（惡）不紙（著）也。』」（《郭・緇衣》44～45）

有餘－不足：「〔不足於上〕者，又（有）余（餘）於下；不足於下者，又（有）余（餘）於上。」（《郭・大一生水》13～14）

至於楚地傳世典籍（以《楚辭》爲例）所見的一對一反義詞（已見於出土文獻者不再迻錄），有如下例子：

長－短：「夫尺有所短，寸有所長。」（《卜居》）

吉－凶：「孰吉孰凶？」（《卜居》）

清－濁：「舉世皆濁我獨清。」（《漁父》）

日－夜：「吾令鳳鳥飛騰兮，繼之以日夜。」（《離騷》）

陞－降：「曰勉陞降以上下兮，求榘矱之所同。」（《離騷》）

暖－寒：「何所冬暖？何所夏寒？」（《天問》）

應當指出的是，楚語中的這些一對一反義詞，在共同語中也許并非如是。此處的劃分完全以楚地傳世典籍和出土文獻爲依據。

二、一對二（或以上）的反義詞

如同共同語一樣，楚語中部分的反義詞并非一對一的關係，而是一對二（或以上）的關係。例如：

下－高：「筥之高丘下丘各一全豢。」（《包》237、241）／「北方高，三方下，凥（居）之安壽。」（《九》56・45）／「西方高，三方下，亓（其）中（中）不壽。」（《九》56・46）

下－上：「其才（在）民上也，以言下之。」（《郭・老子甲》）／「有梟內於上下」（《帛・丙》）／「途乃上下朕遡（斷）。」（《帛・乙》）／「鳥次兮屋上，水周兮堂下。」（《楚辭・九歌・湘君》）

朝－宵：「思又（有）宵又（有）朝……」（《帛・甲》）

朝－夕：「謇朝誶而夕替」（《楚辭・離騷》）／「朝發軔於蒼梧兮，夕余至乎縣圃。」（《楚辭・離騷》）／「夕歸次於窮石兮，朝濯髮乎洧盤。」（《楚辭・離騷》）／「朝發軔於天津兮，夕余至乎西極。」（《楚辭・離騷》）／「宦於朝夕，而考（巧）於左右。」（《上博六・用曰》15）

後－先：「其先逡（後）之舍（序）則宜（義）道也。」（《郭・性自命出》19）／「兄弟，至先逡（後）也。」（《郭・語叢一》70）傳世文獻亦見：「忽奔走以先後兮，……」（《楚辭・離騷》）

後－前：「子疋（胥）前多社（功）後翏（戮）死，非其智懷（衰）也。」（《郭・窮達以時》9）／「聖人之才（在）民前也，以身後之。」（《郭・老子甲》3）傳世文獻亦見：「瞻前而顧後兮，……」（《楚辭・離騷》）／「前望舒使先驅兮，後飛廉使奔屬。」（《楚辭・離騷》）

後－初：「初滔（韜）酭（晦）逡（後）名昜（揚），非其悳加。」（《郭・窮達以時》9）

後－進：「進，莫敢不進；後，莫敢不後。」（《郭・五行》46）

盈－縮：「月則緹（盈）絀（縮）。」「緹（盈）絀（縮）遊（逆）亂。」（《帛・甲》）

盈－缺：「罷（一）块（缺）罷（一）浧（盈）。」（《郭・太一生水》7）

盈－盅：「大浧（盈）若中（盅），其甬（用）不穿（窮）。」（《郭・老子乙》14）

比較：「亡而爲有，虛而爲盈，約而爲泰。」（《論語・述而》26章）春秋的文獻，「盈」的反義詞可以爲「虛」，與楚語不同。

缺－盈：「罷（一）块（缺）罷（一）浧（盈）。」（《郭・太一生水》7）

缺－成：「大成若夬（缺），其甬（用）不幣（敝）。」（《郭・老子乙》13～14）

惡－善：「世幽昧以昡曜兮，孰云察余之善惡？」（《楚辭・離騷》）

惡－美：「天下皆智（知）敚（美）之爲娧（美）也，亞（惡）已。」（《郭・老子甲》15）／「㼝（美）與亞（惡），相去可（何）若？」（《郭・老子乙》4）／「世混濁而嫉賢兮，好蔽美而稱惡。」（《楚辭・離騷》）／「夫子曰：『好娧（美）女（如）好《茲（緇）衣》，亞（惡）亞（惡）女（如）亞（惡）《遊

（巷）白（伯）》。』」（《郭・緇衣》1）／「則民不能大其娩（美）而少（小）其亞（惡）。」（《郭・緇衣》35）

柔－剛：「剛之梪（樹）也，剛取之也；柔之約，柔取之也。」（《郭・性自命出》8～9）

柔－勥：「勥，義之方；矛（柔），悬（仁）之方也。」（《郭・五行》41）據同篇：「不勥不梂，不勥不矛（柔）。」又《郭・老子甲》35：「心吏（使）燹（炁）曰勥。」「勥」當通作「強」。當然也可能用如本字〔註12〕。《說文》：「勥，迫也。」（卷十三力部）可能也作「剛」。例：「『不偒不梂，不勥不矛（柔）。』此之胃（謂）也。」（《郭・五行》41～42）所引《毛詩・商頌・長發》，本作：「不競不絿，不剛不柔。」不過，從楚簡別見「剛」字的情況考慮〔註13〕，不無疑問。可能地，楚地出土文獻「柔」與「勥」、「剛」一同構成反義關係。

勥－弱：「天道貴溺（弱）雀（爵）成者以益生者，伐於勥責於……」（《郭・太一生水》9）

勥－柔：「勥，義之方；矛（柔），悬（仁）之方也。」（《郭・五行》41）

夕－朝：「朝闅夕启」、「朝启夕闅」（《九》56・6）「謇朝誶而夕替。」（《楚辭・離騷》）／「朝馳余馬兮江皋，夕濟兮西澨。」（《楚辭・九歌・湘夫人》）／「朝记（起）而夕法（廢）之。」（《上博八・志書乃言》6～7）

夕－旦：「夕寃旦灋（廢）之」（《包》145）

夕－晝：「又（有）晝又（有）夕。」（《帛・甲篇》）／「朝逃（盜）不**寻**（得），晝**寻**（得），夕**寻**（得）。」（《九》56・67）

滄－熱：「四時復相補（輔），是以成倉（滄）然（熱）。」（《郭・太一生水》2～3）「歲者，濕澡（燥）之所生也。濕澡（燥）者，倉（滄）然（熱）之所生也。」（《郭・太一生水》4）

〔註12〕《郭・語叢三》有「彊」：「彊之尌也，彊取之也。」《說文》：「彊，弓有力也。」（卷十二弓部）或用「侃」爲「強」，例如：「不以取侃。」（《郭・老子甲》）今本作「不敢以取強。」（《老子》三十章）傳世文獻多假「強」爲「彊」，而楚地出土文獻，「強」多作「弨」，則「勥」可能並不用爲「強」。

〔註13〕《郭・性自命出》見「剛」：「剛之梪也，剛取之也。」結合《郭・語叢三》「強」的用例，可證「剛」「強」不但意義接近，讀音也相近。

滄－燥：「喿（燥）勑（勝）蒼（滄）。」（《郭・老子乙》15）

熱－滄：「四時復相補（輔），是以成倉（滄）然（熱）。」（《郭・太一生水》2～3）「歲者，濕澡（燥）之所生也。濕澡（燥）者，倉（滄）然（熱）之所生也。」（《郭・太一生水》4）

熱－清：「青（清）勑（勝）然（熱）。」（《郭・老子乙》15）

燥－溼：「倉（滄）然（熱）復相補（輔）也，是以成濕澡（燥）。」（《郭・太一生水》2～3）「歲者，溼澡（燥）之所生也。濕澡（燥）者，倉（滄）然（熱）之所生也。」（《郭・太一生水》4）

燥－滄：「喿（燥）勑（勝）蒼（滄）。」（《郭・老子乙》15）

成－詘：「大成若詘。」（《郭・老子乙》14）

成－敗：「人之敗也，亘（恒）於其擄（且）成也。」（《郭・老子丙》30）

來－往：「往言剔（傷）人，逨（來）言剔（傷）（己）。」（《郭・語叢四》2）又：「往者余弗及兮，來者吾不聞。」（《楚辭・遠遊》）

來－遣：「其民者，若四旹一遣一逨（來），而民弗害也。」（《郭・語叢四》21）

白－黑：「變白以爲黑兮，……」（《楚辭・懷沙》）

白－緇：「之（緇）白不釐（釐）。」（《郭・窮達以時》14～15）

得－失：「得者樂，遊（失）者哀。」（《郭・語叢三》30）「得之若纓（驚），遊（失）之若纓（驚）。」（《郭・老子乙》6）

得－亡：「旹（得）與頁（亡）管（孰）疠（病）？」（《郭・老子甲》36）〔註14〕

亡－有：「天下之勿（物）生於又（有），生於亡。」（《郭・老子甲》37）

亡－得：「旹（得）與頁（亡）管（孰）疠（病）？」（《郭・老子甲》36）

遠－近：「唯君子道可近求而（不）可遠遣（措）也。」（《郭・成之聞之》37）

遠－邇：「此以逡（邇）者不賊（惑）而遠者不悉（疑）。」（《郭・緇衣》44）

弱－強：「弜（強）溺（弱）不紿諹，眾募（寡）不聖訟。」（《上博二・

〔註14〕今本《老子》四十四章作「得與亡孰病」。下文「多藏必厚亡」，簡文作「厚（厚）贓（藏）必多頁」，可知「頁」爲「亡」的異體。

容成氏》36）

弱－𤕭：「天道貴溺（弱）雀（爵）成者以益生者，伐于𤕭責於……」（《郭・太一生水》9）

外－內：「門內之紿（治），谷（欲）其𩚍（逸）也；門外之紿（治），谷（欲）其折（制）也。」（《郭・性自命出》58～59）「或生於內，或生於外。」（《郭・語叢一》12）

外－中：「先又（有）㝁（中），安（焉）又（有）外。」（《上博三・亙先》8～9）

在以上的例子中，「朝」也許還與「夜」相對（「夜」有用如「夕」的例子，《天・卜》：「夜中有孽。」）

一對二（或以上）反義詞多少帶有楚語色彩，雖然大多數用例與共同語毫無二致。例如：「朝」和「宵」，「晝」和「夕」，均非常例。「朝」通常與「夕」相對，例如《大盂鼎銘》；「晝」通常與「夜」相對，例如《胡簋銘》。

三、場合性（或可稱臨時性）反義詞

所謂的「場合性（或稱臨時性）反義詞」，是指那些在某個具體的語言環境下臨時構成的反義詞。這類反義詞不見於共同語，甚至不見於楚方言別的語境中。舉例來說：

宮－野：「宮地主」（見於《包》207、《天・卜》等），「野地主」（見於《包》207）。「野」相當於「宮外」，與「宮」相對。

內－埜（野）：「內齋」（見於《望》1・132、1・137、1・155），「埜齋」（見於《望》1・156）。「埜」相當於「外」，與「內」相對。

福－妖、格－惠：「唯天作福，神則格之；唯天作妖，神則惠之」（《帛・甲》），「妖」相對於「福」而言是「禍」；「格」相對於「惠」而言是「不惠」。場合性（或稱臨時性）反義詞的詞義，無論是正面意義還是負面意義，都經過了楚人的「加工」和「改造」，遂能成爲完整的對立統一體。

爲－敗、執－失：「是以聖人亡爲古（故）亡敗，亡執古（故）亡遊（失）。」（《郭・老子甲》11）

小谷－江海：「猶少（小）浴（谷）之與江海（海）」（《郭・老子甲》20）

名－身、身－貨：「名與身篙（孰）親？身與貨篙（孰）多？」（《郭・老

子甲》35～36）

簡－匿：「不柬（簡），不行。不匿，不察於道。又（有）大罪而大豉（誅）之，柬（簡）也。又（有）小罪而亦（赦）之，匿也。有大罪而弗大豉（誅）也，不〔行〕也。有小辠而弗亦（赦）也，不察於道也。」（《郭・五行》37）

嚴格地說，場合性（或稱臨時性）反義詞詞義屬於獨創的方言詞義。這一點，筆者已在「獨創的方言詞義」一節中詳加討論，此處不再復述。

四、不對稱反義詞

在西方諸語言中，反義詞不要求音節上的對稱和平衡。譬如英語，able 與 unable 即構成反義關係，儘管後者實際上是前者的派生詞。然而在漢語中，因爲漢字一字一音，所以反義詞通常表現爲意義相反而音節相等。換言之，漢語的反義詞不但具有意義相反的特徵，而且具有音節相等的特徵。譬如「好」的反義詞是「壞」，而不是「不好」。

不過，在古漢語中的確存在著音節不相等的反義詞。舉例說「賢」和「不肖」，文獻中有大量的證據證明這是一對音節不相等的反義詞。例如：「觀其交遊，則其賢不肖可察也。」（《管子・權修第三》卷一）又如：「禮者，所以情貌也，群義之文章也，君臣父子之交也，貴賤賢不肖之所以別也。」（《韓非子・解老第二十》卷六）我們不妨把這類反義詞定義爲「不對稱反義詞」。所謂「不對稱」，既指音節上的不對稱，也指詞形上的不對稱。

事實上，古漢語當中不對稱反義詞可能僅此而已。

不過，楚地出土文獻似乎可以提供更多的例證。

例一：「天下皆智（知）敚（美）之爲媺（美）也，亞（惡）已。皆智（知）善，此其不善已。」（《郭・老子甲》15）「善不〔善，眚（性）也，〕所善所不善，埶（勢）也。」（《郭・性自命出》5）通常，與「善」相對的反義詞是「惡」，但這三個例子卻作「不善」，「善」與「不善」不對稱。《郭・老子甲》的用例尤其典型。因爲文中已有「惡」，轉而用「不善」，顯然是爲了追求行文的變化。

例二：「牙（與）爲悡（義）者游益，牙（與）𦤎（莊）者處益；牙（與）𡙇者處員（損），牙（與）不好教者游員（損）。」（《郭・語叢三》10～11）「爲悡（義）」與「𡙇」，「𦤎（莊）」與「不好教」均不對稱。

例三：「憏（察）所智（知），憏（察）所不智（知）。」（《郭・語叢一》85）「智（知）」和「不智（知）」不對稱。

例四：「亡爲而亡不爲。」（《郭・老子乙》4）「爲」與「不爲」不對稱。

例五：「人之可禭（畏）亦不可不禭（畏）。」（《郭・老子乙》5）「禭（畏）」與「不禭（畏）」不對稱。

例六：「堣（遇）不堣（遇），天也。」（《郭・窮達以時》11）「堣（遇）」與「不堣（遇）」不對稱。

之所以存在不對稱反義詞，固然有著修辭方面的原因，但許多時候卻是因爲沒有意義上截然對立并且音節相對應的詞兒可敷使用。如上舉的「爲」－「不爲」、「堣（遇）」－「不堣（遇）」便屬於這種情況。

五、餘　論

本節所討論的反義詞，實際上衹涉及一小部分有文例可引證者。諸如「有－無」、「分－合」，等，因欠缺楚地文獻互爲對立的用例而未予論及。而「天－地」、「日－月」，等，雖有互爲對立的用例，但其正負意義的色彩并不那麼強烈，所以也略而不論。

如果能夠把楚地傳世典籍，包括《老子》、《莊子》等，與楚地出土文獻進行反義詞的比較研究，則是最理想的，而且能收到意想不到的效果。本文暫付闕如，以俟來日。

第六章　楚語詞考釋三十例

迄今爲止，在已面世的楚地出土文獻中，尚有許多語詞的意義或歧見紛紜，未得確詁；或祇知其一，不知其二，未免失之偏頗；或茫然無解，暫付闕如。究其底蘊，完全是不明楚語詞的特殊形構、方音、和方言義所致。

在這一章裏，筆者將綜合利用傳世典籍、出土文獻和現代漢語方言等方面的理論、方法以及成果考察以下的楚語詞，以期作出更爲準確的解釋。爲行文方便，文例中所引釋字一般用～代替，模糊不辨的字用■代替，敓字用□代替。

一、⿱竹共（籠）

，原篆諸家隸定爲「⿱竹共」，字書無載。或謂同共（郭若愚：1994：71 頁）。或以爲「簒」（商承祚：1995：40 頁）。或以爲竹筒之屬，無釋（湖北省荊沙鐵路考古隊：1991a：60 頁）。均未安。竊以爲原篆當从竹共聲，「共」古音群紐東韵，「龍」古音來紐東韵，群、來二紐古有過分合（黃綺：1988：28～29 頁）。顯然，「共」、「龍」用作聲符可無別。因此，「⿱竹共」可能就是「籠」的楚方言形體。「籠」用作盛放食物等的容器，不但見於傳世典籍和出土文獻，而且可征諸現代漢語方言。例如：「黃金百鎰爲一篋，其貨一穀籠爲十篋。」（《管子・乘馬》）又例：「負籠操臿」（《馬王堆〔三〕・戰國縱橫家書》五四）／「飤〔以〕宮人籠」（《馬王堆漢墓文物・周易》○一二）又例：「……籠蒸而食者，呼爲蒸餅；而饅頭謂之籠餅，……」（宋・黃朝英《靖康緗素雜記》）今天粵人稱「蒸屜」爲「蒸籠」（這類器皿今已不限於竹編）。盛放食物的、較小型的「蒸屜」也稱爲「籠」，例如：「一籠叉燒包」（一蒸屜烤肉包子）、「一籠燒麥」等；盛放衣物的箱子也可稱爲「籠」，例如「樟木籠」（樟木做的衣箱。也有竹編者）；甚至貌似編織的木柵欄也稱爲「籠」，例如：「趟籠」。（一般寫成「櫳」。以圓粗木條造成的活動門柵欄，今已罕見。）《說文》云：「籠，舉土器也。一曰笭也。从竹龍聲。」（卷五竹部）（小徐本）《說文》「笭」字條，徐鍇注曰：「笭，亦籠。笭，絡也。猶今人言籮。」（卷九竹部）。《方言》郭璞注：「今江南亦名籠爲箄」（卷十三）。「箄」也就是「筥」。「籠」在楚地出土文獻中均用爲器名。例：

> 「〔大〕～四十又（有）四。少（小）～十又（有）二。四櫋（籩）～、二豆～、二笑（簠）～。」（《信》2・06）／「五～。」（《信》2・020）／「少（小）囊櫋（籩）四十又（有）八，一大囊櫋（籩）十又（有）二～。」（《信》2・022）／「鉀～一十二～，皆有繪纏。」（《仰》25・21）／「飤室所以食～：豕脩（脯）一～、脩二～、烝（蒸）豬一～、庶（炙）豬一～、審（蜜）飽（飴）二～、白飽（飴）二～、爊（熬）鷄一～、庶（炙）鷄一～、囂（熬）魚二～、栗二～、椇二～、葦茈二～、蒻（筍）二～、蘵（葚）二～、蕖二～、蘁（薑）二～、蓏一～、蕼利（梨）二～。」（《包》257～258）

從上引諸例，我們可以知道「籠」是總稱，泛指一類器皿，其使用範圍相當廣泛；而「籠」从竹又使我們認識到這類器皿均爲竹編。因此，這類見於包山楚墓的竹器，宜確定爲「籠」〔註1〕。

二、⿱覀旲（瓮）

[illegible]，原篆或隸定爲「⿱罒旲」，無釋（李家浩：1986）〔註2〕。或隸定爲「⿱罒大」，

〔註1〕包山楚墓所出「長方形空花竹笥」以及「竹籠」，可能都是「箕」。參湖北省荊沙鐵路考古隊《包山楚墓》157、164頁，圖九四、圖一○二，文物出版社，1991年10月第1版。

〔註2〕此形體直至《殷周金文集成引得》（張亞初撰，中華書局，2001年7月第1版）出版，仍未確釋。

以爲與「弇」接近，借作「籃」（湖北省荊沙鐵路考古隊：1991a：60 頁）〔註 3〕。可商。原篆象雙手捧持器皿之狀，器如以草繩等物封口之酉（即「瓮」）狀。徐中舒曾指出：「公象瓮（罋）形……」〔註 4〕顯然，徐先生是把「公」看作「瓮」的本字的。儘管這還需要進一步考證，但是，給我們考釋楚簡的這個形體卻不無啓發。筆者認爲：它从酉从廾，廾亦聲，不妨隸定爲「奠」。「瓮」古音影紐東韵，「廾」則爲見紐東韵。據研究，見母有漸次轉爲影母的古例（黃綺：1988：35 頁）。可知瓮、廾讀音相同。在傳世文獻中，「瓮」、「罋」、「甕」並用無別。《墨子》「瓮」、「罋」並見：「瓮丌端。」「百步一井，井十罋。」（《備城門》）孫詒讓云：「吳鈔本作『甕』，同。」（《墨子閒詁》四七三頁）《韓非子》則並見「罋」、「甕」：「或令孺子懷錢挈壺罋而往酤。」「救火者令吏挈壺甕而走火，則一人之用也。」（《外儲說右第三十五》）所以《玉篇》說：「瓮，於貢切。大甖也。甕，同上。」（卷十六瓦部）與《說文》所釋一致：「瓮，罌也。从瓦公聲。」（卷十二瓦部）可知「瓮」、「罋」、「甕」實在是一字之異。《正字通》說「甕」是「甕」的本字。可能是不正確的。前者應是「罋」（汲瓶）的異體；後者應是「瓮（罌也）」的異體。古時，醢、醯之類的食物均以瓮盛放。《周禮・天官冢宰（下）》「醢人」條和「醯人」條記述得相當清楚：「王舉，則共醢六十罋。」「賓客之禮，共醢五十罋。」「王舉，則共齊菹六十甕。」「賓客之禮，共醯五十甕。」醢醯之類置於瓮中用作陪葬，《禮記・檀弓（上）》則別有記述：「宋襄公葬其夫人，醯醢百甕。」聯繫《包》255～256 的內容，可知原篆釋爲「瓮」是很切合文義的。

楚地傳世文獻、出土文獻均見「瓮」的用例：

> 「見一丈人方將爲圃畦，鑿隧而入井，抱甕而出灌，搰搰然用力甚多而見功寡。」（《莊子・外篇・天地第十二》）「以青粱米爲鬻，水十五而米一，成鬻五斗，出，揚去氣，盛以新瓦罋。」（《馬王堆〔肆〕・五十二病方》九二）

時至今日，「瓮」仍是深受楚文化影響的粵方言區人們的常用器皿。

〔註 3〕滕壬生隸定亦同，收入卷七网部（1995：673 頁；2008：719 頁）。

〔註 4〕徐中舒《怎樣考釋古文字》，《出土文獻研究》217 頁，文物出版社，1985 年 6 月第 1 版。

包山楚墓出有考古工作者稱之為「陶罐」的器皿〔註5〕，可能就都是「瓮」。因此，「𡨦」可能就是「瓮」的楚方言形體。

在楚地的出土文獻中，「𡨦」有兩個義項：

1. 容器。例：

「𦞤（熊）肉酭（醢）一～、莪（䣜）酭（醢）一～、鰠一～、䤟（醢）一～、膪（䐔）一～、蠣粒一～。」（《包》255～256）

2. 度量衡單位。例：

「郢姬府所造，重十～四～圣（格）朱（銖）。」（《挪陵君王子申攸豆銘》）

「𡨦」作重量單位，目前還無法提供有力的典籍證據。但是，如同「斗」、「升」、「鍾」一樣，容量或重量單位事實上都是由容器名稱漸變而來的，「𡨦」也不應例外。「𡨦」作重量單位，當僅限於楚地之內。「𡨦」比「銖」的單量要大，根據相關文獻的記載，大於「銖」的重量單位有「錙（8 銖）」、「鋝（10又 13／25 銖）」、「兩（24 銖）」等。「瓮」不知與何者相當。

就其字形、字義、字音以及在文例中的用法而言，雖說原篆釋為「瓮」并無不妥，卻和《方言》所記有出入：「瓬、瓺、甒、㼜、甀、甇、甄、瓮、瓿甊、甖，罌也。靈桂之郊謂之瓬。其小者謂之瓺。周、魏之閒謂之甒。秦之舊都謂之甀。淮、汝之閒謂之㼜。江、湘之閒謂之甇。自關而西，晉之舊都、河汾之閒其大者謂之甄，其中者謂之瓿甊。自關而東，趙、魏之郊謂之瓮，或謂之罌。東齊海岱之閒謂之甖。罌其通語也。」（卷五）如揚氏所錄不誤，那「瓮」應是趙、魏的方言，楚方言應稱為「甇」或「㼜」。然而，除了《方言》等字書所載外，「甇」、「㼜」都無實際的用例。從《周禮》、《禮記》、《墨子》、《韓非子》乃至《馬王堆漢墓帛書》都有「甕」字的情況看，也許「瓮」是通語，而楚人用通語罷了，而別造一個方言形體。

三、綀／縢／纘（縢）（附論賸）

在楚地的出土文獻中，「縢」有三種形體，一是从糸从朕作「縢」（見《包》、

〔註5〕參湖北省荊沙鐵路考古隊《包山楚墓》圖一二六，196 頁，文物出版社，1991年 10 月第 1 版。

《曾》等）。一是从糸从乘作「」（見《天》），可隸定爲「緷」，或从糸从勳（勝）作「」（見《包》），可隸定爲「繃」。一是从糸从賸作「」（見《曾》），可隸定爲「纘」。迄今所見的工具書均衹出「緷」和「繃」的隸定形體，如《楚系簡帛文字編》（滕壬生：1995：941 頁）、《包山楚簡文字編》（張守中：1996：197 頁）和《戰國文字編》（湯餘惠：2001：862 頁）等。顯然是個疏失。

「縢」的形體與《說文》所載同，所以不存在釋讀上的疑問。視「纘」爲「縢」，因有相關文例爲證，也容易理解。但「緷」「繃」因早期缺乏相關的例證而未能釋出。就在天星觀楚簡和包山楚簡出土的幾年後，考古學者發現了郭店竹簡，從而讓我們對這兩種形體有了新的認識。我們發現，在郭店的竹簡中，「勝」均从力乘聲（請參張守中等：2000：188 頁「勳」字條）。換言之，在楚方言中，从「朕」得聲的形體可以从「乘」。那麼，順理成章地，「緷」也可以作「縢」觀；而「繃」〔註6〕，則可以視爲「緷」的繁構，从勳（勝）得聲，如同「縢」作「纘」一樣。《說文》：「縢，緘也。从糸朕聲。」（卷十三糸部）在楚簡中，「縢」用如名詞，當指用以「緘」的織物。例：

「悳韋綠組之緷」（《天・策》）／「悳韋津雕綠組之緷」（《天・策》）／「綠組之繃」「紫繃」（《包》270）

如果我們進一步結合曾侯乙墓所出竹簡和包山楚墓所出木牘的用例考察，就會發現把「緷」和「繃」釋爲「縢」是可信的。試比較：

「綠組之縢」、「紫縢」（《包》牘 1）／「紫組之縢」（《曾》123）／「紫組之縢」（《曾》126）

這裏順便說一說（《包》94、278 反、《磚》370・1、《望》2・7）、「」（《分域》1096）二字。或隸定爲「賝」（張守中：1996：96 頁），或隸定爲「賹」（滕壬生：2008：609 頁）。當以後者嚴謹。字从貝从乘，據「乘」作聲符等同於「朕」的規律，字當釋爲通語的「賸」，爲方言形體〔註7〕。《說文》：「賸，物相增加也。」（卷六貝部）在楚地出土文獻中，「賸」用爲「贈（物）」，例：

〔註6〕　李家浩徑釋爲「縢」，未見詳說。參氏著《信陽楚簡「樂人之器」研究》，《簡帛研究》第 3 輯 10 頁，廣西教育出版社，1998 年 12 月第 1 版。

〔註7〕　楚地出土文獻有通語「賸」字，集中見於《曾》簡。參滕壬生（2008：601 頁）。

「……與仔門之里人一～，告僕言謂：」(《磚》370·1）／「……組之～十又（有）八。」(《望》2·7）／「黃夌且（組）之～八。」(《望》2·10）／「苛朧訟聖冢之夫＝（大夫）軛（范）豎以～田。」(《包》94）／「采膪（脰）尹之人豔㥯（愆）告絅多命以賹～。」(《包》278 反)、「～」(《分域》1096）

四、踺韠（楚縪）

踺韠（《包》276），可隸定爲「踺韠」，因有異文作「楚縪（縪）」(《包》牘 1、牘 1 反上)，讓我們知道「踺」相當於「楚」，當是楚方言形體。「韠」相當於「縪」，也是楚方言形體。《說文》無「縪」亦無「韠」。《玉篇》云：「縪，裳左幅也。」(卷二十七糸部）考察文例，「縪（韠）」似乎不是《玉篇》所解釋的意義。筆者以爲，「縪（韠）」可能是刑具。古文形體，从糸从韋義近可通。《說文》「韍」或作「紱」，即其證。「縪」从糸得義，「韠」从韋得義，表明它是纖維或皮革製成的鞭狀物。「楚」，荊木做成的刑杖。《禮記·學記》云：「夏、楚二物，收其威也。」鄭玄注：「夏，搯也；楚，荊也。二者用以撲撻犯禮者。」(《禮記注疏》卷三十六)《儀禮·鄉射禮》云：「楚撲長如苛，刊本尺。」注同《禮記》。因此，「踺韠（楚縪）」大概就是類似於《儀禮·鄉射禮》所載的「楚撲」。楚國律法有「笞」「鞭」二刑〔註 8〕，而包山墓主人又是一位司法官員，因此，以刑具陪葬也頗符合邏輯。例：

「白金大（鈦），赤金之鈺，紷組鐳（啚）之大（鈦），～。」(《包牘》1）／「一～。」(《包》牘 1 反上）／「白金之鈦，赤金之鋞（桎），紷組之鐳（啚）之鈦，～。」(《包》276）

踺，或隸作从車从足（湖北省荊沙鐵路考古隊：1991a：39 頁），或隸作从革从足（滕壬生：1995：431 頁。滕書失收从足从車者，殆一時疏漏)。當以前者爲是。從此例可知「楚」从「足」得聲，則古文字从「足」从「疋」可無別。

〔註 8〕據研究，楚國刑罰林林總總，包括：滅族、烹、車裂（或稱肢解、轘、磔)、斬、宮、刖、劓、墨、髡、笞、鞭、貫耳、梏、囚、放、沒爲奴，等。參張正明（1988：221～223 頁)。

五、會（合）觀（懽／歡）

《包》259：「一會觀之鰑。」

釋者把會觀二字隸定爲「會觀」，是準確的。不過，解讀就有問題了。或讀「會」爲「繪」，「觀」疑讀作「獾」，「鰑」讀爲「蕩」，以爲是盉一類的器物（湖北省荊沙鐵路考古隊：1991a：61 頁）。或讀「觀」爲「觀」，把「鰑」隸定爲「鰑」，通作「易（曶）」，訓爲「笏」，以爲是「對君命以備觀示之笏」（劉信芳：1992a：71 頁）。這種濫用通假的考釋方法難免讓人疑竇叢生。

會與合形近義通。《說文》云：「會，合也。从亼从曾省。曾，益也。凡會之屬皆从會。㣛，古文會如此。」（卷五會部）典籍可證：「不能五十里者不合於天子。」（《禮記・王制》）注云：「合，會也。」古文字材料也可以證明這一點：「《詩》所以會古含（今）之恃（志）也者，《春秋》所以會古含（今）之事也。」（《郭・語叢一》19～21）／「王子适之⿺辶會（會）盥。」（《王子适匜銘》）〔註 9〕／「蔡子□自乍會匜。」（《蔡子匜銘》／「凡興士被甲用兵五十以上〔必〕會王符乃敢行之燔隊事雖毋會符行殹」（《新郪虎符銘》）上引諸例的「會」都得讀成「合」。楚簡、典籍可證，試比較：「四合豆」（《包》266）／「二合簠」（《包》265）／「合符節別契券者，所以爲信也。」（《荀子・君道》）／「公子即合符，而晉鄙不授公子兵而復請之，事必危矣。」（《史記・信陵君傳》）「會盥」、「會匜」例同「合豆」、「合簠」；「會符」例同「合符節」、「合符」。凑巧的是，在包山所出竹簡中，也有「會」讀作「合」的例子：「一會」（《包》263）整理者說：「會，《說文》：『合也。』槨室中有一件銅盒，內盛四件小銅盒，似爲簡文所說的『會』。」（湖北省荊沙鐵路考古隊：1991a：62 頁）而「觀」之形構，也是顯而易見地與後起之「歡」相合，楚簡所載衹不過从觀得聲罷了。「懽」同「歡」。《說文》：「懽，喜㰻也。从心雚聲。《爾雅》曰：『懽懽愮愮，憂無告也。』」（卷十心部）又：「歡，喜樂也。从欠雚聲。」（卷八欠部）雖然《說文》并收二字，但彼此意義接近，所以典籍中每每通作（用例繁多，兹不贅列），即便是出土文獻，例如郭店所出楚簡，也每每以

〔註9〕 張亞初釋作：「王子适之⿺辶會畫（浣）。」見氏著《殷周金文集成引得》155 頁，中華書局，2001 年 7 月第 1 版。步雲案：所釋「⿺辶會」「畫」二字容有可商。此處不贅。

「懽」作「歡」。因此，「會（合）歡（𩆜）」也就是傳世文獻常見的「合歡」。

「合歡」本是植物名，據《辭源》所釋：「葉似槐葉，至晚則合。故也叫合昏，又寫作合棔，俗稱夜合花、馬纓花、榕花。……古代常以合歡贈人，說可以消怨合好。」因此而產生了「聯歡」的意義，例如：「故酒食者，所以合歡也。」（《禮記・樂記》）又：「雖使鬼神請亡，此猶可以合驩聚眾，取親於鄉里。」（《墨子・明鬼下》）「驩」通作「歡」。楚地傳世文獻也見「合驩」一詞：「以聏合驩，以調海內。」（《莊子・天下》）

在傳世文獻中，「合歡」通常用爲修飾語，有所謂「合歡盃」、「合歡席」、「合歡扇」、「合歡被」、「合歡帽」等等名物〔註10〕。因此，「觴」顯然就是「觴」的簡省。《說文》：「觴，觶。實曰觴，虛曰觶。从角𥏻省聲。」（卷四角部）事實上，「𥏻」卻是从「昜」得聲的。《說文》卷五矢部「𥏻」字正作「煬」，說明「省聲」云云，可能并不正確。所以，後出的字書都把「觴」視爲「觴」（滕壬生：1995：356 頁；湯餘惠：2001：282 頁），實在是很正確的。包山楚墓中正好出土了一件所謂的「雙連盃」〔註11〕，實際上就是這件「合歡之觴」。名爲「合歡之觴」，可能相當於後世的「合歡盃」。

六、壆（坳）

新蔡簡有一字，作[illegible]，从土从幽从子甚分明，可以隸定爲「壆」（張新俊、張勝波：2008：208 頁）。原篆可能从土學聲。《郭》簡有「學」字，分別見於《成之聞之》34 和《窮達以時》15，前者爲「幼」，後者通作「幽」。字也見於《中山王譽鼎銘》，作[illegible]，从子幽聲，是「幼」的異體。因此，簡文「壆」也就是「坳」。

《說文》：「坳，地不平也，从土幼聲。」（卷十三土部新附）先秦傳世典籍中，祇有楚地文獻見「坳」字：「覆杯水於坳堂之上，則芥爲之舟，置杯焉則膠。」（《莊子・內篇・逍遙遊》）因此，頗疑心「壆」、「坳」都是楚方言形體。

在楚地出土文獻中，「壆」祇有一例，用如土地神祇名：「……～城一豢。」

〔註10〕 關於諸詞中的「合歡」，葉晨輝別有說解，認爲是指形制。參氏著《合歡解》，載《山西大學學報》1980 年 1 期 70～71 頁。

〔註11〕 參看湖北省荊沙鐵路考古隊《包山楚墓》彩版六、圖版四二，文物出版社，1991 年 10 月第 1 版。

（《新蔡》甲三：392）

「坳城」，乞靈於音韻，或許即「凹城」。傳世典籍載有兩處「凹城」。《今本竹書紀年》：「（成王）十四年，秦師圍曲城，克之。」清・韓怡注云：「一本作『圍凹城』。」（《竹書紀年辨正》卷三）即便「曲城」本作「凹城」，其地望恐怕也去之過遠。《元史・洪福源（俊奇、君祥、萬）列傳》：「八年戍河南，九年掠淮西，破其大凹城。」（卷一百五十四）此處「凹城」，從地理位置考慮，比較接近，衹是文獻偏晚。

楚地出土文獻本有「幼」（《包》3）字，可以視爲通語用字；而「學」，可以視爲方言形體，迄今所知，流行於中山、荊楚兩地。當然也有可能，「幼」、「坳」都是楚方言用字，而「學」、「壆」爲通語用字。不過，這需要更多的例證。

七、囿

，原篆或釋爲「折」（徐在國：1996：179～180頁）。未確。《說文》：「囿，苑有垣也。从囗有聲。一曰禽獸曰囿。，籀文囿。」（卷六囗部）古文字从草从木或可無別，例如「蔦」又作「樢」（見《說文》）。原篆从四草，象苑囿之形，與「」形近，僅省去「囗」而已。楚語殆用爲畜馬之所，例：

> 「某～之黃爲右驌（服）。」（《曾》143）／「某～之少騍爲左驂。」（《曾》146）／「某～之大騍爲右驌（服）。」（《曾》146）／「某～之驓（黔）爲左驌（服）。」（《曾》151）／「某～之騮爲右驂。」（《曾》175）

八、侸（豎）

，原隸定爲「侸」，謂讀作「鬭」（湖北省荊沙鐵路考古隊：1991a：43頁）。隸定無誤，但「通」則不知何據。《說文》：「侸，立也。从人豆聲。讀若樹。」（卷八人部）又：「豎，豎立也。从臤豆聲。」（卷三臤部）可知「侸」「豎」兩字音同、形近、義近，同源的可能性相當大。在傳世文獻中，「豎」又可用如「小臣」。《左傳・僖二十四》：「初，晉侯之豎頭須，守藏者也。」杜預注：「豎，左右小吏。」又《周禮・天官冢宰》：「內豎倍寺人之數。」鄭玄注云：「豎，未冠者之官名。」（《周禮注疏》卷一）從上引書證以及字形分析，可以瞭解到「豎」相當於後世的「小厮」，本由少年出任。字从臤，象手戟指於目上之形，象徵「臣服」。楚文字从人，與从臤同義。因此，即便不認同「佢」就是「豎」，起碼也得讀之爲「豎」。

在楚地出土文獻中，「佢」大概指權勢者的小臣。例：

「九月戊戌之日不謹（對）公孫轅之～之死，阩門又敗。」（《包》42）／「……一紅綝之～……」（《望》2・57）

《望》簡用例，可能指「佢」俑。

九、少（小）僮／少（小）童

《說文》：「童，男有辠曰奴，奴曰童。女曰妾。」（卷三䇂部）又：「僮，未冠也。」（卷八人部）在楚地出土文獻中，「童」、「僮（𡔂）」似乎互用無別。最典型的例子是楚人的先祖「老童」。在傳世典籍中多作「老童」，偶作「老僮」。而在楚地出土文獻中，《包》簡都作「老僮」，《新蔡》簡大都作「老童」，偶作「老嬞」（乙一：22）。那麼，楚簡的「少（小）童」與「少（小）僮」恐怕也是沒有分別的。先秦傳世文獻衹有「小童」。例：「九年春，宋桓公卒，未葬，而襄公會諸侯。故曰子。凡在喪，王曰小童，公侯曰子。」（《左傳・僖九》）鄭玄云：「小童，若云未成人也。」又：「黃帝曰：『異哉，小童！非徒知具茨之山，又知大隗之所存。請問爲天下。』」（《莊子・雜篇・徐無鬼》）及至漢代，文獻始見「小僮」一詞。例：「東方小僮舞之。」（董仲舒《春秋繁露》卷十六）又：「書館小僮百人以上，皆以過失袒謫。」（王充《論衡》卷三十）由上引書證，可以推測《說文》的解說可能存在問題，要不就是典籍有所訛誤。楚簡「少（小）童」「少（小）僮」并見，意義、用法都無不同。足以證明「僮」可能是「童」的孳乳字。「童」本指「未冠」，引申之指「罪奴」，於是產生了「僮」。當然也有可能像「叟－傁」（《說文》卷三又部）一樣，衹不過是一字之異而已。「小童」本古語詞，泛指小孩兒。春秋時候，意義有所發展。楚人衹是沿用古語，而用作小孩兒的泛稱罷了。例：

「审（中）告（造）戠～羅角。」（《包》180）／「𠜱（份）戠之～盬族邚（越）一夫……」（《包》3）

十、儥、瘄／瘄

𧶠，原隸定爲「儥」，或讀爲「置」，或讀爲「得」（湖北省荊沙鐵路考古隊：1991a：47、50 頁）。，原隸定爲「𤸫」，謂辥聲，讀如孽（湖北省荊沙鐵路考古隊：1991a：58 頁）。或隸定爲「瘨」（滕壬生：1995：630 頁）。或隸定作「癀」（滕壬生：2008：711 頁）均有可商。前者宜隸定作「儨」（張守中：1996：96 頁）。後者宜隸定作「𤸫」（張新俊、張勝波：2008：148 頁）。

「儨」，《包》簡中凡六見，除《包》152 外，均爲人名：

「大（太）帀（師）～」（《包》52、55）、「邸（越）異之大（太）帀（師）邸（越）～。」（《包》46）、「郏傸𢻻（邀）馬於下鄰，～之於陽城。」（《包》120）、「新迅黃～」（《包》174）。

「儨」可能是「辥」的楚方言形體。西周金文有「」（《毛公厝鼎銘》）字，但迄今爲止楚地出土的先秦文獻卻不見「辥」字，而雲夢秦簡卻有「辥」（張守中：1994：218 頁）。這是頗出人意料的。《說文》：「辥，辠也。从辛辥聲」（卷十四辛部）「儨」，當从人从貝辥聲，其造字理據大概指人涉及錢財方面的罪行。之所以認爲同「辥」，是因爲「𤸫」的存在。「𤸫」从疒儨聲殆無異議，而它在楚地出土文獻中正用如「孽」。《說文》：「孽，庶子也。从子辥聲。」（卷十四子部）也就是說，既然「𤸫」是「孽」的楚方言形體，那麼，「儨」極有可能就是「辥」的楚方言形體。至於《包》152：「𣪠飤田，疠於債。骨儨之。」「儨」殆通作「𤸫」，即「孽」。

在傳世文獻中，「孽」多用如「妖害」義。例如《左傳・昭十》：「蘊利生孽，姑使無蘊乎。」杜預注云：「孽，妖害也。」「孽」有時甚至與「妖」連用。例如：「心和而出，且爲聲爲名，爲妖爲孽。」（《莊子・人閒世》）又如：「春則黃，夏則黑，秋則蒼，冬則赤，其妖孽有生如帶，有鬼投其陴。」（《呂氏春秋・季夏紀・明理》）如果《說文》的解釋無誤，那麼，用作妖孽之「孽」當屬通假。然而，在楚地出土文獻中，「𤸫」都用爲「孽」。例：

「亘貞（貞）：吉，疠（病），又（有）～，以亓（其）古（故）敚（㪇）之。」（《包》247）／「無咎，少有～。」（《天・卜》）／「疾，有～。」（《天・卜》）／「夜中有～。」（《天・卜》）／「……瘥，有𤸫……」（《望》1・65）／「……有～，遲瘥……」（《望》1・62）／「亘貞（貞）吉，無咎。疾罷～罷也。至九月又（有）良閒。」（《新蔡》甲一：22）／「……瘻（瘥），又（有）～。」（《新蔡》

甲一：24）／「占之：吉，不～。」（《新蔡》甲三：192＋199～1）／「……～，以亓（其）古（故）敚（斁）〔之〕。」（《新蔡》乙二：41）／「〔占〕之：吉，不～。」（《新蔡》零：184）

「⿸疒儥」或省「人」作「⿸疒賣」，而其意義、用法不變。例：

「牆（將）爲～於後……」（《新蔡》甲二：32）／「……亘貞（貞）無咎，疾罷～罷也。」（《新蔡》甲三：284）／「無咎，疾逹（遲）瘥（瘥），又（有）～。」（《新蔡》乙三：39）／「……～，以亓（其）古（故）敚（斁）之。」（《新蔡》乙三：61）／「亘貞（貞）：吉，疾卞（變），又（有）～，遞瘥（瘥）。以亓（其）古（故）敚（斁）之。」（《包》239～240）

「⿸疒儥」能夠招致疾病、禍殃，讓人懷疑它就是「妖孼」的「孼」的本字。从疒，當然較之从子更能體現「害」的意義。

十一、⿸虍角（壺）

，諸家隸定爲「⿸虍角」，當無問題。但是，或以爲當存疑（湖北省文物考古研究所、北京大學中文系：1995：125 頁）；或以爲讀如「觳」（湖北省荊沙鐵路考古隊：1991a：59 頁）；或以爲「⿰金壺」字（郭若愚：1994：72 頁、126 頁）。均有所未逮。「⿸虍角」从角从虎省。當从角得義，从虎得聲。可能就是「壺」的楚方言形體。「虎」古音曉母魚韵、「壺」匣母魚韵。據研究，曉、匣二紐同屬見系曉組〔註 12〕。那麼，以虎爲聲符的「⿸虍角」和「壺」的讀音應無別。《說文》：「壺，昆吾圜器也。象形。」（卷十壺部）在楚地出土文獻中，「⿸虍角」都用爲器名。例：

「二牆（醬）白之～，皆敝（彫）；二翠（羽）～，皆彤中、桼（漆）外。」（《包》253）／「二～盍（蓋）。」「……二牆（醬）白之～，皆敝（彫）。」（《包》254）／「羽～一堣（偶）。」（《仰》25・35）／「龍～一堣（偶）。」（《仰》25・36）／「四～，皆……」（《望》2・47）／「……衛（衛）以二～……」（《望》2・58）

〔註 12〕 參曹述敬《音韻學辭典》240～241 頁，湖南出版社，1991 年 9 月第 1 版。

從上引用例可知，「觴」都是漆木器。楚地墓葬曾出土過許多壺，有青銅的〔註13〕，有陶土的〔註14〕，也有漆木的〔註15〕。更為久遠的文字也有「壺」字〔註16〕。然而，迄今為止楚文字卻無「壺」字，連出有壺的墓葬，其遣策也不載「壺」字。邏輯上說不過去。因此，「觴」的指稱對象可能就是漆木壺，亦即「壺」的楚方言形體。漆木器的質感類似獸角，所以字从角。

十二、蚄（妨）

[illegible]，或隸定為「⿱亡虫」（張守中等：2000：181頁）。或釋為「殺」〔註17〕。「蚄」當是「妨」的楚方言形體。《說文》：「妨，害也。」（卷十三女部）例：

「豊（禮）不同，不寡（害）不～。」（《郭・語叢一》103）

「蚄」字《說文》不載，《集韻》則有：「蚄，蚄蚄，蟲名。食苗者。」（卷三陽韻）儘管在文獻中，「蚄蚄」二字常常連用，但我疑心「蚄蚄」還是應該分讀，指稱兩類相似而不同的昆蟲。賈誼云：「毒蠚、猛蚄之蟲密，毒山不蕃，草木少薄矣。」（《新書・禮》卷第六）如果「蚄」真與楚簡的「⿱亡虫」有聯繫的話，那麼，當源於其戕害的意義，而从虫較之从女顯然更能體現「害」的意義。

在楚地出土文獻中，「⿱亡虫」也可以通作「方」，有兩個用法：

（一）用為名詞，道；原則。例：

「孝之～，⿱亯心（愛）天下之民。」（《郭・唐虞之道》7）

（二）用為副詞，就；纔。例：

〔註13〕例如江陵馬山一號楚墓即出有青銅壺。參湖北省荊州地區博物館《江陵馬山一號楚墓》72頁，圖六二，文物出版社，1985年2月第1版。又如包山二號楚墓出土了六件青銅壺。參湖北省荊沙鐵路考古隊《包山楚墓》105頁，圖六四，以為「鉼銅」指此。文物出版社，1991年10月第1版。

〔註14〕例如包山一號楚墓即出有陶壺。參湖北省荊沙鐵路考古隊《包山楚墓》26頁，圖一四，文物出版社，1991年10月第1版。

〔註15〕例如包山二號楚墓即出有四件漆木壺。參湖北省荊沙鐵路考古隊《包山楚墓》134頁，圖八四，文物出版社，1991年10月第1版。

〔註16〕參容庚（1985：701～704頁）。

〔註17〕梁立勇讀為「豊（禮）不同，不奉（豐）不殺」。參氏著《〈語叢〉雜識》，謝維揚、朱淵清主編《新出土文獻與古代文明研究》281頁。步雲案：梁說於文獻有徵，但字形頗有不合，尤其是[illegible]凡三見，釋為「殺」並不能通讀所有文例。

「慜（愛）皋（親）則其～慜（愛）人。」（《郭・語叢三》40）

十三、翟

翟，原篆从羽从能，最早見於《鄂君啓舟、車節銘》，後來又見於楚簡，諸家隸定爲「翟」，并無異議。但考釋方面則眾說紛紜，莫衷一是：或徑作「能」（徐中舒：1984：473 頁；容庚：1985：688 頁）。或釋爲「翼」，讀爲「代」（朱德熙、李家浩：1989）。或謂當即罷之本字（吳郁芳：1996：75～78 頁）。或讀爲「乃」、「仍（礽）」（陳偉武：1997）。或釋爲「能」，讀爲禜（孔仲溫：1997）。幸好後來發現了郭店以及新蔡楚簡，纔讓我們認識了這個「翟」字。《郭・五行》所引「要（淑）人君子，其義（儀）翟也。」，傳世本《毛詩》作「淑人君子其儀一兮」（《曹風・鳲鳩》）。又新蔡以及包山等地所出楚簡屢見「翟禱」一語，然而，新蔡簡又有「弌禱」（乙四：82、乙四：148）。可證「翟」相當於「一」或「弌」〔註 18〕。順理成章地，《鄂君啓舟、車節銘》以及楚簡中的「翟」也就可以讀爲「一」了〔註 19〕。例：

「歲～返。」（《鄂君啓舟節銘》，另例見車節）／「～禱於卲王戠牛，饋之；～禱於文坪栾君、郚公子春、司馬子音、鄝公子家各戠豢、酉（酒）飤（食），夫人戠豬（腊）。」（《包》200）／「～禱於卲王戠牛，饋之；～禱於文坪栾君、郚公子春、司馬子音、鄝公子家各戠豢、酉（酒）飤（食）、夫人戠豬（腊）、酉（酒）飤（食）。」（《包》203～204）／「～禱於卲王戠牛、大鑋、饋之。」（《包》205）／「～禱於文坪栾君、郚公子春、司馬子音、鄝公子家各戠豢，饋之。」（《包》206）／「～禱惠公。」（《天・卜》）／「～禱西方全豬（臘）。」（《天・卜》）／「～禱卓公。」（《天・卜》）／「～禱大禞戠牛。」（《天・卜》）／「～禱社戠牛。」（《天・卜》）／「～禱王孫巢冢冢。」（《望》1・119）／「～禱先君東邘公戠牛，饋〔之〕。」（《望》1・112）

〔註 18〕 范常喜認爲「异禱」即「翟禱」，也注意到「弌禱」與「翟禱」存在聯繫。參氏著《新蔡楚簡「异禱」即「翟禱」說》，武漢大學簡帛研究網站・楚簡專欄（http://www.bsm.org.cn/index.php），2006 年 10 月 17 日首發。

〔註 19〕 王連成以爲不能簡單地釋爲「一」，而應釋爲「蠪」，讀爲「忽」。見氏著《也談楚簡中的「翟」字》，載「簡帛研究」網站（www.jianbo.org），2006 年 11 月 12 日。

／「『旻（淑）人君子，其義（儀）～也。』能爲～，肰（然）句（後）君子。」（《郭・五行》16）／「以～禱大牢饋，鐘樂之。」（《新蔡》甲三：136）

然而，「翟」并非都讀爲「一」不可。例如「福（富）而貧（分）賤，則民谷（欲）其福（富）之大也。貴而翟纕，則民谷（欲）其貴之上也。」（《郭・成之聞之》18）〔註20〕又如：「恒貞吉，無咎。疾翟瘻翟也。至九月又（有）良閒。」（《新蔡》甲一：22）／「……恒貞無咎，疾翟瘻翟也。」（《新蔡》甲三：284）／「……恒貞，𣐌亡（無）咎，疾翟……」（《新蔡》甲三：365）再如：「孔子曰：『肥，從又（有）司之遂（後），翟不嘗（知）民矛（務）之安才（在）？』」（《上博五・季康子問於孔子》1）〔註21〕這些例子中的「翟」，能否讀爲「一」是存在疑問的。

即便知道「翟」用如「一」，也祇解決了其釋義問題。它的讀音爲什麼與「一」相同的問題仍懸而未決。有學者認爲「翟」即「熊」字，也就是「酓」，「酓」「一」古音相近可通〔註22〕。也有學者認爲「翟」是古侗台語的「標音字」〔註23〕。前一說因楚地文獻本有「熊（能）」（《包》156、《帛・乙》見「熊」字，《信》1・018、《郭・老子》等見「能」字）、「酓」（《楚王酓審盞銘》等）二字而難以成立，尤其是在「能爲翟，然（肰）句（後）君子。」（《郭・五行》16）這樣的句子中，難保不產生歧義。後一說則過於輾轉而讓人心生疑惑。也許，《新蔡》甲三：22＋59「𦐇日癸丑」的這個例子會給我們提供幫助吧。「𦐇」、「翟」二字可能是異體，同是从能得義，「翟」字翊省聲，「𦐇」字昱省聲。《說文》有「翊」無「翌」（祇見於說解，詳下）：「翊，飛皃。从羽立聲。」（卷四羽部）又：「𣊫，翌也。从明亡聲。」（卷七朙部）又：「昱，明日也。从日立聲。」（卷七日部）段玉裁說：「按：翊字本義本音僅見於此。經史多假爲昱字，以同立聲也。《釋言》曰：翌，明也。《尚書》五言翌日，皆訓明

〔註20〕裘錫圭讀「翟纕」爲「能讓」。文義上非常暢順。參荊門市博物館（1998：169頁）。後出的上博簡有例證：「貴而能壤（讓）。」（《上博五・君子爲禮》9）

〔註21〕原讀「翟」爲「抑」（馬承源：2005：200頁）。步雲案：當讀爲「能」。

〔註22〕參鄭剛《楚簡道家文獻辨證》115～118頁，汕頭大學出版社，2004年3月第1版。

〔註23〕參鄭偉《釋翟》，載「簡帛研究」網站（www.jianbo.org），2006年2月25日。紙質文本爲《古代楚方言翟字的來源》，載《中國語文》2007年4期。

日，一言翌室，訓明室。天寶間盡改爲翼，凡《尚書》翼字訓敬，訓輔，與訓明者混同無別。自衛包始，漢、魏、晉、唐初皆有翌日，無翼日。郭璞、玄應、李善引《尚書》皆作翌日。自同其字，又同其音。」（《說文解字注》卷四羽部翊字條）顯然，用爲「明日」意義的應是「昱」，後世作「翌」，爲通假，「翊」則是「翌」的異體。如上所引，「⿱⿰彡彡能」在文例中用爲「翌」是沒有疑問的，也就是說，「⿱羽能」大概又可以用爲「翌」，從楚簡所載看，當時可能既有「翌」字也有「昱」字，因此，字从能得義，分別翊省聲或昱省聲，而所用無別。據音韵學家研究，「翌」、「一」古音接近，前者喻紐職部，後者影紐質部〔註 24〕，如果把方音因素考慮在內，兩字讀音可能相同〔註 25〕。甲骨文有稱之爲「周祭」的五種祀典，其中之一便是「翌」〔註 26〕。而楚簡「⿱羽能」往往與「禱」連用，也許正是商代祭祀禮儀在楚地的沿用。「弌禱」可能通作「⿱羽能禱」，也就是「翌禱」。因此，上引朱德熙、李家浩釋之爲「翼」當最接近正解。

不過，因爲「⿱⿰彡彡能」僅一見，當然也不能排除是「⿱羽能」的訛誤。無論如何，有《新蔡》甲三：22＋59一例，對我們理解「⿱羽能」的得音不無助益。

此外，還有一個問題尚待解決，那就是爲什麼楚人使用這麼個「一」字？何況還是在有「一」的情況下。

十四、縈／祱／敓（敚）

，釋者隸定爲「縈」，或體，隸定爲「祱」。都無異議。學者們多引《魏一體石經〈論語·學而〉》及《周禮·春官宗伯（下）·大祝》書證而讀之爲「說（同脫）」（湖北省荊沙鐵路考古隊：1991a：53 頁；湖北省文物考古研究所、北大中文系：1995：93 頁）。或以爲諸形都是祝字，即「祟」（孔仲溫：1997）。可能都不甚準確。

〔註 24〕 參唐作藩《上古音手冊》153、155 頁，江蘇人民出版社，1982 年 9 月第 1 版。

〔註 25〕 今天的武漢話、長沙話、雙峰話、南昌話，「一」、「翼」的讀音是相同的。尤其值得注意的是南昌話，「一」、「翼」均念〔it〕，換言之，也都是質部字。參北京大學中國語言文學系語言學教研室《漢語方音字彙》95、98 頁，文字改革出版社，1989 年 6 月第 2 版。

〔註 26〕 參徐中舒主編《甲骨文字典》385～388 頁，四川辭書出版社，2006 年 9 月第 2 版。

「祭」从示从敓，從它在文例中的意義考慮，字當从示敓聲；「祱」从示从兌，可視爲「敓」省。筆者以爲，「祭（祱）」可能就是「㪍」字。《說文》：「㪍，楚人謂卜問吉凶曰㪍。㪍从又持祟，祟亦聲。讀若贅。」（卷三又部）「祭（祱）」字所用，正是如此：「以丌（其）古（故）祭之。」（《包》218）又：「以丌（其）古（故）祱之。」（《包》210，又見《天・卜》、《望》1・49等）十分切合文義。然而，其語音卻與「㪍」有些距離。音韻學家以爲，敓（兌）屬定紐月部，祟屬於邪紐物部〔註27〕。幸好「祭（祱）」在楚地出土文獻中又用如「祟」。例如：「占之，恒貞吉，又（有）祭（祟）見（現）。」（《包》223）又如：「……亘（恒）貞吉，又（有）見（現）祱（祟）。」（《望》1・49）再如：「甲寅之日，疠（病）良瘷（瘥），又（有）祭（祟）。」（《包》218）最後如：「又（有）祭（祟）見（現），新王父殤（禓）。」（《包》222）可見「祭（祱）」、「㪍」二字在楚方言中的讀音是完全相同的。這也爲上古漢語音韵的研究提供了一個很好的例證。

《玉篇》：「祱，始銳切，《博雅》云：祭也。」（卷一示部）《集韻》：「祱，門祭謂之祱。通作皖。」（卷七去聲太韻十四）如果字書所載的「祱」正是來源於「祭」的話，其意義明顯有了發展變化。

楚簡又見「敓」字，也可用如「㪍」。例如：「以其古（故）敓之。」（《包》227、229）《說文》云：「敓，彊取也。」（卷三攴部）可見這些用例的「敓」爲通假無疑。楚簡可證：「审易■盤邑人郘■以訟坪易之枸里人文追，以其敓妻。」（《包》97）是用爲本字之例。

關於「㪍」，杭世駿（《續方言》卷下葉二）、劉賾（1930：154頁）均有考。若「祭（祱）」即「㪍」的結論可以成立，可補舊說。

十五、𨑹／𢓊

𨑹、𢓊，原篆分別隸定作「𨑹」和「𢓊」，并引徐中舒說讀作「將」（湖北省荊沙鐵路考古隊：1991a：42頁）。或以爲當分別讀爲「詳」、「將」和「徉」（劉信芳：1996a：78～86、69頁）。或謂當讀爲「將」（黃德寬：2002）。都衹

〔註27〕參唐作藩《上古音手冊》31、32、125頁，江蘇人民出版社，1982年9月第1版。

能切合部分文例。

甲骨文已經有表將來時間的「將」字〔註 28〕，但金文卻迄今未見。因此，春秋戰國以後的出土文獻通常用「牆（醬）」爲「將」，例如：「州人牆（將）敷（捕）小人。」（《包》144）顯然，再把「□」和「□」讀爲「將」就不是那麼合適了。

從字形看，筆者本傾向於釋爲「徉」。今天，我寧願釋之爲「逆」。楚簡已有「逆」字（例如《包》271、275，這大概也是整理者不再把此字釋爲「逆」的原因）。其實，除了「□」多了一匚外，「□」與「逆」的形體實在是非常接近的。再結合「逆」字的另一種隸定形體「□」考慮，實在有理由相信這兩個形體都是「逆」。當然，何以存在兩種形體，筆者目前還無法作出合理的解釋。最關鍵的是，帛書有「□」這麼一字，我以爲同「□」、「□」，尤其是「□」（《包》228），最爲接近〔註 29〕。「□」一般隸定爲「遊」，學界比較一致的意見是釋爲「逆」（曾師憲通：1993a：96 頁）。例：

「日月星辰，～亂其行。」「緩（盈）絀（縮）～亂，卉木亡尚。」（《帛・乙》）

文義暢曉，可稱定讞。

「遊」又用如「失」。例：

「是以聖人亡爲古（故）亡敗，亡執古（故）亡～。」（《郭・老子甲》11）／「得之若纓（驚），～之若纓（驚）。是胃（謂）態（寵）辱纓（驚）。」（《郭・老子乙》6）／「爲之者敗之，執之者～之。」（《郭・老子丙》11）／「不使此民也憂亓（其）身，～亓（其）體。」（《郭・六》41）／「母（毋）～虐（吾）埶（勢），此埶（勢）行矣。」（《郭・語二》39）／「得者樂，～者哀。」（《郭・語三》59）

「遊」既用如「失」，當爲通假。「逆」古音疑紐鐸韵；「失」古音書紐質

〔註 28〕 參譚步雲《武丁期甲骨文時間修飾語研究》，載《2004 年安陽殷商文明國際學術研討會論文集》，社會科學文獻出版社，2004 年 9 月第 1 版。

〔註 29〕 何琳儀也認爲「遊」爲「□」繁構，讀爲「逆」。換言之，「□」當釋爲「逆」。參氏著《戰國古文字典》674 頁，中華書局，1998 年 9 月第 1 版。

韵。即便放在現代漢語方言的語音環境中觀察，兩字的讀音也存在一定的距離〔註30〕。然而，「逹」也可以用爲「失」。例：

「亞（惡）逹（失）＝，（失）道於脂（嗜）谷（欲）。」（《上博七・武王踐阼》9）／「立（位）難尋（得）而惕（易）逹（失）。」（《上博七・武王踐阼》10）

可見「遊」、「逹」二字的讀音乃至用法完全相同。因此，當把「逹」、「逹」釋爲「逆」。

通過以下文例，我們可以發現，「逹／𢕩」讀爲「逆」完全可以切合楚地出土文獻的所有用例：

（一）《說文》：「逆，迎也。从辵屰聲。關東曰逆，關西曰迎。」（卷二辵部）例：

「大司馬卓滑～楚邦之（師）徒以救郙之歲。」（《包》226等，凡十一例）

（二）由「迎接」的意義引申爲「會同」。例：

「不～龔倉以廷。」（《包》19）／「不～邻大司敗以盟。」（《包》23）／「越涌君贏～其眾以歸楚之歲。」（《常》1）

至於西周金文中的「逹」（《史頌簋銘》），似乎也可以讀爲「逆」。不過，由於西周金文也有「逆」字，而且兩字形體相去較遠，因此，「逹」和「逹」恐怕不是一字，儘管它和「逹」也許有著一定的源流關係。

十六、卡（弁）

卡，釋者隸定爲「卡」（湖北省荊沙鐵路考古隊：1991a：25 頁）。字書不載。《郭》簡有「卡」，或隸定爲「卡」（張守中等：2000：2 頁）。《郭・六德》云：「君子不卡，如道。」（5）又：「男女卡生言」（31～32）又：「男女

〔註30〕參北京大學中國語言文學系語言學教研室《漢語方音字彙》66、80 頁，文字改革出版社，1989 年 6 月第 2 版。也許如此，有學者改釋爲「逸」。參趙平安《戰國文字的「遊」與甲骨文「𡴘」爲一字說》，載《古文字研究》22 輯，中華書局，2000 年 7 月第 1 版。也有學者改釋爲「迭」。參李家浩《讀〈郭店楚墓竹簡〉瑣議》，載《中國哲學》第 20 輯，遼寧教育出版社 1999 年 1 月第 1 版。

不卡，父子不新（親）。」（37）第一個「卡」可以讀爲「辯」，後兩個「卡」當讀爲「辨」。回過頭來看看包山簡所見，字形上微有不同，但大體可斷定爲同一字，恐怕就是「弁」的不同寫法。「[illegible]」字凡二見，都在《包》121 中，可以讀爲「辯」。例：

「小人信～：下蔡關里人雇女返、東郊里人場貯、蓳里人競不割晋（並）殺畲（余）睪於競不割之官。而相～棄之於大逄（路）。」（《包》121）

所謂「信卡（辯）」，相當於後世的「申辯」；所謂「相卡（辯）棄之於大逄（路）」意思就是：互相爭辯要不要把畲（余）睪的尸體拋棄於大路上。

十七、坴（附論郤、格）

坴，原篆隸定爲「坴」，并無異議〔註31〕。諸家無考。筆者以爲，雖然楚地文獻有「各」字，但它可能是楚方言表「至也」的「各」的形體。這是因爲，在楚簡中，「各」多用爲「各自」、「分別」。《說文》：「各，異辭也。从口夂。夂者，有行而止之不相聽也。」（卷五口部）那麼，「各自」、「分別」當是其本義。不過，在金文中，「各」基本上用如「至」。可能「至」才是「各」的本義。在楚地文獻中，衹有帛書的「各」用如「至」。此外，楚簡別見从二「各」者（《信》1·01），應是「各」的繁體（增益聲符「各」），亦用如「至」。也許是爲了區別意義，楚人另造「坴」字，以表「至」的意義。「坴」象足踏土地之形，比「各」所表「至」義更爲清晰。而「各」，則用以表「各自」、「分別」的意義，尤其是在《包》簡中，無一例外。這種情況，有點兒像文獻中的「各」、「格」的情況。前者表「各自」、「分別」，後者表「至」。「坴」在楚地出土文獻中用爲：

1. 至；來。例：

「訟羅之廡或（域）之～者邑人郘女。」（《包》83）

〔註31〕 學者或徑作「各」，無說。例如李紹曾《試論楚幣蟻鼻錢》，載河南省考古學會《楚文化研究論文集》151 頁，中州書畫社，1983 年 9 月第 1 版。又如天津市歷史博物館編《天津市歷史博物館藏中國歷代貨幣》（第一卷）186 頁，天津楊柳青畫社，1990 年 4 月第 1 版。

2. 間隔的框，通作「格」。例：

「二□～仉。」（《包》261）

3. 用爲人名。例：

「車轇～斨。」（《包》157）／「石～刃。」（《石圣刃鼎銘》／「冶帀（師）紹～、佐陳共爲之。」（《酓忑鼎器銘》）／「冶帀（師）絮～、佐陳共爲之。」（《酓忑盤銘》）／「冶紹～、佐共爲之。」（《冶紹圣匕銘》）

楚系金文又有「圣朱」，當讀爲「格銖」，爲度量單位。在楚地出土文獻中有兩個用法：

1. 重量單位，可能相當於「分」，即1／10（或1／12）銖。例：

「郢姬府所造，重十㝠（瓮）四㝠（瓮）～。」（《挪陵君王子申攸豆銘》）

2. 貨幣單位，1／10或1／12銖。例如：

「～」（貝幣文）

《說文》：「銖，權十分黍之重也。」（卷十四金部）又：「稱……其以爲重：十二粟爲一分，十二分爲一銖。」（卷七禾部）顯然，一銖可分成十或十二等分，反映在衡器上即有十或十二刻度，這刻度列國就稱爲「分」。據上引文例可知，「圣（格）朱（銖）」的度量小於「銖」。可能地，楚方言的「圣（格）朱（銖）」就是列國的「分」，即1／10（或1／12）銖。迄今所見先秦衡器，衹有十等分刻度的，未見有十二等分刻度的。當然，因爲現存的這兩件衡器都是楚物，讓我們有理由相信，楚人使用十進制。那麼，「圣（格）朱（銖）」可能爲1／10銖，而不是1／12銖〔註32〕。今天的廣州話仍稱刻度爲「格」，可謂淵源有自。

楚簡別見从「圣」之字，一作[illegible]（《包》163），一作[illegible]（《包》269等）。前者可隸定爲「郄」，後者可隸定爲「梥」。

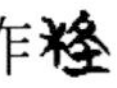

「郄」用爲地名可無疑，但其具體所指，則有待考證：「～邑人鄴彼、�」（《包》163）

〔註32〕參馬承源主編《中國青銅器》317頁，上海古籍出版社，1988年7月第1版。又劉彬徽（1995：372頁）。

而「梏」，則可以肯定是「格」的楚方言形體。有兩個義項：

1. 類似於「臿」的工具。例：

「斁（釋）板～而為晝（朝）卿，堣（遇）秦穆。」（《郭・窮達以時》7）

文獻中往往「板」「臿」并舉。例如：「以冬無事之時，籠、臿、板、築各什六。」（《管子・度地》卷第十八）因此，上引文例的「梏」可能類似於臿，可用於版築。

2. 類似於「戟」的兵器。《釋名・釋兵》：「戟，格也。旁有枝格也。」（卷七）例：

「一～」（《包》牘 1、《天・策》）

在古代，工具和兵器往往二位一體。因此，「格」既可以指稱工具又可以指稱兵器。

十八、敍／畬（除）敂（敺）

，見於楚帛書，通常隸定為「畬敂」，讀為「除去」。雖無不妥，但總不如作「除驅」順暢。

《說文》：「敍，次第也。从攴余聲。」（卷三攴部）楚地文獻多見：「（且）敘於宮室」（《包》211）「囟攻敘於宮室。」（《包》229）「既敍之。」（《新蔡》甲三：201）「敍」或作「畬」：「殺殄（戮）所以畬㝬（害）也。」（《郭・尊德義》3）古文字，「余」也往往作「舍」（例如《中山王譽鼎銘》）。因此，「畬」即「敘」之異構。上引例子的「敍／畬」都與「次第」無涉，而應釋為「除」〔註 33〕。

「敂」，楚地出土文獻凡二見，均與「敘」連用。《說文》「驅」古文作「敺」（卷十馬部），从攴得義，从區得聲。秦壐十碣、《郭》簡均有「敺」字，可證許書有所本。「敂」从攴得義，从去得聲。音韻學家認為，「區」溪紐侯部，「去」溪紐魚部〔註 34〕。作為聲符，如果考慮存在方音因素，大概是可以通

〔註 33〕 所以《戰國文字編》（湯餘惠等：2001：203 頁）說「同除」，是很正確的。

〔註 34〕 唐作藩《上古音手冊》108～109 頁，江蘇人民出版社，1982 年 9 月第 1 版。

用的〔註 35〕。筆者曾申論表「驅逐」義的「去」即「祛」的觀點，解釋了典籍中「去」用如「驅」的原因〔註 36〕。因此，《帛》中的這個「敀」，應是「去」的孳乳字。

既然「敘」實際上是「除」的楚方言形體，既然「敀」是「去」的孳乳字，相當於「驅」，那麼，「敘／詧敀」恐怕就是傳世文獻的「驅除」了，例如：「據狼狐，蹈參伐，佐攻驅除。」（《史記・秦始皇本紀》）又如：「鄉秦之禁，適足以資賢者，爲驅除難耳。」（《史記・秦楚之際月表序》）「驅除」當同義連用，因此也可作「除驅」：「則盛解除驅鬼神，不能使凶去而命延。」（漢・王充《論衡・解除篇》）「驅除」也好，「除驅」也罷，其意義不外指驅逐、排除。楚地出土文獻所用亦如此。例：

「詧敀不義於四方。」（《帛・丙》）／「……尙（當）敍敀……」（《新蔡》零：148）

十九、裷／緹（促）

[illegible]，通常隸定爲「裷」（滕壬生：2008：773 頁）。或隸定爲「䘺」，以爲「疏」字（郭若愚：1994：76 頁）。或隸定爲「裷」（商承祚：1995：12、28 頁）。[illegible]，通常隸定爲「緹」（商承祚：1995：51、62 頁）。或隸定爲「綖」（滕壬生：1995：930 頁）。或以爲「[illegible]」、「[illegible]」爲一字之異，所謂「䘺／綖衣」即「畫衣」（郭若愚：1994：115 頁）。或讀爲「緅」〔註 37〕。或謂「緹衣」「是短促的衣服」（史樹青：1955）。或釋爲「綂」〔註 38〕。

在出土文獻中，「足」「疋」二字形近義通，則文字从足从疋可無別〔註 39〕；

〔註 35〕今天的長沙話，「區」和「去」的讀音完全相同，都作〔$tɕ^hy$〕，衹是二者聲調微有不同。參看北京大學中國語言文學系語言學教研室《漢語方音字彙》133、135 頁，文字改革出版社，1989 年 6 月第 2 版。

〔註 36〕詳參譚步雲《〈《碩鼠》是一篇祈鼠的祝詞〉補說——兼代陳建生同志答李金坤先生》，載《晉陽學刊》1995 年第 6 期。

〔註 37〕劉信芳《楚系簡帛釋例》，安徽大學出版社，2011 年 12 月第 1 版。

〔註 38〕參李守奎《楚文字考釋（三組）》，《簡帛研究》第 3 輯 23～24 頁，廣西教育出版社，1998 年 12 月第 1 版。

〔註 39〕楚語「足」、「疋」二字還是存在一定區別的，前者从口，後者則非。參滕壬生（2008：194～197 頁）。但是，兩字在作偏旁的時候則有混用，例如前文述及而「衣（卒）」、「糸」作偏旁也是如此。因此，隸定的不同，并不影響我們對其意義、讀音的考察。筆者傾向於隸定爲「**裷**」和「**綅**」，以爲史先生的解釋較爲接近眞實。

《說文》:「促，迫也。」（卷八人部）「**裷／綅**」在楚語裏均用作衣物的修飾語，受意義變化的影響，字或从衣（卒）或从糸，實際上就是「促」的功能轉移。我們發現，在今天所能見到的楚地出土文獻中，「**綅**」衹用於《仰》簡。例：

「中君之一～衣。」（《仰》25・2）／「何馬之～衣。」（《仰》25・3）／「一～衣。」（《仰》25・4）／「一～布之繪。」（《仰》25・10）／「～布之組，二堣（偶）。」（《仰》25・11）

而「**裷**」則衹用於《信》簡。例：

「一～膃（邊）之幁」「……絵（錦）之～囊。」（《信》2・09）

顯示出明顯的地域差異。

饒有意味的是，《仰》簡有「促」字：

「～纙之纀（纀），～羅綏之緆。」（《仰》25・8）

似乎用爲人名。「促」，或作「促」（滕壬生：2008：754 頁）。不如作「促」（商承祚：1995：52、64 頁）。倘若「羅（纙）」爲綾羅之羅，那「**裷／綅**」爲「促」的功能轉移形體可無疑義。

二十、[illegible]（兼）（附論[illegible]、[illegible]）

[illegible]，原篆見於《曾》簡，迄今未釋。

曾侯乙墓竹簡中的「矢」字均爲矢尖向下，作[illegible]（參張光裕等：1997：42 頁）〔註 40〕，與通常的矢尖向上的「矢」字不同。大概是因爲「矢」和「內（[illegible]）」（參滕壬生：1995：413～414 頁）形體接近，所以把「矢」字反書以示區別。因此，原篆可分析爲从二矢从又，不妨隸定爲「[illegible]」，其意義也是「並也」，恐怕就是「兼」的楚文字形體。可能因爲曾侯乙墓竹簡中已見「兼」（《曾》11）

的「軗韓（楚緷）」就是一例。

〔註 40〕 釋者原隸定爲「羊」，謂「即倒『矢』之訛形」，「義同箭矢」（裘錫圭、李家浩：1989：504 頁）。或徑作「矢」（滕壬生：1995：416～417 頁）。

字，所以「𥳑」字闕釋。

前文已經說過，楚人在使用通語文字的同時，也使用方言異體。而且，方言異體往往體現爲不同的意義指向。因此，「兼」爲通語文字，「𢦚」爲方言異體，實在是楚地出土文獻正常的語言現象。

在楚簡中，「𢦚」通作「簾」。例：

「革～」（《曾》45、47、54、63、68）／「紫紟（錦）之～」（《曾》53）／「芉～」（《曾》65、71）／「篹（翠）～。」（《曾》67）

與「兼」通作「鐮」的用法不同〔註41〕，「𢦚」通作「簾」，乃因爲《曾》簡另有兩個與之密切相關的字可證：𩊔（《曾》4、28）和𥳑（《曾》70）。前者从西从𢦚，可隸定爲「𩊔」；後者从竹从𢦚，可隸定爲「𥳑」。二字當从𢦚得聲。因爲，它們在楚簡中的用法與「𢦚」并無二致：

「革～」（《曾》4、28）／「篹（翠）～。」（《曾》70）

可能地，「𢦚」的通假用法促使自身孳乳出「𩊔」、「𥳑」二字，而後者，極可能是「簾」的楚方言形體。《說文》：「簾，堂簾也。从竹廉聲。」（卷五竹部）就《曾》簡而言，《說文》的解釋顯然不夠全面。「簾」既可用爲車具，也可以用爲坐具。

二十一、炁／㤅／慨／㦔

楚簡有𢜤字，或省作𢜤，即《說文》「炁」字，也就是「愛」的本字。《說文》：「炁，惠也。从心旡聲。𢜤，古文。」（卷十心部）段玉裁說：「許君惠愛字作此，愛爲行皃。乃自愛行而炁廢。轉寫許書者盡改炁爲愛。全非許憮炁相聯之意。」（《說文解字注》卷十心部「炁」字條）楚地出土文獻所用可證段說正確：

「古（故）孳（慈）以～之。」（《郭・緇衣》25）／「甚～必大寶（費）。」（《郭・老子甲》36）

「炁」字《郭》簡凡二十見，都用爲「愛」。

楚簡別見㤅字，或作㤅，都可以隸定爲「㤅」。由於《說文》收了「𢜤」

〔註41〕參裘錫圭、李家浩（1989：512頁）說。

作爲「**㤅**」的古體，使得某些文字編作者不免跟著許愼的脚步走，把「**[既/心]**」附於「**㤅**」後（張守中等：2000：143 頁；滕壬生：2008：914～916 頁）。就某些文例而言，「**[既/心]**」的確同「**㤅**」。例：

「～生於眚（性）。」（《郭・語叢二》8）／「父孝子～，非有爲也。」（《郭・語叢三》8）

然而，大多數情況下，「**[既/心]**」并非「**㤅**」，而是「慨」。《說文》：「慨，忼慨。壯士不得志也。从心既聲。」（卷十心部）例：

「疠（病）腹疾，以少～，尙（當）毋又（有）咎。」（《包》207）／「既又（有）疠（病）＝心疾，少～，不內飤（食）。」（《包》221）／「既又（有）疠（病）＝心疾，少～，不內食。」（《包》223）／「既腹心疾，以㞷～，不甘飤（食）。」（《包》236）／「既腹心疾，以㞷～，不甘飤（食）。」（《包》242）／「既腹心疾，以㞷～，不甘飤（食）。」（《包》245）／「既腹心疾，以㞷～，不甘飤（食）。」（《包》247）

考察上舉例子，我們可以清楚地瞭解到，《包》簡中的左尹因爲「雀（爵）立（位）遟（遲）譣（踐）」（《包》202）、「少（稍）有惡於王事」（《包》213）、「志事少（稍）遟（遲）得」（《包》198、200）、「少（稍）又（有）憂於躳＝（躬身）」（《包》197～198 等）而導致「心疾」，因而一個慨字用得十分恰當。顯然，不能一概把「**[既/心]**」當作「**㤅**」。上古文字，字的偏旁部首的位置并不十分固定，而後世隸定也反映出這個現象。如「慚／慙」、「松／枩」、「揪／揫」，等等。因此，部分的[glyph]，應作「慨」。

楚簡還有一個[glyph]字，可以隸定爲「**[既/火]**」（張守中：2000：138 頁）。或徑作「氣」（湯餘惠 2001：20 頁；滕壬生：2008：53～54 頁）。或以爲「**[既/心]**」異體，讀作氣（湖北省荊沙鐵路考古隊：1991a：55 頁）。讀作氣是可以的，但視之爲「氣」視之爲「**[既/心]**」異體就有問題了。通過考察「**㤅**」、「**[既/心]**」二形，可以確定「**[既/火]**」應是「炁（氣）」的繁構。《說文》無「炁」。文獻始見於《關尹子》：「猶如太虛，於一炁中變成萬物，而彼一炁不名太虛。」（中卷）事實上，金文已有「炁」字，作「[glyph]」〔註 42〕，象人以氣吹火助燃之形，其形構同「吹」，

〔註 42〕「[glyph]」原釋爲「炊」，當作「炁」。參汪濤 *Chinese Bronzes from the Meiyintang*

與後出的「炁」(《行氣玉佩銘》)、「𣱛」(《上博一・性自命出》1)當存在一定的源流關係，大概因爲「旡」與「气」的古形體相近而發生訛變。在楚地出土文獻中，「炁」則進一步聲化爲「㤅」。因此，楚地出土文獻中「㤅」用爲「氣」易於理解。例：

「熏～百～。」(《帛・甲》)／「心吏(使)～曰勥。」(《郭・老子甲》35)／「憙(喜)惹(怒)依(哀)悲之～，眚(性)也。」(《郭・性自命出》2)／「上～也，而胃(謂)之天。」(《郭・太一生水》10)／「又(有)聖(聲)又(有)臭又(有)未(味)，又(有)～又(有)志。」(《郭・語叢一》48)／「～，容司也。」(《郭・語叢一》52)／「耳之樂聖(聲)，膩(郁)舀(陶)之～也」(《郭・性自命出》44)

既然上舉例證證明「㤅」就是「炁(氣)」，那麼，以下《包》簡的例子，「㤅」當通作「慨」：

「以丌下心而疾，少(稍)～。」(《包》218)／「以丌下心而疾，少(稍)～。」(《包》220)／「以丌又(有)瘽(瘇)疠(病)，走～，尙(當)毋(毋)死。」(《包》249)

透過以上的分析，可以得知，炁、慨、慨、㤅諸字，在使用上雖然存在異體、通假等情況，但當爲不同的字。文字編著作實在不宜混而同之。由炁、慨二字的關係，也可以推斷「㤅」不宜作「氣」，而應作「炁」。

二十二、舄

𦐇，原篆或隸定爲「隽」(河南省文物研究所：1986；滕壬生：1995：759頁)〔註43〕。或作「㢆」(商承祚：1995：9、20頁)均誤。細審字形，原篆略同金文「舄」：「舄」、「舄」(容庚：1985：266頁)。可知爲「舄」。《說文》：

Collection 第117器，London: Paradou Writing, 2009. 葛亮《〈玫茵堂藏中國銅器〉有銘部份校讀》有引，復旦大學出土文獻與古文字中心網站(http://www.gwz.fudan.edu.cn/srcshow.asp?src_id=1012)首發。

〔註43〕滕著後改作「舄」，殆自《戰國文字編》(湯餘惠：2001：245頁)，而失收《信》2・24例(滕壬生：2008：391頁)。步雲案：予作三年後而湯書出，不知有詳說否。存此待考。

「舄，䧿也。象形。䧿，篆文舄从隹昔。」（卷四烏部）在傳世文獻和出土文獻中，「舄」多用爲「履」義。如：「簟茀錯衡，玄袞赤舄。」（《毛詩・大雅・韓奕》）又如：「王皮冠，秦復陶，翠被豹舄，執鞭而出。」（《左傳・昭十二》）再如：「賜赤舄。」（《集成》2817）楚地出土文獻所用同此。例：

「良～之頁（首），翯（翠）■。」（《信》2・04）／「黃金與白金之～」（《信》2・07）

《毛詩・小雅・車攻》云：「赤市金舄，會同有繹。」可證「黃金與白金之舄」之所本。楚地出土文獻又用作形容詞。例：

「一～鉈（匜）」（《信》2・24）

所謂「舄匜」，可能爲舄形之匜。但「舄」也有可能讀爲「瀉」。金文有云：「用鑄舄彝。」（《集成》2757）意義蓋與此同〔註44〕。

二十三、休／㲻／㳄／𡥈

楚簡有二字，前者可隸定爲「休」，後者可隸定爲「𨈬」。從文例看，二形可能爲一字之異：「𨈬生於眚（性），悘（疑）生於休。」（《郭・語叢二》36）釋者都讀爲「弱」。十分暢順，應無疑義。不過，如果從字的讀音考慮，卻存在一定的問題。

甲骨文有「休」（《佚》616、《甲》280），楚簡所載，可謂淵源有自。《說文》：「休，沒也。从水从人。」（卷十一水部）又：「溺，水自張掖刪丹西至酒泉，合黎餘波，入於流沙。从水弱聲。桑欽所說。」（卷十一水部）如果許慎不誤，表「沉溺」意義的應是「休」而不是「溺」。而從通作「弱」的情況看，「溺」（而灼切）的讀音卻比「休」（奴曆切）更爲接近。也許因爲如此，某些文字編視「」爲「溺」（湯餘惠：2001：735 頁），儘管其形體分明是「休」。

楚簡字的存在，爲我們解決上述的矛盾提供了幫助。原篆可隸定爲「㲻」。或謂「讀作沒」（湖北省荊沙鐵路考古隊：1991a：40、58 頁）。或釋爲「沕」，讀爲「沒」（袁國華：1994）。大體可以接受。或徑作「溺」（湯餘惠：2001：735 頁；滕壬生：2008：938～939 頁）。顯然忽視了「㲻」所蘊涵

〔註44〕 步雲案：「舄」字原無釋。

的語音信息了。「⿱⿰亻水勿」字分明从⿰亻水勿聲，應是「沒」的楚方言形體。「沒」、「勿」二字上古音均明紐物韵。可見象人沒於水之形的這個字就是「沒」之本字。我疑心「㲟」、「沒」、「頞」等字所从也是从「勿」得聲的。《說文》:「㲟，入水有所取也。从又在回下，回，古文回，回，淵水也。讀若沫。」(卷三又部)又:「沒，沈也。从水从㲟。」(卷十一水部)又:「頞，內頭水中也。从頁，㲟亦聲。」(卷九頁部)金文有「曶」字，大體作「[illegible]」(《曶尊銘》)。然而，「[illegible]」演變爲小篆，卻成了「[illegible]」。可見，小篆「[illegible]」、「[illegible]」、「[illegible]」所从的「回」，實際上就是「勿」的訛變。如果從字的讀音考察，从勿得音的「⿱⿰亻水勿」更接近「沒」，而與「溺」有一定的距離〔註45〕。

在楚地出土文獻中，還有一個「⿱⿰亻水示」，顯然就是「⿰亻水」的神格化形體，表沉祭。且看文例:「⿱⿰亻水示於大波一牂。」(《天・卜》)

通過以上的分析，我們大概已經瞭解楚系文字「⿰亻水」、「⿱⿰亻水勿」、「⿱⿰亻水示」的源流了。「⿰亻水」是表「沉沒」意義的本字，「⿱⿰亻水勿」和「⿱⿰亻水示」都是它的後起字，前者附加「勿」標示讀音，後者附加「示」表引申意義。與之相關的「㲟」、「沒」、「頞」均爲其孳乳字，彼此有同源關係。劉賾考定「頞」爲楚方言字(1930：154 頁)。楚地出土文字所見「⿰亻水」、「⿱⿰亻水勿」、「⿱⿰亻水示」諸字，爲劉先生的考證提供了具體實例。

現在我們可以考察一下「⿱⿰亻水勿」的文例了。在楚地出土文獻中，「⿱⿰亻水勿」有以下用法:

1. 人名。例:

「需昜人𥂴(鹽)～。」(《包》172)／「大室酟尹～。」(《包》177)

2. 入；納入。例:

「邦人內丌～典，臧王之墨，以內丌臣之～典。」(《包》7)

3. 「⿱⿰亻水勿人」，鬼神名，例:

「囟攻解於水上與～？」(《包》246)

傳世典籍見「沒人」:「乃夫沒人則未嘗見舟而便操之也。」(《莊子・外篇・

〔註45〕溺，泥紐藥韵；沒，明紐物韵。參唐作藩《上古音手冊》90、87 頁，江蘇人民出版社，1982 年 9 月第 1 版。

達生》）郭象注：「沒人，謂能鶩沒於水底。」意義有所不同。

儘管從形體到意義乃至讀音，「㲻」都十分切合「沒」，不過，「㲻」在部分楚地出土文獻裏卻用爲「弱」。例：

「骨～菫（筋）秫（柔）而捉固」（《郭・老子甲》33）／「～也者道之甬（用）也。」（《郭・老子甲》37）／「天道貴～」（《郭・太一生水》9）／「強～不絧（辭）諹（揚）」（《上博二・容成氏》36）

今本《老子》作「骨弱筋柔而握固」（五十五章）「弱也者道之用」（四十章），可見「㲻」讀爲「弱」無疑。換言之，這些文例中的「㲻」和前文的「⿰亻水」一樣，有著與「弱」相同的讀音。無怪乎學者視之爲一字之異，而作「溺」了。

個中原因，竊以爲《說文》已經有所透露了。前文已述「⿰亻水」纔是表「沉溺」意義的本字，但後人卻擬音爲奴曆切，而「溺」是水名，卻擬音爲而灼切。實際上，許慎已經說了，「㬰」、「沒」、「⿰殳頁」等字是「讀若沬」的。我們看看「沬」的古音吧：明紐月韵〔註46〕。學者們發現，勿與末有相通的現象〔註47〕。也就是說，「⿰亻水」及其後起字「㲻」與「㬰」、「沒」、「⿰殳頁」等字的讀音是完全相同的。而「⿰亻水」，與「溺」也有通用無別的例證：「大浸稽天而不溺。」（《莊子・逍遙遊》）溺，《類篇》引作「⿰亻水」，云：「溺或作⿰亻水。」（卷三十二）。行文至此，用「⿰亻水」或「㲻」爲「弱」應不難理解了吧。然而，應一再強調的是：「⿰亻水」及其後起字「㲻」並非「溺」，而是「沒」。

至於「□」，一般隸定爲「⿱勿子」，从仔勿聲，大概沒什麼問題。從文例看，恐怕是「㲻」的通假字。例：

「其～典。」（《包》5）

「⿱勿子典」即「㲻典」，也就是「沒典」，爲《包》簡的常語。衹是「□」僅此一例，而且字書不載，其本義還不是太清楚。

把「⿰亻水／㲻／⿱⿰亻水示／⿱勿子」釋爲「沒」，還有一個間接的證據，那就是楚地出土文獻本有「溺」，例：「與亓（其）溺於人，寍溺＝於＝宋（淵）＝，（溺於淵）猶可游，溺於人不可求（救）。」（《上博七・武王踐阼》8）儘管說楚人

〔註46〕 參唐作藩《上古音手冊》87頁，江蘇人民出版社，1982年9月第1版。

〔註47〕 參高亨《古字通假會典》608頁，齊魯書社，1989年7月第1版。

也使用通語文字，但是，從上引文例看，「休／絮／㳓／孯」與「溺」的字形、用法、意義不盡相同，宜視爲二字。

最後，我們把上述考述歸納一下，以考察「休／絮／㳓／孯」諸字的源流關係：休，「㝵（沒、頞）」的本字，聲化爲「絮」，神格化爲「㳓」；孯，則是「休」的通假字。

二十四、�／遯（趎）

□（《新蔡》甲三：16 等），繁構作「□」（《包》139、236 等）。或隸定爲「遷」（湖北省荊沙鐵路考古隊：1991a：圖版一五六）。或均作「速」（張守中：1996：22 頁；湯餘惠等：2001：94 頁；張新俊、張勝波：2008：48 頁；滕壬生：2008：154～155 頁）。其實，原篆應分別隸定爲「迷」和「遯」。後者是文字進一步聲化的產物。古文字有「□」（《□戈銘》）〔註 48〕，可證「朱」可繁作「銖」。

楚文字有「兼」，作「□」（《曾》11）字，形體與「□」字所从迥異。楚文字也有「東」，作「□」（《新蔡》甲三：137），形體亦與「□」所从迥異。

「□」所从應是「朱」。我們不妨考察一下「朱」、「株」、「邾」、「絑」等楚文字字形：朱作「□」（《曾》86），株作「□」（《包》182），邾作「□」（《包》94），絑作「□」（《包》170）。楚文字「朱」這個形體其實來自前代的文字。金文見「□」（《師酉簋銘》）字，形體與「□」（《曾》86）同。可見，「□」和「□」應分別隸定爲「迷」和「遯」。

古文字从走从辵可以無別。例如「起」，古文作「□」。楚地出土文獻就有實際用例，如《郭・老子甲》、《包》164 都見「□」。那麼，「迷」可能就是《莊子・庚桑楚》中所提及的（楚人）南榮趎的「趎」字異體〔註 49〕。《說文》無「趎」字，大概許慎未及見，以致給我們的考索增加了難度。不過不要緊，「趎」或作「跦」，典籍有實例。《左傳・昭二十五》：「鸜鵒跦跦，公在乾侯。」杜預注：「跦

〔註 48〕參看王毓彤《江陵發現一件春秋帶銘夔紋戈》，載《文物》1983 年 8 期。步雲案：大概可以命名爲「銖戈」。

〔註 49〕南榮趎，漢・賈誼《新書》作「南榮跦」，「跦」可能是「趎」的異體。《淮南子》、《漢書・古今人表》俱作「南榮疇」。疇或作儔，或作幬，恐怕都是「趎」的通假字。

跦，跳行貌。」杜注爲後世字書所採信。如《經典釋文》:「跦跦，跳行。」(卷十九)又如《廣韻・虞韻》:「跦，行貌。」(卷一)前賢的解釋顯然可以接受。所謂「跳行」，猶如今天的「跑」，也就是急行。引申之，即「疾速」。

如果从語音的角度考慮，它也許可以通作「趣」。「朱」「取」上古音分別爲章紐侯韵和清紐侯韵，用作聲符應沒有問題。我們不妨通過今天的方言以考察之：長沙話「取」念〔‘tɕ^{h}i〕，雙峰話念〔‘tɕ^{h}y〕；長沙話「朱」念〔‘tɕy〕，雙峰話念〔‘ty〕〔註 50〕。可以發現，雙峰話「取」的讀音和長沙話「朱」的讀音完全一樣，祇有吐氣與否以及聲調的區別。《說文》:「趣，疾也。」(卷二走部)不過，楚簡有「逊」(《包》142)，也許就是「趣」的楚方言形體。那麼，「迭／遯」是否通作「趣」不無疑問。

無論作「趎(跦)」還是通作「趣」，「迭／遯」在楚地出土文獻中用如「疾也」是沒有問題的。例：

> 「君命～爲之剸(斷)。」(《包》135 反)／「命～爲之剸(斷)。」(《包》137 反)／「志事～得，皆～賽之。」(《包》200)／「～害之厭一牯於地宔。」(《包》219)／「疠(病)，～瘽(瘥)。」(《包》220)／「尙(當)～瘽(瘥)。」(《包》236 等三例)／「至新父句，囟紫之疾～瘽(瘥)，紫牆(將)睪(擇)良月良日，牆(將)～賽。」(《秦》1・3 等三例)／「猷適返，遲(遲)～。」《天・卜》／「～賽禱惠公戠豢。」(《天・卜》)／「疾～又瘳。」(《天・卜》)／「尙(當)～得事。」(《望》1・22)／「悳之流，～唬(乎)楮(置)蚤(郵)而連(傳)命。」(《郭・尊德義》28)／「不女(如)以樂之～也。」(《郭・性自命出》36)／「是以其剸(斷)狁(讒)～。」(《郭・六德》42)／「仁類而～。」(《郭・六德》31)

二十五、媺／敚／頫／㞷

楚簡字，通常被隸定爲「媺」，用如「美」。例：

> 「天下皆知敚之爲～也，惡已。」(《郭・老子甲》15)／「弗

〔註 50〕參看北京大學中國語言文學系語言學教研室《漢語方音字彙》115、134 頁，文字改革出版社，1989 年 6 月第 2 版。

～也。～之，是樂殺人。」(《郭・老子丙》7）／「好～女（如）好《茲（緇）衣》」。(《郭・緇衣》1）／「未言而信，又（有）～青（情）者也。」(《郭・性自命出》51）

「⿰女𡵂」可能是「嬍」的簡省。「嬍」，宋人所作《汗簡》和《古文四聲韻》均有收錄，以爲「美」字。字亦見《周禮・地官司徒第二・大司徒》。上引例子，像《老子》和《緇衣》，因有傳世文獻可作對比，所以「⿰女𡵂」等同於「嬍」亦即「美」似乎不必懷疑。

楚簡[楚簡字形]字，通常被隸定爲「𢼸」。《說文》「𢼸，妙也。从人从攴，豈省聲。」（卷八人部）然而。在楚地出土文獻中，「𢼸」卻是用爲「美」。例：

「天下皆知～之爲⿰女𡵂也，惡已。」(《郭・老甲》15）／「生子，男必～於人。」(《九》56・35）

因此，楚簡的「𢼸」恐怕也是「嬍」的簡省，爲「⿰女𡵂」的異體，與《說文》所載同形而異。

楚簡還有[楚簡字形]字，通常被隸定爲「⿰𡵂頁」。字書不見。通過文例的考察，可知道也讀爲「美」。例：

「又（有）～又（有）膳（善）」(《郭・語叢一》15）／「～此多也。」(《郭・六德》24）／「𡥆（好）～女（如）𡥆（好）《紂（緇）衣》。」(《上博一・緇衣》1）

字从頁从𡵂，可能是「嬍」的異體。

楚簡另有[楚簡字形]字，通常被隸定爲「𡵂」，也用爲「美」。例：

「～與亞（惡）相去可（何）若？」(《郭・老子乙》4）

⿰女𡵂、𢼸、⿰𡵂頁三字，恐怕都是从「𡵂」得聲的，而在上舉文例中，「𡵂」用爲假借。當然我們也可以視之爲「嬍」的一省再省。

上舉四字，除了「𢼸」外，均不見於《說文》。尤其令我們驚訝的是，連出現在《周禮》中的「嬍」竟然也被號稱「五經無雙」的許慎所忽略。

事實上，「⿰女𡵂」、「𢼸」、「⿰𡵂頁」和「𡵂」可能都是「媄」的楚文字形體〔註51〕。媄，西周金文作[金文字形]（容庚：1985：1254頁）〔註52〕。《說文》：「媄，色好也，

〔註51〕⿰女𡵂，或徑作「媄」(滕壬生：2008：1012頁)。殆自予說。

〔註52〕摹本略有失眞，原篆見吳鎮烽《陜西金文彙編》第292器，三秦出版社，1989

从女从美，美亦聲。」（卷十二女部）可能地，許愼已著錄了更爲古老的「媄」爲正體，壓根兒就沒打算再收入這幾個楚文字形體，如果他眞的見過這幾個字的話。不過，《說文》對𢼸字字形的分析，透露出許愼根本不瞭解「媺」、「𢼸」、「𩒖」都从「𡵂」得聲！在這種情況下，即便許愼有機會見到「媺」、「𢼸」、「𩒖」、「𡵂」四字，恐怕也未必著錄的。更大的可能是，他沒見過這幾個字。儘管如此，許愼的偉大之處在於告訴我們，表示「美麗、美貌、美好」意義的是「媄」而不是「美」，從而讓我們知道先秦時期文字異形的紛繁情況。誠如朱駿聲所說：「媄，色好也。从女美聲。字亦作嬍。經傳皆以美爲之。」（《說文通訓定聲》履部弟十二）無疑是對許愼的褒揚！

根據目前所能見到的資料，楚人并不使用「嬍」，從而讓我們知道，「媺」、「𢼸」、「𩒖」都从「𡵂」得聲。而傳世典籍所載的「嬍」，很可能源自別國文字〔註 53〕。

二十六、鋥（圣）

䤬，字書不載，釋者隸定爲「鋥」，無釋（湖北省荊沙鐵路考古隊：1991a：28 頁）。「鋥」可能就是「圣」的孳乳字。《說文》：「圣，汝、穎之間致力於地曰圣。从土从又。讀若兔窟。」（卷十三土部）。《說文》所釋爲方言義無疑。楚簡用爲量詞，義爲「塊」。例：

「爰屯二儋之飤金～二～。」（《包》147）

按照楚地文獻表示數量的慣例，前一鋥當是十鋥之省。（西漢）泥質冥版云：「……金十兩二兩折作黃金斤半兩」〔註 54〕「斤」便是「一斤」之省略。正如「百」表示「一百」（《包》140）一樣，有時卻又明確書以「一百」（《包》115）。「圣」的讀音可能就是後人所標的「苦骨切」，這是今日廣州話「窟」（塊，例

年 8 月第 1 版。步雲案：器或作「𪇰王盉」，或作「作姬媄盉」，或作「𪇰王乍姬媄盉」。「媄」字以原形出之，均無釋。

〔註 53〕筆者對「嬍」等字有專文論述，請參拙論《說「嬍」及其相關的字》，「中國文字學會第四屆學術年會」論文，西安陝西師大，2007 年 8 月。亦載「簡帛研究」網（http://www.jianbo.org/admin3/2007/tanbuyun001.htm）。

〔註 54〕轉引自周世榮《湖南出土黃金鑄幣研究》，載湖南省楚史研究會編《楚史與楚文化研究》（《求索》增刊）173～184 頁，1987 年 12 月。

如：一岩一窟）字之所本。楚文字「銍」从金，表明「銍」用作版金的度量單位。我們知道，楚國的版金上有用於切割的分隔標識，所以「銍」當指一小塊一小塊的度量。

《古文四聲韵》收有「銍」，同「鋞」，爲「輕」的異體，謂出崔希裕纂古（下平聲十七清）。恐怕與楚簡「銍」字無涉。

二十七、奡／鎢／榪（籩）

《包》簡有一字，大致有以下諸形：（《包》130）、（《包》132）、（《包》197）、（《包》201），通常隸定爲「鵩」（滕壬生：2008：460頁）文例均是「宋客盛（公）」的名字，可知儘管形體稍有參差，儘管字書不載，卻都是同一字。有此一字，足以讓我們知道：「奡」原來可以這樣書寫；足以讓我們重新認識以前楚地文獻中那些與「奡」相關的某些形體。

舊出楚簡有（《信》2・05）、（《信》2・09）。或隸定爲「幅」，讀爲「幂」（劉雨：1986：129頁；郭若愚：1994：70～71頁）儘管摹寫不大準確，但還是可以斷定都是「奡」。可讀爲「籩」。例：

「一浂～，一深～」（《信》2・09）

也可讀爲「邊」，指邊緣。例：

「一裋～之～。」（《信》2・09）／「屯綑～。」（《信・》2・024）／「十笑（簠），純赤錦之～。」（《信》2・05）

《包》簡又有，可以隸定爲「鎢」（湖北省荊沙鐵路考古隊：1991a：37頁；張守中：1996：212頁；滕壬生：2008：1165頁）釋者謂「讀如籩」（湖北省荊沙鐵路考古隊：1991a：37頁）。基本正確。且看文例：

「四～，一～盍（蓋）。」（《包》254）

「籩」是古人常用的祭祀器皿，墓葬中常有出土，不勞贅言。《說文》：「籩，竹豆也。」（卷五竹部）簡文从金，當指青銅籩。如同梪、豋等同於豆，這個从金奡聲的字，實際上是「籩」的功能轉移形體。因此，與其讀之如籩，不如釋之爲籩。

楚簡還有一個，或作「糗」（劉雨：1986；129頁；商承祚：1995：17、39～40頁）。或隸定爲「榪」，讀爲「觴」（郭若愚：1994：71頁）。其實可以隸定爲「櫋」。也是「籩」的功能轉移形體。且看文例：

> 「〔大〕筭（籠）四十又（有）四。少（小）筭（籠）十又（有）二。四～筭（籠）、二豆筭（籠）、二笑（簠）筭（籠）。」（《信》2・06）／「少（小）囊～四十又（有）八，大囊～十又（有）二。」（《信》2・022）

從文例看，豆、簠并稱，則「」也應爲器皿。因此，讀爲「糗」肯定是不對的。讀爲「觴」於文義可通，但形體不合。因此，把「」隸定爲「櫋」釋爲「籩」是合適的。所謂「（小、大）囊籩」，當指淺腹、深腹之籩。

二十八、囟

，一般作「由」。或以爲「借作畀」（湖北省荊沙鐵路考古隊：1991a：48 頁）。或以爲「鬼」之頭（滕壬生：1995：725～726 頁；彭浩：1991：325～347 頁）。皆誤。

楚簡中「囟」之形體，即「思」字所从至爲明顯。周原甲骨已見「囟」字，作「」〔註 55〕。例：「有正？」（H11：1）。西周銅器銘文也有這個字，例如《師訇簋銘》：「訇其邁（萬）年子＝孫＝永寶用」，宋人讀之爲「思」〔註 56〕。又如《長由盉銘》、《長由簋銘》，用爲人名：「長」。從情理上分析，人們大概不至於用「鬼頭」爲名的吧〔註 57〕。在包山楚簡出土之前，

〔註 55〕近來學者多傾向於視之爲「囟」。如張玉金《周原甲骨文「囟」字釋義》，載《殷都學刊》2000 年第 1 期。又如陳斯鵬《論周原甲骨和楚系簡帛中的「囟」與「思」——兼論卜辭命辭的性質》，載《第四屆國際中國文字學研討會論文集》，香港中文大學中國語言文學系，2003 年。再如沈培《周原甲骨文裏的「囟」和楚墓竹簡裏的「囟」或「思」》，載中國文字學會、河北大學漢字研究中心編《漢字研究》第 1 輯，學苑出版社，2005 年 6 月。但釋義方面則言人人殊。

〔註 56〕宋人作《師訇敦》，參薛尚功《歷代鐘鼎彝器款識》275 頁，遼瀋書社，1985 年 7 月第 1 版。陳夢家云：「其萬思年，摹本無心，今從薛釋。《大雅・下武》曰：『于萬斯年，受天之祐。』思年即斯年。」參氏著《西周銅器斷代》309 頁，中華書局，2004 年 4 月第 1 版。唐蘭云：「余舊讀爲囟，據宋代所出師訇簋『其邁囟年』，通思，讀爲斯，當由⊗訛爲由，實非由字。」參氏著《西周青銅器銘文分代史徵》378 頁，中華書局，1986 年 12 月第 1 版。

〔註 57〕我疑心典籍所載的「鬼侯」，也是誤「囟」爲「由」所致。

學者們或從宋人釋爲「囟」，讀爲「思（斯）」；或隸定爲「由」；或釋爲「叀」。李學勤釋作「囟」，讀爲「斯」，云爲表疑問之詞〔註 58〕。是很正確的。楚地出土文獻有「囟」字，作「」（《望》2・31、60），可在包山所出竹簡中，卻作「」。文字編著作通常隸定爲「由」〔註 59〕。大抵是不錯的。然而，看看包山、郭店以及新蔡出土文獻所見的「思」，作「」（例如「子思」），可知「」字所从就是「」。更重要的是，在「攻解於……」（《包》217 等）這樣的句式中，有「攻解於……」（《望》1・117、《包》198）的異文。而有時，又通作，例如：「天隍（地）名志（字）并立，古（故）怭其方，不相……」（《郭・太一生水》12）證明「」應當釋爲「囟」。「囟」與「由」相混無別，實在是因爲它們的形體太接近了。所以，在楚地出土文獻中，《說文》中从由的「畏」（《郭・五行》）、「禺」（《新蔡》乙四：45）大都从「囟」，偶有从「由」，例如「愄」，《郭・性自命出》52、60 从「由」，其餘六例都从「囟」。而本从「囟」的「思」多从「由」，偶爾从「囟」（《郭・尊德義》18）。《說文》：「囟，頭會腦蓋也。」（卷十囟部）「囟」在楚地出土文獻中有兩個用法，都是通假：

1. 爲表不確定及疑問語氣的語氣詞，通作「斯」，相當於「其」，置於句首。「囟」這個形體及用法，實際上上承周原甲骨文，稍後的楚地文獻用如此

> 「～一戠（識）獄之主以至（致）命？不致命，隓（陞）門有敗。」（《包》128）／「～㝵之䟫（來）叙於㝵之所（證）？」（《包》138 反）／「～攻解於𥃷（明）禮（祖），䖒（且）叙於宮室？五生占之曰：吉。」（《包》211）／「～攻解於不殆（辜）？苛嘉占之曰：

〔註58〕參李學勤、王宇信《周原卜辭選釋》，載《古文字研究》第四輯，中華書局，1980 年。步雲案：李、王二氏釋爲「囟（思）」，讀爲「斯」，大概源自陳夢家的說法（《西周銅器斷代》309 頁，中華書局，2004 年 4 月第 1 版）。不過，也有學者釋爲「叀」，例如陳全方等，參氏著《西周甲文注》5 頁，學林出版社，2003 年 8 月第 1 版。殷墟甲骨文恒見「叀」字，形體與此迥異。綜合今天所見資料，「」恐怕還是釋爲「囟」更爲正確。

〔註59〕《楚系簡帛文字編》（滕壬生：1995）、《包山楚簡文字編》（張守中：1996）、《戰國文字編》（湯餘惠：2001）、《新蔡葛陵楚簡文字編》（張新俊、張勝波：2008）無一例外。滕著後來改作「囟」（滕壬生：2008：896 頁）。

吉。」(《包》217)／「～攻敘於宮室？五生占之曰：吉。」(《包》229)／「～攻稅、逯(歸)緒(佩)珥、完(冠)緣(帶)於南方？觀綳占曰：吉。」(《包》231)／「～左尹㐌遂(踐)返(復)凥？～攻解於歲？鹽吉占之曰：吉。」(《包》238)／「～攻解於禮(祖)與兵死？」(《包》241)／「～攻解於水上與犮(沒)人？五生占之曰：吉。」(《包》246)／「～攻解日月與不殆(辜)？醬吉占之曰：吉。」(《包》248)／「～紫之疾㴚(趎)瘜(痤)？」(《秦》1‧3)／「～社解於䁗(明)瘜(祖)與弖(強)死？」(《天‧卜》)／「～攻解於不殆(辜)、強死者？」(《天‧卜》)／「～攻解於䁗(明)禮(祖)？」(《天‧卜》)／「～某逨逯飤故？」(《九》56‧44)／「亙(恒)～鄴亥敓於五殜(世)？」(《新蔡》乙四：27)

通過上引例證，尤其是占卜類例證，可知「囟」表不確定及疑問語氣，捨此別無他解。

2. 通作「斯」，轉折連詞，相當於「則」。例：

「九月癸丑之日不徰(逆)邻大司敗以(盟)邻之槭里之敓無又(有)李菸，～阩門有敗。」(《包》23)〔註60〕／「子鄁公謔之於陰之斆客，～斷之。」(《包》134)／「僕不敢不告於見日，～聽之。」(《包》135～136)／「虐(吾)未又(有)以恳(憂)，亓(其)子脻既與虐(吾)同車，或□衣，～邦人(皆)見之三日。安命龏之脻見？」(《上博四‧昭王與龏之脻》10)〔註61〕／「而遂(後)楚邦～爲者(諸)侯正(征)。」(《上博七‧鄭子家喪乙本》2)〔註62〕／「繇之於㞭(宗)䆷(廟)曰：『禍(禍)敗因(因)童(動)於楚邦，懼䰠(鬼)神以取妄(怒)，～先王亡所逯(歸)，虐(吾)可改而可(何)？』」(《上博六‧平王問

〔註60〕原考釋在「囟」後點斷，大概是因爲「囟」字後有句讀符號(湖北省荊沙鐵路考古隊：1991a：18頁)。事實上，「囟」字後的句讀符號，恐怕是手誤。《包》87「訟」字之後也有誤加的句讀符號，可證。

〔註61〕原考釋在「囟」後點斷。參馬承源(2004：190頁)。誤。

〔註62〕陳佩芬讀爲「思考」之「思」。參馬承源(2008：173頁)。顯然並未讀懂原文。

鄭壽》1～2）〔註63〕

「囟」或以「思」通作。例：

「～〔攻解〕於宮室……」（《望》1・117）／「～攻解於下之人不死。」（《望》1・176）／「……～攻……」（《望》1・177）「～攻解於人禹？」（《包》198）／「～速解安？」（《天・卜》）／「奠三天□，～敎奠四亟。」「～百神風雨晨亂乍（作）。乃逆日月，以𨔍相□，～又（有）宵又（有）朝，又（有）晝又（有）夕。」（《帛・甲》）

二十九、𨸏/𨸏

䡵字从阜从車从㑔，甚分明，可隸定作「䡵」。或以爲「類」字（裘錫圭、李家浩：1989：508 頁；滕壬生：1995：767 頁）。殆非。楚地出土文獻自有「𩔾」（見《郭》簡），可隸定爲「頪」，通作「類」。筆者以爲字當从阜从車，㑔聲；當然也可能从車，陷聲，可能就是「佾」的楚方言形體。《說文》：「佾，舞行列也。从人㑔聲。」（卷八人部新附）「䡵」从車，大概表示「車行列」的意思。例：

「宮厩令所馭乘～。」（《曾》4）／「黃孛所馭～軒。」（《曾》28）／「黃脎馭～軒。」（《曾》128）／乘～。」（《曾》170）／「～軒。」（《曾》172）／「～軒之馬甲。」（《曾》簽1、2）

《曾》簡有合文作「𨸏」。例：

「哀立馭左尹之～」（《曾》31）／「乘～」（《曾》122）／「宮厩之新官駟～」（《曾》143）／「麗君之～」（《曾》163）

或釋爲「佾車」（裘錫圭、李家浩：1989：491 頁），或釋爲「䡵車」（滕壬生：2008：1274 頁）。既然有「䡵」，那麼，作「䡵車」可能較爲接近確解。

「䡵」或从邑作「𨸏」，可隸定作「𨸏」。也就是說，「行列」的意義可能發生變化了，可能指封邑之佾。儘管在文例中，「𨸏」的意義也還是與車隊相關，卻衹是用如通假。例：

「黃脎所馭～軒。」（《曾》26）

〔註63〕陳佩芬讀爲「思」。參馬承源（2007：258 頁）。未明所以。

三十、臾轕（轄）／鐍（鍺）（附論䰩）

《曾》簡有[ancient glyph][ancient glyph]（[ancient glyph]）二字，首字未見釋（滕壬生：1995：1140 頁；滕壬生：2008：1283 頁）。原篆與《說文》所載之臾字形近。小篆作[ancient glyph]，象雙手攫人之狀。金文則更爲形象：[ancient glyph]（《師臾鐘銘》）、[ancient glyph]（《聿臾鼎銘》）〔註 64〕。《說文》析作「从申从乙」不大準確。次字或隸定爲「轕」，作「轄」（滕壬生：1995：1021 頁；滕壬生：2008：1184 頁），或體隸定爲「鐍」，作「鍺」（滕壬生：2008：1164 頁）睡虎地秦簡有「禼」字，或讀爲害〔註 65〕。那麼，「轕」、「鐍」等同於「轄」、「鍺」是沒有問題的。

事實上，「禼」應是「离（[ancient glyph]）」的本字。從形體上分析，兩字相當接近，後者上部所从，恐怕正是「止」的訛變。從意義上考察，《說文》云：「禹，蟲也。从厹，象形。」又：「离，蟲也。从厹，象形。讀與偰同。[ancient glyph]，古文离。」（卷十四内部）則「禹」、「离」爲同義詞。「禼」象禹嚙趾形，那所謂的「禹」恐怕也是蛇一類的動物。如果此說可信，那麼，[ancient glyph]、[ancient glyph]二字嚴格上應分別隸定爲「轕」和「鐍」。相應地，「[ancient glyph]」（《上博一・孔子詩論》16）也應隸定爲「萬」，是「葛」的楚方言形體。楚方言有「萻」一字，恰好可以證明「禼」不當作「害」。《方言》：「蘇、芥，草也。江、淮、南楚之間曰蘇。自關而西或曰草；或曰芥。南楚、江、湘之間謂之芥。蘇亦荏也。關之東西或謂之蘇；或謂之荏。周、鄭之間謂之公蕡。沅、湘之南或謂之萻；其小者謂之蘸菜。」（卷三）《玉篇》：「長沙人呼野蘇爲萻。」（卷十三草部）「萬（葛）」、「萻」

〔註 64〕 參看容庚（1985：1000 頁）。

〔註 65〕 裘錫圭認爲「禼」與「舝」爲一字之異，參氏著《釋「𧈧」》，載《古文字學論集（初編）》217～227 頁，香港中文大學中國文化研究所、吳多泰中國語文研究中心，1983 年 9 月。步雲案：裘先生的見解頗有啓發意義。不過，「禼（禼）」可讀爲「害」，卻衹是「通」而已，那是因爲「舝」字[ancient glyph]省聲。睡虎地秦簡別有「害」字。參看張守中（1994：117 頁）。《新蔡》簡也是「禼」、「害」並見。參（張新俊、張勝波：2008：106 頁「舝」字條，140 頁「害」字條）。又有「遰」「遳」二字（張新俊、張勝波：2008：54 頁）。都證實「禼」、「害」應爲二字。關於「禼」、「害」二字，禤健聰有詳說，參氏著《說上博吳命先人之言並論楚簡「害」字》，載《古文字研究》28 輯，中華書局，2010 年 10 月第 1 版。可備一說。

分明是兩種不同的植物。換言之，「[illegible]」是不能作「[illegible]」的。

此外，（《郭・尊德義》23、37、38），諸家都隸定為「憲」，讀為「害」。筆者以為字从心从禼，而贅加「口」，為功能轉移詞形，也不妨隸定為「⿱禼心」。

《說文》:「舝，車軸專鍵也。兩穿相背，从舛禼省聲。禼，古文偰字。」（卷五舛部）「⿰車禼」、「⿰金禼」二字既然都从「禼（禼）」得聲，那與「舝」讀音相同也就無可懷疑的了。

舝，前賢認為同「轄（鎋）」。例如段玉裁便說:「金部鍵，一曰轄也。車部轄，一曰鍵也。然則許意謂舝、轄同也。」(《說文解字注》卷五「舝」字條）顯而易見地，楚簡所載的「⿰車禼」、「⿰金禼」便是「轄（鎋）」的楚方言形體了。

楚簡所謂的「臾⿰車禼（⿰金禼）」，可能是用於剎車的零部件。《說文》:「臾，束縛捽抴為臾。」(卷十四申部)《毛詩・小雅・車舝》云:「間關車之舝兮，思孌季女逝兮。」毛傳:「間關，設舝也。」楚語所用近此。例:

「～」(《曾》4) ／「～」(《曾》10)

楚簡別有从一字，作（滕壬生:1995:1138頁;滕壬生:2008:1282頁），不妨隸定為「⿰骨臾」。筆者以為就是「腴」的異體。古字从肉从骨或無別。例如「膀」，或作「髈」(見《說文》)。是其證。不過，字衹二見，其用法仍有待考察:

「金～」(《天・策》) ／「素周之～」(《天・策》)